아르센 뤼팽 전집 5
813
下

Arsène Lupin

아르센 뤼팽 전집 5

813 下 | 모리스 르블랑

김남주 옮김

황금가지

차례

下
아르센 뤼팽의 세 가지 범죄

상테 궁 · 9

현대사의 한 페이지 · 48

뤼팽의 대작전 · 68

샤를마뉴 대제의 후계자 · 89

황제의 편지 · 111

일곱 악당들 · 150

검은 옷을 입은 사나이 · 183

유럽지도 · 213

살인범은 여자 · 244

에필로그:자살 · 277

『813』의 역사적 배경:19세기 유럽의 정치 상황 · 289

下

아르센 뤼팽의 세 가지 범죄

상테 궁

전 세계에서 폭소가 터져 나왔다. 물론 아르센 뤼팽이 체포되었다는 사실은 커다란 반향을 불러일으켰다. 사람들은 경찰에 찬사를 보내는 데 인색하지 않았다. 그토록 오랫동안 바라온 설욕을 그렇게 확실하게 해낸 만큼 경찰은 그런 찬사를 받을 만했다. 대모험가가 체포된 것이다. 비범하고 천재적이며 천하무적인 영웅이 보통 사람들처럼 감방에 갇혀 떨고 있었다. 이번에는 그도 정의라고 불리는 그 무서운 힘 앞에 굴복한 것이다. 정의란 시기의 차이는 있을지언정 자신을 가로막는 장애물들을 기필코 무너뜨리고 적의 음모를 분쇄하는 법이었다.

사건의 전모가 이야기되고 기사화되고 분석되고 거듭 다루어졌다. 경찰청장은 레지옹 도뇌르 3등 훈장을, 베베르 부국장은 4등 훈장을 받았다. 사람들은 그늘에서 일해 온 경찰들의 용기와 기지에 열광했다. 그들에게 찬사를 보냈다. 사람들은 승리를 만끽

했다. 기사가 작성되고 대담이 이루어졌다.

좋은 일이었다! 하지만 그런 화려한 찬사와 요란한 유쾌함을 다른 무엇인가가 지배하고 있었다. 그치지 않고 미친 듯이 터져 나오는 폭소가 바로 그것이었다.

아르센 뤼팽이 무려 4년 동안이나 파리 경찰청 치안국장이었다니!

그가 4년 동안 그 업무를 수행해 왔다니! 실제로 그 직위에 걸맞은 온갖 권리를 누리며, 상관의 인정과 행정부의 신망과 모든 이들의 찬탄을 받으며 합법적으로 그 일을 해 온 것이었다.

4년 동안 파리 시민의 안녕과 재산이 아르센 뤼팽의 손에 맡겨져 있었던 셈이었다. 바로 뤼팽이 법이 제대로 집행되는지를 감시해 온 것이다. 그가 죄 없는 시민들을 보호하고 범죄자들을 색출해 온 것이다.

게다가 그는 그 일을 얼마나 멋지게 해냈던가! 그 어느 때보다도 질서가 수호되고, 수사가 신속하고 확실하게 이루어지지 않았던가! 사람들은 드니주 사건, 크레디 리요네 은행 강도 사건, 오를레앙 특급 열차 습격 사건, 도르프 남작 살인 사건…… 등 최고의 탐정이 거둔 최고의 승리와 견주어도 손색없는 뤼팽의 쾌거와 경이롭고 기적적인 승리를 떠올렸다.

언젠가 르노르망 국장이 루브르 궁에 불을 지른 범인들을 잡았을 때였다. 발랑그래 총리는 국장의 다소 독단적인 행동을 변호하기 위해 이렇게 역설했다.

「르노르망 국장의 명철함과 열정, 결단력과 추진력, 독특한 행동 방식, 끝없이 솟아나는 기지를 보고 있노라면 한 인물을 떠올리게 됩니다. 아직 살아 있다면 그의 적수가 될 만한 유일한 인물인 아르센 뤼팽을 말입니다. 르노르망 국장은 사회에 봉사하는 아르센 뤼팽인 것입니다」

바로 그의 말처럼 르노르망 국장이 정말로 아르센 뤼팽이었던 것이다!

뤼팽이 러시아 공작이었다는 사실은 거의 관심을 끌지 못했다! 뤼팽은 그런 변신에 능한 인물이었다. 하지만 경찰청의 치안국장이라니! 얼마나 기막힌 뒤집기인가! 그의 특별한 인생 역정 가운데에서도 얼마나 환상적인 사건인가!

르노르망 국장이 아르센 뤼팽이었다!

최근 대중을 놀라게 하고 경찰을 어리둥절하게 했던, 얼핏 보기에 기적처럼 여겨지던 거짓말 같은 일들의 진상을 이제 사람들은 이해할 수 있었다. 이제 사람들은 뤼팽이 어떻게 정해진 날 대낮에 검찰청에서 자신의 부하를 탈출시킬 수 있었는지 알 수 있었다. 뤼팽 자신이 이렇게 말하지 않았던가. 「이 탈출을 위해 제가 얼마나 간단한 방법을 썼는지 알게 되면, 사람들은 어안이 벙벙해질 것입니다. 〈그게 다란 말인가〉 하고 사람들은 반문할 것입니다. 그렇습니다. 그게 다입니다. 하지만 그러기 위해서는 숙고가 필요했지요」

과연 그 방법은 유치할 정도로 단순했다. 뤼팽이 치안국장인 것으로 충분했던 것이다.

맙소사, 모든 경찰들이 뤼팽의 명령에 복종했다니, 의도적으로 의식해서 한 일은 아니지만 그와 한패였다니.

정말 어이없는 코미디 아닌가! 놀라운 속임수 아닌가! 무기력한 우리 시대에 원기를 불러일으키는 기념비적인 드라마가 아닌가! 죄수의 몸이 되긴 했지만, 재기 불가능할 정도로 참패하긴 했지만, 그 모든 것에도 불구하고 뤼팽은 최고의 승리자였다. 그는 감방 속에서도 파리 위에 군림하고 있었다. 그 어느 때보다도 대중의 우상이었고, 그 어느 때보다도 존경받는 대가였다!

다음날 자신의 거처인 〈샹테 궁〉(그는 즉각 샹테 교도소를 이렇게 명명했다)에서 잠을 깬 뤼팽은, 세르닌과 르노르망, 공작과 치안국장이라는 이중 신원의 소지자로서 자신이 체포된 이 사건이 어떤 끔찍한 소란을 불러일으킬 것인지 잘 알고 있었다.

그는 손바닥을 문질러 대며 중얼거렸다.

「외로운 사내에게 동시대인의 찬사만큼 좋은 동반자도 없지. 오, 명성이여! 살아 있는 이들의 태양이여……!」

밝은 빛 아래 드러난 감방은 더욱 그의 마음에 들었다. 높다랗게 자리 잡은 창문 너머의 나뭇가지 사이로 푸른 하늘을 볼 수 있었다. 벽은 하얀색이었다. 탁자 하나와 의자 하나가 바닥에 고정되어 있을 뿐이었다. 하지만 모든 것이 깨끗하고 유쾌했다.

「이런, 여기서 잠시 쉬는 것도 나쁘지 않겠는걸……. 몸단장을 해 보자……. 필요한 게 다 있나? 없군……. 그렇다면 벨을 두 차례 눌러 객실 담당 직원을 불러야지」

그는 문 옆으로 가서 복도의 호출 장치와 연결된 스위치를 눌렀다.

잠시 후 밖에서 빗장과 쇠막대가 벗겨지고 자물쇠가 돌아가더니 간수 하나가 나타났다.

「더운 물 좀 갖다 주겠나, 친구」

뤼팽이 말했다.

간수는 한편으론 화가 나고 한편으론 어이없다는 얼굴로 그를 쏘아보았다.

「아! 수건도 갖다 주게! 제기랄! 수건이 없다니!」

간수가 이를 갈며 말했다.

「날 갖고 노는 건가? 그럼 곤란할걸」

간수가 돌아서려는 순간, 뤼팽은 그의 팔을 재빨리 잡았다.

「이 편지를 부쳐 주면 100프랑을 주겠네」

그는 몸수색에서 걸리지 않고 지니고 있던 100프랑짜리 지폐를 주머니에서 꺼내 내밀었다.

「편지라……」

그렇게 말하며 간수는 돈을 받았다.

「좋아…… 이제 편지를 써야겠군」

뤼팽은 탁자에 앉아 종이 위에 연필로 몇 자 휘갈겨 쓴 다음 봉투에 넣고 그 위에 이렇게 적었다.

S. B.씨 42
파리 국유치 우편

간수는 편지를 받아 들고 사라졌다.

「저 편지는 내가 직접 갖고 가는 것만큼 확실하게 수신인에게 배달되겠지. 적어도 한 시간 내로 답장을 받을 수 있을 거야. 내가 처한 상황을 되짚어 보는 데에는 꼭 그만큼의 시간이 필요하고 말이야」

뤼팽은 의자에 앉아 나지막한 어조로 상황을 정리했다.

「결국 나는 이제 양편의 적들과 싸워야겠군. 나를 붙들어 두고 있는 이 사회가 첫 번째 적이지. 대단한 적수는 아니야. 두 번째 적은 나를 붙들어 두고 있진 않지만 결코 얕볼 수 없는 미지의 인물이지. 바로 그자가 세르닌 공작이 나라는 걸 경찰에 알렸어. 르노르망 국장과 내가 동일인이라는 걸 알아낸 것도 그자고. 지하실의 문을 잠금으로써 나를 감옥에 집어넣은 것도 바로 그자야」

　아르센 뤼팽은 잠시 생각에 잠겼다가 혼잣말을 계속했다.

「그러니까 결국 이 싸움의 당사자는 그자와 나야. 그리고 이 싸움을 해 나가는 데 있어서, 다시 말해서 케셀바흐 사건의 내막을 알아내고 그것을 수행하는 데 있어서, 나는 감옥에 갇힌 몸인 반면 그자는 자유의 몸에 신원도 알려져 있지 않고 붙잡을 수도 없지. 게다가 내게는 없는 두 개의 패까지 갖고 있는 것 같아. 피에르 르뒤크와 슈타인벡 노인이라는 패 말이야……. 요컨대 이제 내 추격을 결정적으로 따돌렸으니 그자는 이제 성공을 눈앞에 두고 있는 셈이지」

　다시 한번 말없이 생각에 잠겼던 뤼팽은 혼잣말을 계속했다.

「상황은 그리 좋지 않아. 한쪽은 모든 걸 갖고 있고, 다른 한쪽은 아무것도 없어. 내 앞에 있는 자는 나와 동등한 힘을 갖춘 자야. 어쩌면 나보다 더 강할지도 모르지. 왜냐하면 그자는 내가 가진 양심의 거리낌이라는 게 없으니까. 그를 공격할 무기도 전혀 없어」

　그는 기계적인 어조로 마지막 말을 몇 차례 반복한 다음 입을 다물었다. 그런 다음 두 손으로 이마를 감싸 쥐고 오랫동안 생각에 잠겼다.

「들어오시오, 소장」

　문이 열리는 것을 보고 그가 말했다.

「그렇다면 날 기다리고 있었단 말이오?」

「이리로 와 주십사 하는 편지를 받지 않으셨소? 이런, 간수가 내 편지를 소장한테 가져다 주리라는 걸 난 한순간도 의심치 않았다오. 그랬기 때문에 봉투에 소장 이름의 머리글자와 나이인 S. B.와 42를 써 놓은 거라오」

실제로 소장의 이름은 스타니슬라니 보렐리였고 나이는 마흔두 살이었다. 그는 성격이 온순하고 사람 좋은 얼굴을 한 사내로 수감자들을 가능한 한 너그럽게 다루고 있었다. 그가 말했다.

「내 부하의 성실성을 시험하지 마시오. 여기 당신이 준 돈이 있소. 당신이 출옥할 때 돌려주겠소……. 이제 다시 〈수색실〉로 가 줘야겠소」

뤼팽은 보렐리 소장을 따라 몸수색을 위해 마련된 작은 방으로 가서 옷을 벗었다. 사람들이 의심쩍은 눈길(충분히 그럴 만한 일이었다)로 그의 옷가지를 조사하기 시작했고, 그동안 뤼팽은 보다 세밀한 몸 검사를 받았다.

그가 다시 감방으로 돌아오자 보렐리 소장이 말했다.

「한결 안심이 되는군. 이제 됐소」

「잘하셨소, 소장. 이 일에서 직원들이 베푼 배려에 감사하는 표시로 이걸 드리고 싶소」

그는 소장에게 100프랑짜리 지폐 한 장을 내밀었다. 소장은 움찔 놀랐다.

「이런! 이건…… 하지만 도대체 어디에?」

「머리를 쥐어짜도 소용없소, 소장. 이런 삶을 사는 나 같은 사내는 그 어떤 사태에도 대비가 되어 있다오. 아무리 지독한 재난도 나 같은 사내를 무일푼으로 만들 순 없소. 감방에 수감된다 해도 말이오」

뤼팽은 오른쪽 엄지와 검지로 왼쪽 중지를 잡고 휙 하고 잡아

뽑더니, 그 손가락을 태연하게 소장에게 내밀었다.
「그렇게 놀라지 마시오, 소장. 이건 내 진짜 손가락이 아니라, 소의 창자를 재단해 정교하게 물들여서 중지에 끼운 거요. 진짜 손가락과 똑같이 보이도록 말이오」
그는 웃으며 이렇게 덧붙였다.
「물론 이런 방법으로 또 다른 100프랑짜리가 감춰져 있지요……. 어쩌겠습니까? 지갑은 갖고 다녀야 하지 않겠소……. 유용하게 써야 하니 말이오……」
그는 질겁한 표정을 하고 있는 소장 앞으로 다가갔다.
「소장, 내가 하찮은 사교계의 재주로 당신을 현혹하려 한다고 생각하지 마시오. 난 다만 내가 뭐랄까…… 좀 독특한…… 수감자라는 걸 알려 주고 싶었을 뿐이오. 내가 이곳의 일반적인 규칙을 좀 어긴다 해도 놀라지 마라고 말이오」
평소의 권위를 되찾은 소장이 분명한 어조로 말했다.
「부디 당신이 그 규칙들을 지켜서 나로 하여금 가혹한 조치를 취하지 않게 해 주면 좋겠소만……」
「당신 역시 취하고 싶지 않은 그런 조치들 말이오, 소장? 나는 바로 그 점에서 당신의 수고를 덜어 드리고 싶소. 내가 자유롭게 행동하면서 친구들과 편지를 교환하고, 내게 맡겨진 중요한 이권을 방어하고, 내 영향 하에 있는 신문사에 편지를 보내고, 내 계획을 이루어 나가고, 종국에는 내 탈출을 준비하는 것을 그 규칙들이 막을 수 없다는 것을 미리 증명해 보임으로써 말이오」
「탈출이라니!」
뤼팽은 큰 소리로 웃음을 터뜨렸다.
「생각해 보시오, 소장……. 내가 감옥에 들어온 이유는 단 하나, 나가기 위해서 아니겠소」

소장은 그 화제가 마음에 들지 않는 모양이었다. 이번에는 그가 애써 웃음을 지었다.

「이제 내가 알았으니, 조심하는 사람을 당할 순 없는 법이오……」

「내가 바라는 게 바로 그거라오. 부디 경계를 늦추지 마시오, 소장. 만전을 기해 나중에 비난받을 일이 없도록 하시오. 내 탈출로 소장이 곤란을 겪기야 하겠지만, 적어도 경력에 지장을 주지 않는 방법을 동원할 생각이오. 이런 말을 하고 싶었다오. 이제 가 보셔도 좋소」

특이하기 짝이 없는 그 수감자의 말에 크게 충격을 받은 보렐리 소장은 준비되고 있을 일들에 대해 몹시 불안해하며 자리를 떴다. 죄수는 침대에 몸을 던지며 중얼거렸다.

「이런, 뤼팽, 자넨 정말 배짱이 좋군! 사람들은 자네가 여기서 탈출할 방법을 이미 생각해 놓은 줄 알겠는데!」

상테 교도소는 탁월한 설계 도면에 따라 건축되었다. 중앙의 본부에는 둥근 분기점이 있어서 그곳에서 모든 복도들이 뻗어나갔다. 따라서 수감자가 감방에서 나오는 순간 그 분기점 한가운데에 자리 잡은 유리로 된 초소에서 보초를 서고 있는 간수의 눈에 띄게 되어 있었다.

방문객들이 이 감옥을 둘러보고 놀라는 점은, 감시자 없이 마치 자유인처럼 돌아다니는 수감자들과 줄곧 부딪친다는 점이었다. 실제로 수감자들이 한 지점에서 다른 지점으로, 예를 들어 자신의 감방에서 나와 자신을 검찰청, 그러니까 예심판사에게 데려가기 위해 뜰에서 기다리고 있는 호송차까지 가기 위해서는 직선 복도를 따라 걸어 나와 간수가 열어 주는 문을 지나가야 했다. 간수가 하는 일은 그 문을 열어 주고 내려다보이는 직선 복도 둘을 감시하는 것뿐이었다.

그런 식으로 그곳의 죄수들은 마치 우편물처럼 겉으로 보기에는 자유롭게 문에서 문으로, 시선에서 시선으로 건네지곤 했다.

건물 밖에서는 공화국 경찰들이 〈물건〉을 인수해 〈닭장차〉의 칸에 실었다.

그것이 일반적인 절차였다.

뤼팽의 경우에는 이런 절차가 적용되지 않았다. 뤼팽이 자유롭게 복도를 걷다가 무슨 일이 일어나지 않을지 불안했던 것이다. 호송차도 미덥지 않았다. 사람들은 모든 것을 불안해했다.

베베르 부국장이 그가 직접 선별하고 철저하게 무장시킨 최고의 경찰 열두명을 데리고 직접 교도소로 왔다. 그리고 감방 문 앞에서 그 악명 높은 죄수를 기다리고 있다가 부하가 모는 마차에 태웠다. 그 앞뒤좌우를 경찰들이 둘러싸고 있었다.

「완벽하군! 날 위해 이런 배려를 해 주다니 정말 감동적이오. 이런 경호를 받다니 영광이외다. 이런, 베베르 부국장, 당신은 정말이지 서열이란 걸 아는군. 직속상관한테 은혜를 입었다는 걸 잊지 않고 있으니 말이오」

그런 다음 그는 부국장의 어깨를 토닥였다.

「베베르 부국장, 난 이제 사표를 낼 생각이오. 내 후임자로 당신을 추천하겠소」

「이미 다된 일이오」

베베르가 대답했다.

「이런 좋은 소식이 있나! 내가 탈출할 일 때문에 좀 걱정을 하고 있었소. 이제 마음이 놓이는군. 당신이 치안국장이 되는 즉시……」

베베르 부국장은 대답하지 않았다. 그렇게 말하는 상대 앞에서 그는 마음속 깊은 곳으로부터 기묘하고 복잡한 감정을 느끼고 있었다. 뤼팽이 불러일으키는 두려움과, 세르닌 공작에게 갖고 있던 경의와, 르노르망 국장에게 줄곧 느껴 오던 존경 어린 찬탄이 한데 뒤섞인 감정이었다. 그 안에는 원한과 시샘과 이제는 해소된 증오가 뒤섞여 있었다.

마차가 검찰청에 이르렀다. 이른바 〈쥐덫〉이라 불리는 검찰청 건물 앞에 치안국 소속 경찰들이 기다리고 있었다. 그중에서 자신의 유능한 보좌관들인 두드빌 형제를 발견하자 베베르의 얼굴이 밝아졌다.

「포르므리 판사님은 와 계신가?」

베베르가 그들에게 물었다.

「네, 부국장님. 예심판사님은 집무실에 계십니다」

베베르 부국장은 층계를 올라갔다. 그 뒤를 두드빌 형제들의 호위를 받으며 뤼팽이 따랐다.

「주느비에브는?」

죄수가 나직하게 물었다.

「구출했습니다……」

「지금 어디 있나?」

「그녀 할머니 집에 있습니다」

「케셀바흐 부인은?」
「파리의 브리스톨 호텔에 있습니다」
「쉬잔은?」
「종적을 감췄습니다」
「슈타인벡은?」
「전혀 소식을 모르겠습니다」
「뒤퐁 빌라에는 경찰을 배치했나?」
「네」
「오늘 아침 신문들 반응은 괜찮은가?」
「아주 좋습니다」
「잘됐군. 내게 전할 말이 있거든 이 지시를 따르게」
그들은 2층의 안쪽 복도에 이르렀다. 뤼팽은 두드빌 형제 중 한 사람의 손안에 둥글게 만 종이를 슬그머니 떨어뜨렸다.

뤼팽이 부국장과 함께 집무실로 들어서자, 포르므리 판사가 친절하게 말을 건넸다.
「이런! 오셨군그래! 조만간 당신을 붙잡을 것이라고 나는 확신했다오」
「나도 확신했다오, 판사. 나같이 정직한 인간을 정당하게 평가할 사람으로 운명이 당신을 지정했다는 것이 기쁘다오」
뤼팽이 응수했다.
〈날 놀리고 있군.〉
포르므리는 속으로 생각했다.
여전히 진지하면서도 비꼬는 듯한 어조로 그가 말했다.
「당신처럼 정직한 사람은 우선 344건의 절도, 탈취, 사기, 위조, 협박, 은닉 사건에 대해 설명을 해 줘야 할 거요. 344건의 범죄에 대해서 말이오!」
「무슨 말이오! 그것밖에 안 된다는 거요? 정말 부끄럽군」
뤼팽이 소리쳤다.
「당신이 정직한 인간이면 알텐하임이란 자를 죽인 일에 대해서도 설명해야 할 거요」
「이런, 이 얘긴 금시초문인걸. 당신 머릿속에서 나온 생각이오, 판사?」
「물론이오」
「정말 대단하군! 사실, 당신은 일취월장한 것 같소, 포르므리 판사」
「경찰이 현장을 습격할 때 당신이 취한 자세로 봐서 그 사실은 의심의 여지가 없소」
「그렇고말고. 다만 이거 하나만 물어 봅시다. 알텐하임이 어떻게 죽었소?」
「목에 칼을 맞았소」
「그렇다면 그 칼은 어디 있소?」
「발견되지 않았소」
「내가 살인자라면, 어떻게 칼이 발견되지 않을 수 있겠소? 경찰이 습격할 때 난 내가 죽였다는 사람 바로 곁에 있지 않았소?」
「그러니까 당신 말에 따르면, 살인자는……?」
「케셀바흐 씨와 채프먼 등을 찔러 죽인 바로 그자요. 상처의 형태나 위치가 충분한 증거가 될 거요」
「그자가 어디로 탈출했단 말이오?」
「그 비극이 일어난 바로 그 방 안에 있는 뚜껑 문을 통해서라오」

포르므리 판사가 미묘한 표정을 지었다.

「그렇다면 당신은 왜 그 유익한 모범을 따르지 않고 체포된 거요?」

「나도 그를 따라가려 했소. 하지만 출구로 통하는 문 반대편에 빗장이 질러져 있어서 열 수 없었소. 내가 그 문을 여느라 시간을 보내고 있는 동안, 〈그자〉는 방으로 돌아와서는 자신의 공범이 궁지에 몰려 입을 열까 봐 그를 죽인 거요. 그와 동시에 내가 챙겨 둔 옷가지가 담긴 꾸러미도 벽장 속에 숨겼다오. 나중에 경찰이 찾아낸 그 꾸러미 말이오」

「당신은 왜 옷가지를 싸 두었소?」

「변신을 위해서라오. 글리신 빌라로 갈 때 내 계획은 이러했소. 알텐하임을 경찰에 넘겨 주고, 세르닌 공이라는 신분에서 변장을 통해 다시……」

「르노르망 국장이 되려 했던 거요?」

「바로 그렇다오」

「아니오」

「뭐라고?」

포르므리 판사는 빈정거리는 태도로 웃으며 검지를 좌우로 흔들었다.

「아니오」

그가 다시 말했다.

「아니라니?」

「르노르망 국장의 이야기 말이오……. 대중들은 그런 얘기를 좋아할 거요, 친구. 하지만 뤼팽과 르노르망 국장이 동일인이라는 터무니없는 사실을 이 포르므리로 하여금 믿게 할 순 없을

22

거요」

그러면서 그는 웃음을 터뜨렸다.

「뤼팽이 치안국장이라니! 그럴 순 없소! 그러면야 당신이야 좋겠지만, 그렇지 않단 말이오! 정도가 있어야지……. 난 온건한 사람이오……. 하지만 계속 이렇게 나온다면……. 이것 보시오, 우리 사이에 뭐 하러 그런 거짓말을 한단 말이오? 물론 나도 사태를 확실하게 알고 있는 건 아니지만……」

뤼팽은 얼떨떨한 눈길로 그를 바라보았다. 포르므리 판사를 잘 알고 있는 뤼팽으로서도 판사의 자아 도취와 자기 맹신이 이 정도일 줄은 몰랐던 것이다. 세르닌 공이 르노르망 국장이었다는 사실을 믿지 않는 사람은 이제 아무도 없었다. 하지만 포르므리 판사만은…….

뤼팽은 벌린 입을 다물지 못한 채 이야기를 듣고 있는 부국장에게 몸을 돌렸다.

「친애하는 베베르 부국장, 내가 보기에 당신의 승진은 끝장 난 것 같소. 왜냐하면 내가 르노르망 국장이 아니라면, 그가 존재한다는 것이고…… 그가 존재한다면, 포르므리 판사는 직감으로 결국 그를 찾아내고야 말 거요……. 그럴 경우……」

「우리는 그를 찾아낼 거요, 뤼팽……. 내가 그 일을 하겠소. 당신과 그가 대면하는 장면은 정말 볼 만할 거요」

판사는 탁자 위를 두드렸다.

「정말 재미있군! 이런! 당신이 등장하면 지루할 틈이 없군. 당신이 진짜 르노르망이라면, 공범 마르코를 잡아넣은 게 바로 당신이란 얘기잖소!」

「당연히 그렇다오! 총리님을 기쁘게 하고 내각을 구하기 위해 그 정도는 해야 하지 않겠소? 역사에 남을 사건이지」

포르므리 판사는 자기 생각을 굽히지 않았다.

「이런! 정말 미치겠군! 맙소사. 정말 웃기는군! 개도 웃을 얘기야. 그러니까 당신 주장에 따르면, 케셀바흐 씨가 암살된 후 팔라스 호텔에서 나와 함께 초동 수사를 한 사람이 당신이란 말이오……?」

「샤르므라스 공작의 신분으로 당신과 왕관 사건을 수사한 것도 나라오」

뤼팽이 비웃는 어조로 응수했다.

포르므리 씨는 소스라쳤다. 그 끔찍한 기억이 떠오르자 그의 유쾌함은 스러지고 말았다. 갑자기 심각해진 어조로 그가 말했다.

「그러니까 당신은 그 어이없는 주장을 철회하지 않겠다는 거요?」

「그러지 않을 수가 없다오. 왜냐하면 그게 사실이니까. 코친차이나 행 여객선을 타고 사이공에 가면 진짜 르노르망 씨가 죽었다는 증거를 쉽게 발견할 수 있을 거요. 난 당신에게 그의 사망 증명서를 보여 줄 수 있소」

「거짓말 마시오!」

「정말이오, 판사. 그렇다 해도 아무튼 나로서는 달라질 게 없다는 말을 해야겠소. 내가 르노르망 국장이었다는 사실이 당신 마음에 들지 않는다면, 그 얘긴 더 이상 하지 맙시다. 내가 알텐하임을 죽였다고 믿고 싶다면 마음대로 하시오. 마음대로 증거를 모아 보시오. 거듭 말하지만, 이 모든 것이 나와는 별로 상관없는 일이오. 내 생각엔 당신이 아무리 질문을 하고, 내가 아무리 대답을 한다 해도 우린 어떤 결론에도 이르지 못할 것 같소. 당신의 예심이 어찌 되든 상관없소. 이 예심이 끝날 무렵이면 난 먼

곳에 가 있을 테니까 말이오. 다만……」

뤼팽은 태연자약하게 의자를 집어 들어서는 포르므리가 앉아 있는 책상 맞은편에 놓고 거기 앉았다. 그런 다음 건조한 어조로 말했다.

「다만 한 가지만 알아 두시오, 포르므리 판사. 표면적인 상황이 어떠하든, 당신이 어떤 의도를 갖고 있든 나로서는 시간 낭비할 생각이 없다는 걸 말이오. 당신은 당신 일을 하시오……. 난 내 일을 하겠소. 당신은 당신이 한 일로 보상을 받을 것이고, 나는 내가 한 일로 보상을 받을 거요. 내가 현재 개입하고 있는 이 사건은 한순간의 방심도, 한순간의 휴식도 없이 준비하고 행동해야 할 그런 일이오. 나는 그 일을 수행하고 있소. 당신들 때문에 당분간 감방 속에서 허송세월을 하지 않을 수 없게 되었으니 만큼, 당신들 두 사람이 내 손해를 벌충해 줘야겠소, 알겠소?」

뤼팽은 오만한 태도와 건방진 얼굴로 일어섰다. 그 사내의 지배력이 어찌나 대단했던지 그의 앞에 있는 두 사람은 감히 그의 말을 끊지 못했다.

포르므리 판사는 그 장면을 관망하며 웃어넘기는 편을 택했다.

「우스운 얘기군! 정말 우스꽝스러워!」

「우스꽝스럽든가 아니든가, 판사, 그렇게 될 거요. 이 재판, 내가 살인을 했는지 아닌지 알아내는 일, 내 과거의 행적과 사건에 대한 조사, 그리고 내가 지금까지 들어 준 당신의 허튼 소리 들은 참아 줄 수 있소. 어쨌든 당신이 자신의 임무가 무엇인지 한순간도 잊지 않는다면 말이요」

「내 임무란 게 뭐요?」

포르므리 판사가 여전히 빈정거리며 물었다.

「케셀바흐 계획에 대한 조사에서 내 역할을 대신하는 거요, 그리고 무엇보다도 죽은 알텐하임 남작이 납치 감금한 슈타인벡이라는 독일인을 찾아내는 일이오」

「그게 도대체 무슨 얘기요?」

「이 얘긴 나만 알고 있었던 거요. 그러니까 내가 르노르망 국장이었을 때…… 아니 르노르망 국장으로 행세하고 있었을 때 말이오. 이곳에서 멀지 않은 내 집무실에서 사건이 벌어졌소. 베베르 부국장도 그 내용을 조금은 알고 있을 거요. 간단히 말해 슈타인벡 노인은 케셀바흐가 추진하던 그 베일에 싸인 계획이란 게 뭔지 알고 있소. 그래서 알텐하임 역시 그의 뒤를 쫓다가 그를 납치해 간 거요」

「그런 식으로 사람을 감쪽같이 감춰 버릴 순 없소. 그 슈타인벡이란 사람은 어딘가 있을 거요」

「물론이오」

「당신은 그가 어디 있는지 아시오?」

「그렇소」

「궁금하군……」

「뒤퐁 빌라 29번지요」

베베르 부국장은 어깨를 으쓱해 보였다.

「그렇다면 알텐하임의 집이 아니오? 그가 머물던 저택 말이오?」

「그렇소」

「내 참 이런 어리석은 소리가 사실이라는 증거가 고작 그거군! 남작이 입고 있던 옷 주머니에서 나도 그의 주소를 발견했소. 한 시간 후 부하들을 그 저택에 보냈단 말이오!」

뤼팽은 안도의 한숨을 내쉬었다.

「이런! 좋은 소식이군! 내 손이 미치지 못하는 곳에 있는 공범이 개입해 또다시 슈타인벡 노인을 탈취해 가지 않을까 걱정했는데. 알텐하임의 하인들은 어떻게 됐소?」

「도망가 버리고 없었소!」

「그렇겠지. 그자가 전화로 그들에게 알렸을 테니까. 하지만 슈타인벡은 거기 있소」

베베르 부국장이 조바심을 치며 말했다.

「거긴 아무도 없소. 거듭 말하지만 내 부하들은 그 이후 저택을 떠난 적이 없단 말이오」

「부국장, 뒤퐁 빌라를 수색할 수 있는 권한을 주겠소……. 그리고 내일 나에게 수색 결과를 알려 주시오」

베베르 부국장은 또다시 어깨를 으쓱해 보였을 뿐 뤼팽의 그런 무례한 언사에 응수하지 않았다.

「더 급한 일들이 있어서……」

「부국장, 이보다 더 긴급한 일은 없소. 당신이 늑장을 부리면, 내 계획은 모두 수포로 돌아가고 만다오. 슈타인벡 노인은 영영 입을 열 수 없게 된단 말이오」

「어째서?」

「왜냐하면 지금부터 하루, 기껏해야 이틀 후면 그는 굶어 죽고 말 테니까. 당신이 그에게 먹을 걸 가져다 주지 않으면 말이오」

「정말 심각하군…… 정말 심각해……. 하지만 불행히도……」

포르므리 판사는 잠시 생각에 잠겼다가 중얼거렸다.
이윽고 그는 미소를 지었다.
「불행히도 당신이 밝힌 사실에는 중대한 결함이 있소」
「이런! 그게 뭐요?」
「뤼팽, 당신이 말한 그 모든 것들은 대담한 장난에 지나지 않소……. 도대체 원하는 게 뭐요? 이제 난 당신의 계략을 알 것 같소. 그 계략들이 모호해 보일수록 나로서는 믿을 경계심이 발동하오」
「어리석은 작자 같으니라고」
뤼팽이 투덜거렸다.
포르므리 판사가 자리에서 일어섰다.
「이제 됐소. 알다시피 이건 단순한 심문에 지나지 않소. 결투에 나선 두 사람의 대면이란 말이오. 이제 칼을 빼 들었으니, 우리에게 필요한 건 이 싸움에 꼭 필요한 증인뿐이오. 당신 변호사 말이오」
「하! 변호사를 꼭 입회시켜야 하오?」
「반드시」
「이렇게…… 성공 가능성이 낮은 싸움을 위해 변호사를 동원해야 한단 말이오?」
「그래야 하오」
「그렇다면 캥벨 변호사를 택하겠소」
「변호사회 회장 말이군. 잘했소, 그는 당신을 훌륭하게 변호할 거요」
 첫 번째 심문이 끝났다. 피의자는 두드빌 형제들에게 둘러싸여 일명 〈쥐덫〉의 계단을 내려오며 짤막한 명령문으로 그들에게 지시했다.
「주느비에브의 집을 지켜보게……. 네 사람을 상주시켜……. 케셀바흐 부인도 마찬가지네……. 그 두 사람이 위험해. 곧 뒤퐁 빌라에 대한 수색이 있을 거네……. 수색대에 참여하게. 슈타인벡 노인을 발견하면, 그가 입을 열지 못하도록 조치를 취하게……. 필요하다면 가루약을 좀 쓰라고」
「언제 자유의 몸이 되십니까, 두목?」
「지금으로서는 할 수 있는 일이 아무것도 없네……. 게다가 급할 것도 없고…… 난 쉬고 있다네」
층계 아래에서는 경찰들이 호송차를 둘러싸고 있었다.
「집으로 가세나, 친구들, 곧장 말일세. 2시 정각에 할 일이 있다네」
뤼팽이 외쳤다.
그들은 무사히 감옥에 도착했다.
감방으로 돌아온 뤼팽은 두드빌 형제들에게 보내는 자세한 지시 사항을 담은 편지 한 통, 그리고 편지 두 통을 더 썼다.
그중 하나는 주느비에브에게 보내는 것이었다.

주느비에브, 이제 넌 내가 누군지 알고 있겠지. 그리고 두 차례에 걸쳐 어린 너를 다른 곳으로 데려간 사람의 이름을 내가 왜 밝히지 못했는지 알게 됐겠지.
주느비에브, 난 네 엄마의 친구였단다. 그리 가까운 친구가 아니어서 네 엄마는 내 정체를 몰랐지만, 나를 믿을 수 있는 사람으로 여겼단다. 그래서 죽기 전에 내게 편지를 써서 널 돌봐 달라고 부탁한 거란다.

네 존경을 받기에는 부족한 사람이지만, 주느비에브, 난 앞으로도 그 약속을 지킬 생각이다. 네 마음속에서 나를 완전히 쫓아내지 말았으면 좋겠구나.

——아르센 뤼팽

또 다른 편지는 돌로레스 케셀바흐에게 보내는 것이었다.

세르닌 공이 케셀바흐 부인에게 접근했던 것은 이해 관계 때문이었습니다. 그런데 지금은 그녀에게 헌신하고 싶은 절박한 감정을 갖게 되었지요.
세르닌 공이 아르센 뤼팽이라는 사실이 밝혀진 지금, 부탁드리건대 그가 멀리서나마 부인을 보호할 수 있도록 허락해 주십시오. 더 이상 만날 수 없는 이를 보호하듯이 말입니다.

탁자 위에는 봉투들이 놓여 있었다. 뤼팽은 그중 하나를, 이어 또 하나를 집어 들었다. 세 번째 봉투를 집어 든 그는 하얀 종이 조각을 보고 깜짝 놀랐다. 거기에는 단어 몇 개가 붙어 있었다. 신문에서 오려 낸 것이 분명했다. 그는 내용을 읽었다.

넌 알텐하임과 싸움에서 졌다. 이 사건에서 손을 떼라. 그러면 네가 탈출하는 것을 막지 않겠다.

——L. M

뤼팽은 다시 한번 이 미지의 잔인한 인물에게 공포와 혐오를 느꼈다. 뱀같이 독 있는 파충류를 만졌을 때 느낄 수 있는 그런 섬뜩한 감정이었다.

「또 그자군, 여기까지 날 추격하다니!」

뤼팽이 중얼거렸다.

아울러 뤼팽을 겁에 질리게 한 것은 이 막강한 적에 대해 이따금 느끼는 환상이었다. 적의 힘은 자신만큼이나 강했고, 자신이 알지 못하는 무시무시한 수단을 적은 동원할 수 있었다.

즉각 그는 간수에게 의심을 품었다. 하지만 그렇게 굳은 얼굴에 엄격한 표정을 짓고 있는 사내를 어떻게 매수한단 말인가?

「어쨌든 차라리 잘됐군! 그동안 따분한 인간들만 상대해 왔으니 말이야……. 나 자신과 싸우기 위해 치안국장 자리까지 마다하지 않았잖아……. 이번엔 싸울 맛이 좀 나겠군……! 이자는 날 갖고 놀고 있어……. 말하자면 재주를 부리고 있는데…… 감방에 갇힌 채 내가 그의 공격을 막아 내고 그를 쳐부수고 슈타인벡 노인을 찾아내 그에게서 비밀 이야기를 듣는다면……. 그래서 케셀바흐 사건에 다시 착수해 그것을 성공으로 이끌고 케셀바흐 부인을 지키고 주느비에브에게 행복과 재산을 안겨 주는 데 성공한다면……. 정말이지 그게 뤼팽이야……. 영원한 뤼팽이 되는 거야……. 그러기 위해서 우선 잠을 좀 자 두자……」

그는 침대에 길게 누워 중얼거렸다.

「슈타인벡, 내일 밤까지만 죽지 말고 기다려 주오. 내 단언하는데……」

뤼팽은 그날 저녁과 밤과 다음날 아침을 줄곧 자면서 보냈다. 11시경 캥벨 변호사가 면회실에서 그를 기다리고 있다는 소식에 그는 이렇게 대답했다.

「캥벨 변호사에게 가서 내 사건과 행동에 관한 정보가 필요하다면, 지난 10년치 신문을 참고하면 된다고 말해 주게. 내 과거는 역사가 증명해 주고 있다고 말일세」

정오가 되자 그는 전날과 똑같은 절차, 똑같은 경계 가운데 검찰청으로 호송되었다. 그는 두드빌 형제 중 형을 만나 몇 마디 대화를 나누고 준비한 세 통의 편지를 전한 다음 포르므리 판사의 집무실로 들어섰다.

캥벨 변호사가 서류들로 가득 찬 서류 가방을 가지고 그곳에 와 있었다.

뤼팽은 그를 보자마자 사과의 말을 건넸다.

「아까 당신을 만나 뵙지 못해서 정말 미안하오. 또한 여기까지 오시게 해서 정말 유감이오. 이렇게 올 필요가 없는 이유는……」

「아, 알겠소, 우리도 그 이유를 알고 있소. 당신이 먼 길을 떠나리라는 걸 말이오. 좋소. 그때까지 우리 용무를 좀 봅시다. 아르센 뤼팽, 갖가지 조사를 했지만 우리는 당신의 본명에 대해 그 어떤 정확한 정보도 찾아내지 못했소」

「정말 이상한 일이오! 나 역시 그러니 말이오」

「우리로서는 당신이 19…… 년에 상테 교도소에 수감되었다가 첫 번째로 탈옥한 그 인물인지조차 확인할 수가 없소」

「〈첫 번째 탈옥〉이라니 정말 적절한 표현이오」

「실제로 인체 측정과에 남아 있는 당시 그 고약한 아르센 뤼팽이란 자의 신체 치수와 현재 당신의 치수는 전혀 다르단 말이오」

포르므리 판사가 말을 계속했다.

「점점 더 괴상한 얘기로군」

「인상착의도 다르고, 신체 치수도 다르고 지문도 다르오……. 두 사진 속의 인물은 전혀 닮은 점이 없소. 그래서 묻는 건데, 당신의 신분을 정확히해 주었으면 좋겠소」
「그것이야말로 내가 두 분께 부탁하고 싶은 거라오. 변신을 하도 많이하며 살아 온 나머지 이제 내 진짜 이름이 뭔지 잊어버렸다오. 내가 누군지 나도 모르겠단 말이오」
「그러니까 대답을 거부하는 거요?」
「그렇소」
「왜?」
「이유가 있소」
「그 결심은 단호하오?」
「그렇소. 앞서도 말하지 않았소. 당신의 심문은 아무 성과가 없을 거라고 말이오. 어제 난 당신에게 내 관심사를 수행하라는 임무를 주었소. 그 결과를 기다리고 있소」
「하지만 내가 어제 당신에게 슈타인벡에 대한 당신의 그 수상쩍은 이야기를 믿지 않는다고, 그래서 아무 조치도 취하지 않을 거라고 말하지 않았소?」
포르므리 판사가 소리쳤다.
「그렇다면 어제 우리의 대담이 있은 후 왜 당신은 뒤퐁 빌라로 가서 베베르 부국장과 함께 29번지를 샅샅이 수색한 거요?」
「그걸 당신이 어떻게……?」
예심판사가 분개하며 물었다.
「신문을 보고 알았소……」
「이런! 당신은 신문까지 읽는군!」
「무슨 일이 일어나는지 알아 두어야 하니까 말이오」
「사실 나는 혹시 하는 생각에서 꺼림칙하지 않도록 한번 그 집에 가 본 것뿐이오. 크게 중요성을 두고 한 일이 아니라……」

「그게 아니라 당신은 그 일에 커다란 중요성을 두고, 찬사를 받아 마땅한 열성으로 그 임무를 수행했소. 지금도 부국장은 그곳에서 계속 조사하고 있을 거요」

포르므리 판사는 깜짝 놀란 모양이었다. 그가 더듬거리며 말했다.

「무슨 말도 안 되는 소리요! 베베르 부국장과 나는 그것 말고도 조사할 게 많단 말이오」

그 순간 정리가 들어오더니 포르므리 판사의 귀에 대고 몇 마디 속삭였다.

「들어오시라고 하게……! 들어오시라고 해……!」

판사가 소리쳤다.

그런 다음 그는 서둘러 베베르를 맞았다.

「이런, 베베르 부국장, 새로운 소식이라도? 그 사람을 찾은 거요……」

소식을 알고 싶은 마음이 얼마나 강했던지, 그는 속마음을 감추려는 노력조차 하지 않았다.

부국장이 대답했다.

「아무것도 발견하지 못했습니다」

「이런! 분명하오?」

「단언하는데, 그 집 안에는 산 자든 죽은 자든 사람이라곤 없습니다」

「그렇지만……」

「사실입니다, 예심판사님」

뤼팽의 확신에 전염이라도 되었던 것처럼 그들은 둘 다 실망한 기색이었다.

「당신도 들었을 거요, 뤼팽……」

포르므리 판사가 유감스럽다는 듯이 말했다.
그런 다음 그는 이렇게 덧붙였다.
「우리가 추측할 수 있는 건 다만, 그곳에 갇혀 있던 슈타인벡 노인이 이젠 그곳에 없다는 거요」
뤼팽이 단호하게 말했다.
「그제 아침 그는 그곳에 있었소」
「그리고 그제 오후 5시, 내 부하들이 그 집을 접수했소」
베베르가 말했다.
「그렇다면 노인은 그날 오후 다른 곳으로 옮겨졌다고 봐야겠군」
포르므리 판사가 결론을 내렸다.
「그렇지 않소」
뤼팽이 말했다.
「그렇다고 보시오?」
예심판사의 이 무의식적인 질문, 상대가 말하는 것이 무엇이든 따르겠다는 순종적인 태도는 뤼팽의 통찰력에 대한 그의 순진한 경의를 드러내고 있었다.
「그렇게 믿을 뿐 아니라 확신하오. 지금으로서는 슈타인벡이 그곳을 벗어났을 가능성은 전무하오. 그는 뒤퐁 빌라 29번지에 있소」
뤼팽이 명료하기 짝이 없는 어조로 말했다.
베베르 부국장이 두 손을 들어 올렸다.
「하지만 그건 말도 안 되는 소리요! 왜냐하면 내 두 눈으로 봤단 말이오! 방들이란 방들은 모조리 수색했소……! 동전 하나라면 몰라도 사람이 숨어 있을 순 없소」
「그럼 이제 어떻게 하면 좋겠소?」

포르므리가 신음하듯 물었다.
「어떻게 해야 하느냐고, 판사? 아주 간단하오. 자동차에 올라서 당신이 원하는 대로 온갖 감시를 붙인 다음 나를 뒤퐁 빌라 29번지로 데려가는 게 어떻소? 지금 1시군. 3시가 되기 전에 슈타인벡을 찾을 수 있을 거요.」

그 제안은 분명하고 명령조이고 강한 설득력이 있었다. 포르므리 판사와 베베르 부국장은 뤼팽의 불굴의 의지에 크게 압도되었다. 포르므리 판사는 베베르 부국장을 바라보았다. 어쨌거나 안 될 게 뭐란 말인가? 이 제안에 반대해야 할 이유가 어디 있단 말인가?

「어떻게 생각하시오, 베베르 부국장?」
「휴……! 난 잘 모르겠습니다.」
「그렇긴 하오, 하지만……한 사람의 목숨이 달린 문젠데……」
「그렇고말고요……」

부국장은 그렇게 말하며 생각에 잠겼다.

문이 열렸다. 정리가 편지 한 통을 가지고 들어왔다. 포르므리 판사가 봉투를 열었다. 거기에는 이렇게 씌어 있었다.

    조심하시오. 만약 뤼팽이 뒤퐁 빌라에 들어온다면, 그는 자유의 몸으로 그곳을 나갈 거요. 그는 탈출을 준비하고 있소.

―― L. M

포르므리 판사는 하얗게 질렸다. 이제 겨우 벗어난 고통스런 상황이 그를 고통스럽게 했다. 뤼팽은 다시 한번 그를 가지고 놀았던 것이다. 슈타인벡이란 사람은 존재하지 않았다.

아주 낮은 목소리로 포르므리 판사는 감사의 기도를 중얼거렸다. 이 기적적인 익명의 편지가 없었다면, 그는 또다시 갈피를 놓치고 그의 명예는 실추되고 말았으리라.

「오늘은 이걸로 됐소. 내일 다시 심문을 시작합시다. 여보게들, 피의자를 다시 상테 교도소로 데리고 가게」

뤼팽은 아무 말도 하지 않았다. 그는 〈그자〉가 일격을 가했다는 것을 알 수 있었다. 지금으로서는 슈타인벡 노인을 구출할 가능성이 20분의 1도 안 되지만, 어쨌든 가능성은 남아 있었다. 뤼팽으로서는 절망할 이유가 없었다.

따라서 그는 이렇게 말했을 뿐이었다.

「포르므리 판사, 내일 아침 10시에 뒤퐁 빌라 29번지에서 만납시다」

「정신 나간 소리 하지 마시오! 난 그럴 생각이 없단 말이오!」

「내가 그러고 싶으면 그렇게 되는 거요. 내일 10시요. 시간 엄수하시오」

감방으로 돌아오자마자 다른 때와 마찬가지로 뤼팽은 침대에 누운 다음 하품을 하며 생각에 잠겼다.

「요컨대 이 사건을 처리하는 데 이런 생활 이상으로 효과적인 것도 없군. 매일 손가락으로 버튼을 누르기만 하면 기계 전체가 가동하는 거야. 난 다음날까지 결과를 기다리면 되지. 사건이 저절로 이루어지는 거야. 과로한 사람에게 이렇게 좋은 휴식이 어디 있나!」

그런 다음 그는 벽을 향해 돌아누웠다.

「슈타인벡! 살아 있다면 아직 죽지 마시오! 조금만 버텨 주기 바라오. 나처럼 하시오, 자란 말이오」

식사 시간을 제외하고 그는 아침까지 잤다. 자물쇠가 열리고 빗장이 벗겨지는 소리에 그는 잠에서 깼다.

「일어나 옷을 입으시오……. 서두르시오」

간수가 말했다.

복도에서 그를 기다리고 있던 베베르 부국장과 그의 부하들이 그를 마차까지 호송했다.

「마부 양반, 뒤퐁 빌라 29번지로 가 주시오, 서두르시오」

마차에 오르면서 뤼팽이 말했다.

「이런! 당신은 우리가 그리로 간다는 걸 알고 있었소?」

부국장이 물었다.

「물론 알고 있었소. 어제 포르므리 판사와 뒤퐁 빌라에서 10시에 만나기로 했잖소. 뤼팽이 한 말은 반드시 이루어진다오. 그 증거로……」

페르골레즈가로 접어들자마자 시작된 경찰의 다중 경계에 뤼팽은 몹시 즐거워했다. 한편 뒤퐁 빌라로 통하는 길은 사람의 통행이 전면 차단되어 있었다.

「비상사태군, 베베르 부국장. 당신이 이유 없이 통행을 방해한 저 가엾은 사람들에게 나를 대신해 1루이씩 나눠 주시오. 어쨌든 잔뜩 겁을 내는 게 당연하군! 조금이라도 이상하면 내게 수갑이라도 채우겠는걸」

「당신이 원한다면 언제든지 그럴 수 있소」

베베르가 말했다.

「그럼 채우시오, 친구. 게임은 공정해야 하지 않겠소! 아니, 오늘은 동원한 건 겨우 300명뿐이니 말이오!」

마차가 현관 앞 층계에 서자 뤼팽은 두 손에 수갑을 찬 채 마차에서 내렸다. 그는 즉각 포르므리 판사가 기다리고 있는 방으로 안내되었다. 경찰들은 나가고 베베르 부국장만 남았다.

「용서하시오, 판사. 1, 2분가량 늦은 것 같소. 다음엔 틀림없이……」

포르므리 판사는 안색이 납빛이 되어 있었다. 그는 온몸을 신경질적으로 떨고 있었다.

「이것 보시오, 내 아내는……」

그는 말을 멈출 수밖에 없었다. 숨이 가빠 목소리가 나오지 않았던 것이다.

「현숙하신 부인은 어떻게 지내시오? 지난겨울 시청에서 열린 무도회에서 영광스럽도 부인과 춤을 추었는데. 그 추억을 떠올리면……」

뤼팽이 흥미를 보이며 물었다.

「이것 보시오. 내 아내는 어제 저녁 장모님으로부터 빨리 처가로 오라는 전화를 받았소. 전화를 받자마자 아내는 서둘러 집을 나섰지. 불행히도 나와 함께가 아니라 혼자 말이오. 내가 당신 관련 서류를 살펴보는 중이었기 때문이오」

「내 서류를 살펴보는 중이었다니? 큰 실수를 했구려」

뤼팽이 말했다.

「자정까지 아내가 돌아오지 않자, 나는 걱정이 되어 처가로 달려갔소. 하지만 아내는 그곳에 없었소. 장모님께선 아내에게 전화를 하신 적이 없다는 거요. 그 모든 것이 가증스러운 함정이었소. 지금 이 시각까지 내 아내는 돌아오지 않고 있소」

「저런!」

뤼팽이 분개하며 대답했다.

그런 다음 잠시 생각에 잠겼다가 말을 이었다.

「내 기억에 따르면, 부인은 상당히 미인이셨던 것 같은데, 그렇지 않소?」

판사는 무슨 말인지 알아듣지 못한 모양이었다. 뤼팽에게 다가간 그는 약간 연극적인 몸짓을 곁들이며 걱정스러운 목소리로 말했다.

「이것 보시오, 난 오늘 아침 편지를 한 장 받았소. 슈타인벡이라는 자가 발견되는 즉시 아내가 내게 돌아올 것이라는 내용이었소. 이게 그 편지고 편지를 보낸 사람은 뤼팽이오. 당신이 보낸 거요?」

뤼팽은 편지를 살펴보더니 진지한 어조로 결론을 내렸다.

「내가 보낸 편지 맞소」

「그러니까 당신은 내게서 슈타인벡 노인을 수색하는 것에 대한 재량권을 강압적으로 얻어내겠다는 거요?」

「그렇소」

「그럼 내 아내는 즉각 풀려나는 거요?」

「부인은 풀려날 거요」

「그 수색이 성과 없이 끝난다 해도?」

「그런 경우는 있을 수 없소」

「내가 거절한다면?」

갑자기 반발심이 치밀어 오른 포르므리 판사가 외쳤다.

뤼팽이 중얼거렸다.

「당신이 거절한다면 심각한 결과가 생길 거요……. 당신 아내는 아름다우니까……」

「좋소. 수색하시오……. 당신 마음대로 하시오」

포르므리 판사가 이를 갈며 말했다.

그런 다음 판사는 어쩔 수 없는 상황에서는 포기할 줄 아는 사람답게 팔짱을 끼었다.

베베르 부국장은 한마디도 하지 않았지만 분노에 찬 얼굴로 콧수염을 씹고 있었다. 붙잡혔지만 여전히 의기양양한 적의 변덕에 따를 수밖에 없는 상황에 화가 나 있는 것이 분명했다.

「올라갑시다」

뤼팽이 말했다.

그들은 위층으로 올라갔다.

「이 방문을 여시오」

문이 열렸다.

「내 수갑을 벗겨 주시오」

한순간 사람들은 망설였다. 포르므리 판사와 베베르 부국장은 눈길을 교환했다.

「내 수갑을 벗겨 주시오」

뤼팽이 거듭 말했다.

「허튼 짓 하지 마시오」

부국장이 다짐했다.

그런 다음 그들을 따라오고 있는 경찰 여덟 명에게 손짓을 했다.

「총들 들어! 허튼 짓을 하면 쏴 버려!」

경찰들이 권총을 꺼냈다.
「총들 내려 놓게. 두 손을 주머니에 넣어」
뤼팽이 명령했다.
경찰들이 주저하자, 그는 단호한 어조로 다시 말했다.
「명예를 걸고 말하는데, 내가 여기 온 것은 죽어 가는 한 사람을 구하기 위해서다. 난 도망치지 않을 것이다」
「뤼팽의 명예라고……」
경찰 하나가 중얼거렸다.
그 경찰은 뤼팽의 발길질에 다리를 얻어맞고 고통의 신음을 내질렀다. 경찰들 모두 화가 나 펄쩍 뛰었다.
「그만!」
베베르 부국장이 끼어들었다.
「수색을 시작하시오, 뤼팽……. 당신에게 한 시간을 주겠소……. 만약 한 시간 내에……」
「난 조건을 좋아하지 않소」
그런 말에 전혀 개의치 않고 뤼팽이 응수했다.
「이런! 그럼 마음대로 하라고, 짐승 같은 자식!」
흥분한 부국장이 이를 갈았다.
그런 다음 그는 부하들을 데리고 물러섰다.
「좋소. 이제 차분히 일을 할 수 있겠군」
뤼팽이 말했다.
그는 푹신한 안락의자에 앉은 다음 담배 한 대를 달라고 해서 불을 붙이고 천장에 동그란 연기를 뿜어 대기 시작했다. 그동안 다른 이들은 굳이 호기심을 감추려 애쓰지도 않고 그를 지켜보았다.

잠시 후 그가 말했다.
「베베르 부국장, 침대를 옮겨 주시오」
침대가 옮겨졌다.
「내실의 커튼을 모두 걷어 주시오」
커튼이 걷혔다.

긴 침묵이 시작되었다. 모두들 최면에라도 걸린 것처럼, 이제 벌어질 미지의 사건에 대한 막연한 두려움과 고통스러운 미심쩍음으로 그 장면을 지켜보고 있었다. 마술사의 저항할 수 없는 주술에 빈사 상태의 사람이 깨어나 모습을 나타낼 수도 있었다. 어쩌면…….
「아니, 그렇다면 당신은 이미!」
포르므리 판사가 외쳤다.
「그렇소. 포르므리 판사, 당신은 내가 감방 안에서 아무 생각도 안 하는 줄 아시오? 내가 분명한 생각도 없이 여기 왔을 것 같소?」
뤼팽이 대답했다.
「그렇다면?」
베베르 부국장이 물었다.
「경찰 하나를 아래층 초인종 박스 있는 곳으로 보내시오. 주방 한쪽 벽에 설치되어 있을 거요」
경찰 하나가 자리를 떴다.
「이제 거기 내실의 침대 높이에 있는 스위치를 누르시오……. 잘했소……. 세게 누르시오……. 손을 떼지 마시오……. 이제 아래로 내려 보냈던 경찰을 불러 오시오」

잠시 후 그 경찰이 올라왔다.
「그래, 친구. 벨 소리가 울리던가?」
「아니오」
「박스에 있는 벨 중 하나가 작동하던가?」
「아니오」
「좋아. 내 생각이 맞았군. 베베르 부국장, 이 초인종의 나사를 풀어야겠소. 알다시피 이건 가짜요……. 그렇소……. 스위치를 둘러싼 도기로 된 작은 종 모양의 것부터 돌리시오……. 잘했소……. 이제 뭐가 보이시오?」
「깔때기 비슷한 게 있군. 거기에 튜브가 달려 있는 것 같소」
베베르 부국장이 대답했다.
「몸을 굽히시오……. 그 튜브에 입을 가져다 대시오. 확성기에 입을 대듯이 말이오」
「그렇게 했소」
「이름을 불러 보시오……. 불러 보란 말이오. 슈타인벡을……! 어이! 슈타인벡……! 소리 지를 필요는 없소. 그냥 부르면 된다오……. 어떻소?」
「대답이 없소」
「대답이 없다니」
「할 수 없군. 죽었거나…… 대답할 수가 없는 상황인 모양이오」
포르므리 판사가 소리를 질렀다.
「그렇다면 모든 게 끝장이오」
「끝장은 아니오. 좀 오래 걸릴 뿐이지. 다른 튜브들처럼 이 튜브에도 양 끝이 있소. 또 다른 끝을 찾아내야 하오」
「하지만 그러려면 집 전체를 부숴야……」

「천만에…… 천만에…… 두고 보시오……」

경찰들이 지켜보는 가운데 뤼팽은 직접 그 일에 뛰어들었다. 경찰들은 그를 감시한다기보다는 그가 하고 있는 일을 구경하는 셈이었다.

그는 옆방으로 갔다. 그의 말대로 방 한구석에 튀어 나와 있는 납으로 된 관을 이내 발견하였다. 그 관은 수도관처럼 천장을 향해 올라가고 있었다.

「이런! 이런! 올라가는군……! 똑똑한걸……. 대개 지하실을 찾아보기 마련이니까……」

연결된 관을 발견하였다. 이제는 따라가기만 하면 되었다. 그들은 3층으로, 이어 4층으로, 다음에는 다락방으로 올라갔다. 다락방 하나의 천장에 틈이 나 있었고 관은 그 위쪽으로 이어지고 있었다.

그런데 그 위는 바로 지붕이었다.

그들은 사다리를 놓고 올라가 천창으로 나갔다. 지붕은 함석으로 되어 있었다.

「추적은 어렵지 않을 거라고 했잖소?」

포르므리 판사가 말했다.

뤼팽이 어깨를 으쓱해 보였다.

「전혀 어렵지 않소」

「하지만 저 관은 함석지붕으로 이어지고 있잖소」

「그건 이 함석판과 다락 천장 사이에 공간이 있다는 뜻이오. 그곳에서 우리는…… 찾는 걸 발견할 거요」

「불가능하오!」

「두고 보시오. 이 판을 들어올리면…… 아니, 거기가 아니

「오……. 관이 연결된 곳은 바로 여기요」

경찰 셋이 그의 지시를 따랐다. 그들 중 하나가 탄성을 내질렀다.

「이런! 여기예요!」

사람들이 아래를 내려다보았다. 반쯤 썩은 나무판자들이 받치고 있는 함석지붕 아래, 가장 높은 곳의 높이가 기껏해야 1미터 정도 되는 공간이 있었던 것이다.

제일 먼저 그곳으로 내려간 경찰은 바닥이 꺼지는 바람에 다락으로 떨어지고 말았다.

그들은 함석을 들어 올리면서 조심스럽게 지붕 위를 걸어가야 했다.

조금 더 가자 굴뚝이 나왔다. 경찰들의 작업 상황을 살펴보며 앞서 걷던 뤼팽이 걸음을 멈추고 말했다.

「여기 있군」

한 사내(아니 차라리 시체라고 해야 마땅했다)가 누워 있었다. 대낮의 눈부신 빛에 드러난 사내의 얼굴은 납빛이었고 고통으로 경련하고 있었다. 그의 몸은 쇠사슬로 굴뚝에 묶여 있었고, 그 옆에는 빈 그릇이 두 개 놓여 있었다.

「죽었군」

예심판사가 말했다.

「당신이 어떻게 아시오?」

뤼팽이 반박했다.

그는 한쪽 발로 더 단단하게 느껴지는 마루판을 더듬어 짚으며 노인에게 다가갔다.

포르므리 판사와 부국장도 그의 뒤를 따랐다.

노인을 잠깐 살펴본 뤼팽이 말했다.

「아직 숨을 쉬고 있소」
「그렇군……. 심장이 약하긴 하지만 뛰고 있어. 이 사람을 살릴 수 있을 것 같소?」
「물론이오! 이 사람은 아직 죽지 않았잖소……」
뤼팽이 확신에 찬 어조로 대답했다.
그런 다음 그는 지시했다.
「얼른 우유를 가져오게! 생수를 섞은 우유를. 어서 달려! 그럼 내가 어떻게 해 볼 수 있네」

20분 후 슈타인벡 노인은 눈을 떴다.
그의 곁에 앉아 있던 뤼팽은 노인의 머릿속에 한마디 한마디 새겨 넣듯 천천히 또렷하게 말했다.
「내 말 잘 들으시오, 슈타인벡. 아무에게도 피에르 르뒤크에 대한 비밀을 말하지 마시오. 나 아르센 뤼팽이 당신이 원하는 값을 치르고 그걸 사겠소. 그 비밀을 내게 넘겨주시오」

예심판사가 뤼팽의 팔을 붙잡고 심각한 어조로 물었다.
「내 아내는?」
「당신 아내는 지금쯤 풀려나 초조하게 당신을 기다리고 있을 거요」
「어떻게 그럴 수가?」
「이것 보시오, 포르므리 판사, 난 당신이 이 탐험에 동의하리라는 것을 알고 있었소. 당신으로서는 거절할 수 없었을 거요……」
「어째서?」
「당신 부인은 몹시 아름답잖소」

현대사의 한 페이지

뤼팽은 두 주먹을 세차게 뻗어 좌우의 공간을 가른 다음 가슴팍에 모았다가 또다시 좌우를 가르고 다시 모으는 일을 반복했다.
그 동작을 서른 번 반복한 다음 그는 상체를 앞으로 굽혔다가 뒤로 젖히고 두 다리를 번갈아 들어 올리더니 두 팔을 휘둘렀다.
운동에는 15분이 걸렸다. 매일 아침 그는 그런 스웨덴 식 체조에 15분을 할애해 근육을 풀곤 했다.
운동을 마친 그는 탁자 앞에 앉아 번호가 매겨져 있는 꾸러미에서 백지를 꺼냈다. 그리고 그중 하나를 접어 봉투를 만들기 시작했다.
그것이 그가 교도소에서 매일 하는 작업으로 선택한 일이었다. 봉투 붙이기, 종이 부채 만들기, 금속 지갑 만들기 등의 일 가운데에서 재소자들은 원하는 일을 고를 수 있었다.
그런 일을 통해 뤼팽은, 기계적인 운동을 하고, 역학적인 움직임으로 근육을 풀어 주는 동시에 머리로는 생각을 계속할 수 있었다.

빗장 열리는 소리에 이어 자물쇠 돌아가는 소리가 들려왔다…….

「이런! 당신이군, 모범적인 간수 친구! 교수형에 앞서 마지막으로 세수를 하고 머리를 잘라야 할 시간인가?」

「아니오」

간수가 대답했다.

「그럼 예심이 있나? 검찰청까지 산보를 나가는 건가? 이거 놀라운걸. 포르므리 판사가 만일의 경우에 대비해 이제부터는 나를 감방에서 심문하겠다고 했는데. 고백하는데, 그 때문에 내 계획에 차질이 생겼다네」

「면회요」

간수가 짤막하게 말했다.

〈이제 됐군.〉

뤼팽은 속으로 생각했다.

그는 복도로 나서며 중얼거렸다.

「정말이지 나도 참 대단해! 감방 안에서 나흘 만에 이 사건을 궤도에 올려 놓다니, 정말 대가의 솜씨잖아!」

검찰청 제1과장이 서명한 정규 허가서를 소지한 방문객들은 면회실로 쓰이는 좁은 방으로 안내받았다. 이 방들은 가운데에 50센티미터의 간격을 두고 두 겹으로 철책이 쳐져 있고 양쪽으로 문이 나 있어 각각 다른 복도로 통했다. 재소자는 이쪽 문으로, 면회객은 저쪽 문으로 들어오게 되어 있었다. 따라서 그들은 몸을 접촉할 수도, 작은 소리로 이야기할 수도, 물건을 교환할 수도 없었다. 게다가 때로는 간수가 지켜보는 가운데 면회가 이루어지기도 했다.

이번 경우 간수장이 그런 영광을 누리게 된 모양이었다.

「도대체 누가 나를 면회할 허가를 받아 냈을까? 하지만 오늘 나는 손님 맞을 준비가 되어 있지 않은데」

뤼팽이 면회실로 들어서며 짐짓 큰 소리로 말했다.

간수가 문을 잠그는 동안 그는 철책으로 다가가 반대편 철책 앞에 서 있는 사람을 살펴보았다. 희미한 빛 때문에 방문객의 얼굴을 제대로 알아볼 수 없었던 것이다.

「이런! 당신이군, 스트리파니 씨! 이렇게 만나다니 얼마나 다행인지!」

그가 기쁜 목소리로 말했다.

「그렇습니다, 접니다, 친애하는 공작」

「아니, 그런 호칭으로 부르지 말아 주시오, 스트리파니 씨. 여기서 난 인간적인 모든 허영을 버렸소. 나를 뤼팽이라고 불러 주시오. 그 편이 더 상황에 어울린다오」

「저도 그러고 싶습니다. 하지만 제가 알던 사람, 저를 비참함에서 구해 준 사람, 저에게 행복과 부를 가져다 준 사람은 바로 세르닌 공작이십니다. 그러므로 제게 있어서 당신은 영원히 세르닌 공이랍니다」

「과연 그렇겠군! 스트리파니 씨…… 과연! 우리 간수장님의 시간은 몹시 소중하니만큼 우리로서는 시간을 낭비할 권리가 없소. 요컨대 무슨 일로 오셨소?」

「무슨 일로 왔느냐고요? 이런! 맙소사, 아주 단순한 이유에서입니다. 당신이 시작한 사업을 제가 당신 아닌 다른 사람에게 끝맺게 한다면 언짢게 여기실 것 같아서 말입니다. 게다가 지금으로서는 사태를 재구성해 저를 구해 줄 수 있는 그 모든 요건을 갖고 있는 사람은 당신뿐입니다. 오직 당신만이 저를 위협하고 있는 또 다른 습격에 제대로 대처할 수 있습니다. 제가 그런 상황을 설명하자, 경찰청장님께선 사태를 이해하시고……」

「당신에게 면회를 허가했다는 데, 사실 놀랐소……」

「허가하지 않을 수 없었지요, 친애하는 공작. 막대한 이권, 저의 이권 뿐 아니라 높은 분들의 이권도 걸려 있는 사건에는 당신의 개입이 꼭 필요하니까요」

뤼팽은 곁눈으로 간수를 살펴보았다. 간수는 두 사람의 말 속에 은밀히 숨어 있는 뜻을 알아내려 애쓰며 윗몸을 기울인 채 주의 깊게 듣고 있었다.

「그래서……?」

뤼팽이 물었다.

「그래서 말입니다, 친애하는 공작, 4개 국어로 정리한 이 인쇄물이 기억 나실 겁니다. 이 서류의 첫부분은 그저……」

그 순간 간수의 턱 위, 귀 조금 아래로 주먹이 날아왔다……. 간수는 잠시 비틀거리더니 신음 한번 지르지 못한 채 통나무처럼 뤼팽의 품으로 쓰러졌다.

「잘했다, 뤼팽. 깨끗하게 〈끝냈군〉. 자, 이것 보시오, 슈타인벡, 마취제 갖고 있소?」

뤼팽이 말했다.

「저 사람 기절한 게 분명합니까?」

「물론이오! 3, 4분간은 깨어나지 않을 거요……. 하지만 그걸로는 부족하오」

독일인은 주머니에서 구리 관 하나를 꺼내서 망원경처럼 길게 뽑았다. 그 끝에 작은 병이 끼워져 있었다.
 뤼팽은 그 병을 받아 손수건 위에 몇 방울 떨어뜨린 다음 간수장의 코 아래 손수건을 갖다 댔다.
「됐소……! 이 친구는 마취되었소……. 그 벌로 난 한두 주 독방살이를 하게 되겠지……. 하지만 그건 이 직업의 작은 특권이라오」
「그럼 저는 어떻게 되는 겁니까?」
「당신? 어떻게 되기를 바라시오?」
「이런! 당신이 휘두른 주먹질 말입니다……」
「당신은 그 일에 아무 책임도 없소」
「그럼, 면회 허가서는? 그건 당연히 가짜일 텐데」
「당신은 그 일에도 아무 책임 없소」
「제가 그걸 이용했잖습니까?」
「무슨 말을 하는 거요! 당신은 그제 스트리파니라는 이름으로 정식 면회 신청을 했고, 오늘 아침 면회를 허가받았소. 나머진 당신은 모르는 일이오. 걱정해야 할 사람은 그 허가서를 내준 내 친구들이라오. 두고 보면 된다오……!」
「누군가 우리 대화를 도중에 끊는다면요?」
「왜 그런 말을 하시오?」
「뤼팽을 면회해도 좋다는 허가서를 제가 보여 주자 이곳 사람들은 깜짝 놀란 것 같았습니다. 소장이 저를 들어오게 하더니 이런저런 질문을 던지더군요. 분명 검찰청에 전화를 했을 겁니다」
「틀림없이 그럴 거요」
「그렇다면?」
「완벽한 대비가 되어 있소, 노인장. 걱정 마시오. 이제 얘기를 해 봅시다. 내 생각에 당신은 이 일의 성격을 알고 여기 온 것 같소만?」

「그렇소. 당신 친구들이 설명해 주더군요……」

「그럼 그 제안을 받아들이는 거요?」

「저를 죽음에서 구해 준 사람은 저를 마음대로 할 권리가 있습니다. 제가 무슨 일을 한다 해도, 그 빚을 다 갚지 못할 겁니다」

「당신의 비밀을 털어놓기 전에 현재 내가 처해 있는 상황을 잘 생각해 보시오……. 무력한 죄수인 내 상황을 말이오……」

슈타인벡은 웃기 시작했다.

「아니오, 제발 농담은 그만두십시오. 제가 그 비밀을 케셀바흐에게 말해 준 것은 그가 부자인 데다가 그 누구보다도 그것을 제대로 이용할 수 있는 사람이었기 때문입니다. 당신은 지금 묶인 몸이고 아무 힘도 쓸 수 없지만 제가 보기에는 막강한 부를 지닌 케셀바흐보다 백 배는 더 강한 사람이신 것 같습니다」

「오! 이런!」

「당신도 잘 아실 겁니다! 아무리 많은 돈도 그 죽음의 구멍에서 저를 찾아낼 수 없었다는 걸 말입니다. 저를 무력한 죄수인 당신 앞으로 데려와 한 시간 동안 머물게 하기란 더 더욱 불가능한 일이고 말입니다. 이 일에는 다른 그 무엇이 필요합니다. 그리고 당신은 그 무엇을 갖고 있습니다」

「그렇다면 말씀하시오. 차례대로 이야기합시다. 살인자의 이름은?」

「그건 말할 수 없습니다」

「뭐라고, 말할 수 없다니? 하지만 당신은 그 이름을 알고 있을 것 아니오. 당신은 모든 걸 내게 알려 줘야 하오」

「모든 걸 알려 드리겠습니다. 하지만 그건 곤란합니다」
「하지만……」
「나중에 말씀해 드리겠습니다」
「당신 미쳤소? 도대체 무엇 때문에 그러는 거요?」
「제겐 증거가 없습니다. 나중에 당신이 자유의 몸이 되면 함께 찾아보도록 하지요. 그러니 말한들 무슨 소용이 있겠습니까! 정말이지 말할 수 없습니다」
「그가 두렵소?」
「그렇습니다」
「좋소. 어쨌든 그건 긴급한 일은 아니니까. 나머지는 모두 말할 준비가 되어 있소?」
뤼팽이 물었다.
「모든 걸 말하겠습니다」
「그렇다면, 대답하시오. 피에르 르뒤크는 누구요?」
「헤르만 4세입니다. 되퐁벨당츠 대공, 베른카스텔 공작, 피스팅겐 백작, 비스바덴과 그 외 다른 곳들의 영주지요」
자신이 보호하고 있는 청년이 돼지고기 장수의 아들과는 거리가 멀다는 사실을 확인하고 뤼팽은 기쁨으로 전율했다.
「이럴 수가! 굉장하군……! 내가 알기로 되퐁벨당츠 공국(독일명으로는 츠바이브뤼케펠덴츠 공국)은 프로이센에 있을 텐데?」
뤼팽이 중얼거렸다.
「그렇습니다. 모젤 지방에 있습니다. 벨당츠 가는 팔라티나 드 되퐁의 일파요. 공국은 뤼네빌 평화 조약(1801년 2월 오스트리아와 프랑스가 맺은 조약. 이 조약으로 나폴레옹은 이탈리아의 치사르피나, 리구리아 2공화국을 프랑스의 보호령으로 만들고, 또 라인 강 좌

안과 벨기에, 룩셈부르크 등을 할양받아 영토를 확장하였다. ─ 옮긴이) 이후 프랑스에 속했다가, 몽토네르 지방으로 흡수되었습니다. 1814년 피에르 르뒤크의 증조부인 헤르만 1세는 그 공국을 되찾았지요. 하지만 그의 아들 헤르만 2세는 젊은 시절을 방탕하게 보내다가 파산해 국고를 탕진했습니다. 더 이상 그를 두고 볼 수 없었던 그의 부하들이 마침내 옛 벨당츠 성의 일부를 불태우고 그를 나라 밖으로 쫓아냈지요. 그리하여 공국은 헤르만 2세(참 이상하게도 그는 아들에게 권좌를 물려주지 않고 줄곧 권력에 집착했습니다) 대신 세 사람의 섭정에 의해 통치되었지요. 베를린에서 가난하게 살던 헤르만 2세는 친구였던 비스마르크 편에 서서 프랑스 원정에 참전했다가 파리 공략 때 포탄 파편을 맞았습니다. 죽어가면서 그는 비스마르크에게 자기 아들 헤르만…… 그러니까 헤르만 3세의 앞날을 부탁했습니다」

「그러니까 르뒤크의 아버지를 부탁했단 말이군」

뤼팽이 말했다.

「그렇습니다, 비스마르크는 헤르만 3세를 사랑으로 돌보았습니다. 그를 여러 차례 외국에 밀사로 보내기도 했지요. 그런 보호자가 실각하자 헤르만 3세는 베를린을 떠나 여기저기를 떠돌다가 드레스덴에 정착했습니다. 비스마르크가 죽었을 때, 헤르만 3세는 그 옆에 있었지요. 2년 후 그 역시 세상을 떠났고요. 이게 독일 전역에 알려져 있는 사실입니다. 이게 19세기 되퐁발당츠 공국의 대공들이었던 헤르만 1세, 2세, 3세의 이야기지요」

「그렇다면 우리가 신병을 확보한 헤르만 4세는?」

「그 얘기는 조금 뒤에 하지요. 지금은 알려지지 않은 이야기들에 대한 이야기를 하는 게 좋겠습니다」

현대사의 한 페이지 55

「오직 당신만 알고 있는 이야기 말이오」
뤼팽이 말했다.
「저와 몇몇 사람만 알고 있는 이야기입니다」
「뭐라고, 몇몇 사람이 알고 있다니? 그렇다면 비밀이 누설되었다는 거요?」
「아니, 그렇지 않습니다. 그들은 철저히 함구하고 있지요. 걱정 마십시오. 다들 비밀을 누설할 수 없는 이유들이 있답니다」
「과연! 당신은 그걸 어떻게 아시오?」
「헤르만 대공으로 불렸던 그분의 개인 비서이자 오랜 하인이었던 이에게서 들었습니다. 희망봉에서 제 품에 안겨 죽어 가면서 그는 우선은 자기 주인이 남몰래 결혼을 했다는 것, 그에게 아들이 하나 있다는 사실을 털어놓았습니다. 그리고 문제의 비밀을 알려 주었지요」
「그 비밀을 당신은 후에 케셀바흐에게 말해 준 거요?」
「그렇습니다」
「말해 보시오」
그 순간 자물쇠에 열쇠 꽂는 소리가 들려왔다.

「한마디도 하지 마시오」
뤼팽이 중얼거렸다.
그는 문 옆의 벽에 몸을 숨겼다. 문이 열리고 있었다. 뤼팽은 들어오는 간수를 면회실 안으로 잡아끌며 거센 힘으로 문을 닫았다. 간수가 비명을 내질렀다. 뤼팽이 그의 멱살을 잡았다.
「조용히하게, 친구. 만약 소리를 지르면 자넨 죽은 목숨이야」
그는 간수를 바닥에 쓰러뜨렸다.
「가만히 있을 텐가……? 상황을 알겠나? 그렇다고? 좋아……. 자네 손수건 어디 있나? 이제 두 손을 내밀게……. 좋아, 나도 흥분하지 않겠네. 잘 듣게……. 자네는 혹시 무슨 일이 있나 하고 여기 온 거겠지? 간수장에게 도움이 필요할까 해서 말이야……. 훌륭한 조치였지만 한발 늦었군. 보다시피 간수장은 죽었네……! 조금이라도 움직이거나 사람을 부르면, 자네에게도 같은 일이 일어날걸세」
그는 간수가 갖고 있던 열쇠 꾸러미를 찾아내 그중 하나로 문을 잠갔다.
「이제 조용히 이야기를 할 수 있을 것 같군」
「그쪽에서는 그럴 것 같습니만…… 이쪽은 어떨까요?」
슈타인벡이 물었다.
「무슨 이유로 사람이 온단 말이오?」
「저 친구가 내지르는 신음소리가 새나갔다면?」
「그렇지 않을 거요. 어쨌든 내 친구들이 당신에게 복사한 열쇠를 주지 않았소?」
「받았습니다」
「그렇다면, 그쪽 문도 잠그시오……. 잠갔소? 이제 됐군! 이제 적어도 10분은 이야기할 수 있소. 아시다시피 노인장, 겉으로 보기에 가장 어려워 보이는 상황이야말로 사실은 가장 간단하다오. 조금만 냉정을 되찾고 상황에 적응하면 된다오. 자, 당황하지 말고 이야기하시오. 독일에서 있었던 얘기를 하려고 하지 않았소?

혹시 이 친구가 우리가 말하는 국가의 비밀을 엿듣는다 해도 별 소용없소. 자, 노인장, 침착하시오. 이제 아주 편안해졌잖소」

슈타인벡은 다시 이야기를 시작했다.

「비스마르크가 죽던 날 밤 헤르만 3세 대공과 그의 충실한 하인(희망봉에서 죽은 제 친구 말입니다)은 뮌헨 행 기차를 탔습니다…… 비엔나 행 특급 열차 시간에 맞춰서 내릴 수 있도록 말입니다. 비엔나에서 그들은 콘스탄티노플로, 이어 카이로로, 나폴리로, 튀니지로, 스페인으로, 파리로, 런던으로, 생페테르스부르크로, 바르샤바로 갔습니다…… 그 도시들 중 어느 곳에서도 머무르지 않았지요. 그들은 마차를 급하게 집어타고 짐 가방 두 개를 실은 다음 빠르게 거리를 질주해 가까운 역이나 부둣가로 가서 또다시 열차나 여객선을 집어탔습니다」

「간단히 말해서 미행을 따돌리려 했던 거군」

아르센 뤼팽이 추측했다.

「그러던 어느 날 밤, 그들은 작업복을 입고 안전모를 쓴 데다가 등에 진 막대기에 보통이 하나를 매달고 트레브 시를 떠났습니다. 그들은 그곳에서 벨당츠까지 35킬로미터를 걸었지요. 옛 되퐁 성, 아니 낡은 성의 잔해가 있는 그곳까지 말입니다」

「사설은 생략하시오」

「하루 종일 그들은 그 근처의 숲에 숨어 있었습니다. 다음날 밤 그들은 옛 성벽으로 다가갔지요. 그곳에서 헤르만은 하인에게 기다리라고 명령한 다음 자신은 〈늑대 구멍〉이라고 불리는 좁은 구멍을 통해 성안으로 들어왔습니다. 그는 한 시간 후 돌아왔습니다. 일주일 후 또다시 긴 여행을 한 끝에 그들은 드레스덴의 집으로 돌아왔습니다. 원정이 끝난 거지요」

「그 원정의 목적은?」

「대공은 하인에게 그에 대해 단 한마디도 하지 않았습니다. 하지만 몇 가지 세부 사항들과 우연히 일어난 사건들 덕분에 내 친구는 사실을 재구성할 수 있었지요. 최소한 부분적으로라도 말입니다」

「빨리 말하시오, 노인장. 이제 시간이 없고, 난 내용을 알고 싶어 죽겠소」

「원정을 다녀오고 보름 후, 독일 황제의 근위대 장교이자 친구인 발데마르 백작이 부하 여섯을 데리고 대공의 집에 나타났습니다. 그는 대공의 집무실에 들어가서 하루 종일 나오지 않았습니다. 몇 차례 격렬하게 논쟁하는 말소리가 새어 나왔소. 내 친구가 정원 쪽 창 밑에서 엿들은 이야기는 이런 거였답니다. 〈폐하께선 그 서류가 공에게 있을 거라고 확신하고 계시오. 만약 공께서 순순히 그것을 내놓지 않겠다면…….〉 이 말 다음에 어떤 말이 오갔는지, 그 협박의 의미가 무엇인지, 그 밖에 어떤 것들인지는 이후 일어난 사건으로 쉽게 짐작할 수 있었지요. 그들이 대공의 집을 샅샅이 수색했으니 말입니다」

「하지만 그건 불법이잖소」

「대공이 그 일에 반대했다면 불법적인 사건이 되었을 겁니다. 하지만 그 자신까지 직접 백작의 수색에 동참했답니다」

「그들은 뭘 찾고 있었던 거요? 비스마르크의 회고록이오?」

「그 이상입니다. 그들은 비밀 문서 꾸러미를 찾고 있었습니다. 비밀이 누설되는 바람에 그 문서의 존재가 세상에 알려졌는데, 그들은 모종의 이유에서 그것을 헤르만 대공이 맡았다고 생각하게 된 겁니다」

뤼팽은 철책에 두 팔꿈치를 괴고 두 손으로 철망을 움켜쥐었다. 그는 감정에 벅찬 목소리로 중얼거렸다.
「비밀 문서라면…… 분명히 몹시 중요하겠군?」
「더할 수 없이 중요한 거랍니다. 그 문서의 내용이 세상에 알려지면 독일의 내정뿐 아니라 국제적으로도 어떤 일이 벌어질지 예측할 수 없습니다」
「이런……! 이런! 이럴 수가! 당신은 무슨 증거라도 갖고 있소?」
뤼팽이 가슴을 두근거리며 물었다.
「무슨 증거냐고요? 대공 부인의 증언, 그녀가 남편이 죽은 다음 하인에게 한 이야기를 알고 있답니다」
「과연…… 과연…… 그건 대공 자신의 증언과도 같지」
뤼팽이 더듬거리며 말했다.
「그 이상입니다!」
슈타인벡이 외쳤다.
「무슨 말이오?」
「서류가 있습니다! 대공이 직접 쓰고 서명한 서류 말입니다. 그 내용은……」
「그 내용은?」
「자신이 맡은 비밀 서류의 목록입니다」
「간단히 말해서……?」
「간단히 말할 수가 없습니다. 그 내용은 몹시 길고, 주석과 종종 이해할 수 없는 언급들이 어지럽게 널려 있습니다. 그 비밀 문서 두 개의 꾸러미 중 하나의 제목은 〈황태자(빌헬름 2세)가 비스마르크에게 보낸 편지의 원본〉입니다. 이 편지들이 씌어진 날짜는 프리드리히 3세의 통치기인 3개월간입니다. 이 편지들에 담긴 내용을 알고 싶다면, 프리드리히 3세의 병과 아들과 일으킨 불화를 떠올려 보십시오……」

「알겠소…… 알겠소…… 무슨 말인지……. 그럼 또 다른 것은?」

「〈프리드리히 3세와 빅토리아 황후가 영국의 빅토리아 여왕에게 보낸 편지들의 사본〉이랍니다……」

「그런 게 있소? 그런 게 있단 말이오……?」

뤼팽은 누군가에게 목을 졸린 듯한 목소리로 물었다.

「대공이 어떤 주석을 달아 놓았는지 들어 보십시오. 〈영국과 프랑스의 협정 내용〉에 이어 좀 애매한 이런 구절도 있습니다. 〈알자스로렌…… 식민지…… 함대의 제한…….〉」

「그런 게 있다니……. 당신 그 말이 애매하다고 했소? 반대로 분명하기 짝이 없잖소……! 이런! 이럴 수가……!」

문에서 무슨 소리가 들려왔다. 누군가 문을 두드리고 있었다.

「아무도 들어올 수 없소. 내가 조치를 취해 놓았소……」

이번에는 슈타인벡 쪽의 다른 문을 두드리는 소리가 들려왔다. 뤼팽이 소리쳤다.

「잠깐만 기다리시오. 5분 내로 끝내겠소」

그는 노인에게 명령조로 말했다.

「침착하시오. 그리고 이야기를 계속하시오……. 그러니까 당신 생각에 의하면, 대공과 그의 하인이 벨당츠 성으로 갔던 것은 바로 그 문서를 숨기기 위해서였다는 거요?」

「의심의 여지가 없습니다」

「좋소. 하지만 대공이 나중에 그 문서를 찾아갔을 수도 있잖소?」

「그럴 순 없습니다. 그는 죽을 때까지 드레스덴을 떠나지 않았습니다」

「하지만 대공의 적들, 그 문서를 찾아서 없애 버리고자 했던 이들이 그곳으로 가서 그 문서들을 찾아냈을 수도 있잖소?」

「실제로 그들은 그곳을 수색했습니다」

「당신이 그걸 어떻게 아시오?」

「알다시피 저도 두 손 놓고 있었던 건 아니랍니다. 이런 사실을 알게 된 후 제가 처음으로 한 일은 벨당츠의 인근 마을들로 가서 직접 조사에 착수하는 것이었습니다. 그때 저는 베를린에서 섭정의 대리인들과 열두어 명의 사람들이 와서 이미 두 차례 그 성을 수색했다는 사실을 알아냈지요」

「그래서?」

「하지만 그들은 아무것도 찾아내지 못했습니다. 이후 그 성은 출입이 금지되었답니다」

「하지만 그곳으로 숨어 들어가는 거야 어쩌겠소?」

「군인 50명이 그곳을 밤낮으로 지키고 있답니다」

「대공의 사병들이오?」

「아니오, 황제 친위대 중에서 파견된 이들입니다」

복도에서 들려오는 목소리들이 높아졌다. 다시 문 두드리는 소리와 함께 간수장 부르는 소리가 들려왔다.

「그는 자고 있소, 소장」

보렐리 소장의 목소리를 알아듣고 뤼팽이 소리쳤다.

「문을 여시오! 명령이오, 문을 여시오」

「그건 불가능하오. 잠금 장치가 엉켜 버렸소. 당신에게 조언하는데, 문제의 자물쇠를 통째로 들어내는 게 나을 것 같소」

「문 열란 말이오!」

「우리는 지금 유럽의 운명을 논하고 있는데 이게 무슨 짓이오?」
그는 노인에게 몸을 돌렸다.
「그래서 당신도 그 성안에 들어가 보지 못했다는 거요?」
「그렇습니다」
「하지만 당신은 그 유명한 문서가 그곳에 숨겨져 있다고 믿고 있는 거요?」
「이것 보십시오! 제가 온갖 증거를 대지 않았습니까? 제 말을 못 믿으시겠다는 겁니까?」
「믿소, 믿고말고. 그 문서가 숨겨져 있는 곳은 바로 그곳이오……. 의심의 여지가 없소……. 틀림없이 그곳에 그것들이 숨겨져 있는 거요」

뤼팽은 눈앞에 그 성을 떠올리고 있는 듯했다. 그 신비에 싸인 장소를 떠올리고 있는 것 같았다. 카이저의 근위대가 지키고 있는 그 문서 꾸러미 이야기는 보물을 퍼내도 퍼내도 끝이 없는 화수분 이야기보다 훨씬 더 그를 흥분시킨 모양이었다. 정말 해 볼 만한 모험 아닌가! 자신에게 이보다 더 잘 어울리는 일이 있을까! 그러므로 내용을 알지 못한 채 이 사건에 뛰어듦으로써, 그는 과거에 그랬던 것처럼 다시 한번 자신의 명철과 직관을 증명해 보인 셈이었다!

밖에서는 사람들이 자물쇠 통을 들어내려 애쓰고 있었다.
그는 슈타인벡 노인에게 물었다.
「대공은 어떻게 죽었소?」
「늑막염으로 며칠간 앓다가 죽었답니다. 의식이 돌아오면 그는 발작 중간중간에 생각을 집중해 말을 하려고 혼신의 노력을 기울였다더군요. 그 장면은 정말이지 보기 딱했답니다. 이따금 그는 아내를 부르고 필사적인 눈길로 그녀를 바라보며 입술을 달싹거렸지만 헛일이었다는군요.」

「요컨대 말을 했다는 거요?」

뤼팽이 불쑥 물었다. 자물쇠 통 주위에서 벌어지고 있는 〈작업〉이 불안해지기 시작했던 것이다.

「아니오, 그는 아무 말도 하지 못했습니다. 하지만 정신이 가장 명료해진 순간 온 힘을 기울여 아내가 내민 종이 위에 몇 자 적는 데 성공했지요.」

「이런! 그 글자들은……?」

「해독이 불가능합니다, 대부분은 말입니다……」

「대부분은…… 하지만 나머지는……? 나머지는 어떻소?」

뤼팽이 애타는 어조로 물었다.

「우선 아주 또렷한 세 개의 숫자가 있습니다. 8과 1, 그리고 3이라는 숫자입니다……」

「813이라……. 그래, 나도 알고 있소……. 그리고 그 다음에는……」

「그 다음에는 글자들입니다……. 여러 개의 글자들 가운데 확실하게 알아볼 수 있는 글자들은 세 개뿐이고, 그 다음에는 글자 두 개가 연달아 쒸어 있었답니다.」

「〈APOON〉 아니오?」

「이런! 당신도 알고 있었군요…….」

자물쇠 통이 덜렁거리고 있었다. 나사들이 대부분 풀린 상태였다. 대화를 방해당할지도 모른다는 생각에 갑자기 불안해진 뤼팽이 물었다.

「그러니까 그 불완전한 단어인 〈APOON〉과 813이라는 숫자야말로 대공이 아내와 자식에게 두 사람이 비밀문서를 찾도록 남긴 유언이란 거요?」

「그렇습니다」

뤼팽은 자물쇠 통이 떨어지는 것을 막기 위해 두 손으로 붙잡았다.

「소장, 이러다 간수장을 깨우겠소. 그건 무례한 일이오. 조금만 더 참아 주시겠소? 노인장, 대공의 아내는 어떻게 됐소?」

「그녀는 남편이 죽은 지 얼마 안 되어 세상을 떠났습니다. 말하자면 슬픔 때문이었답니다」

「그럼 아이는 친척들이 맡은 거요?」

「무슨 친척 말입니까? 대공에게는 남자 형제도 여자 형제도 없었습니다. 게다가 신분이 다른 여자와 비밀리에 결혼을 한 몸이었지요. 그렇습니다, 아이는 헤르만의 옛 하인이었던 자가 데려가 피에르 르뒤크라는 이름으로 키웠지요. 피에르 르뒤크는 성질이 고약하고 반항적이고 제멋대로인 키우기 어려운 아이였습니다. 그 애는 어느 날 집을 나갔고, 그 후로 다시는 찾을 수 없었다고 합니다」

「그는 자기 출생의 비밀을 알고 있었소?」

「그럼요, 그 애는 자기 아버지가 813이라는 숫자와 글자들을 써 놓은 종이를 본 적이 있었답니다」

「그러니까 이런 얘기를 아는 사람은 당신뿐이오?」

「그렇지요」

「그리고 당신은 이 얘기를 케셀바흐 씨에게만 했고?」

「오직 그에게만 했답니다. 서명된 문서와 편지들, 그리고 아까 말한 목록은 그에게 보여 주었지만, 신중을 기하자는 뜻에서 지

현대사의 한 페이지 65

금 말한 문서 두 장은 제가 갖고 있었습니다. 이 사건을 통해 제가 옳았다는 게 증명된 셈이지요」
「그럼 그 문서를 지금도 당신이 갖고 있소?」
「그렇습니다」
「안전한 곳에 보관하고 있소?」
「절대적으로 안전합니다」
「파리에?」
「아닙니다」
「다행이군. 당신 목숨이 위태롭다는 걸 잊지 마시오. 놈들이 당신을 노리고 있소」
「저도 알고 있습니다. 자칫 잘못하다가는 목숨을 잃을 수도 있다는 걸 말입니다」
「바로 그렇소. 그러니 부디 조심해서 적의 추적을 따돌리고 서류를 찾은 다음 내 지시를 기다리시오. 이 일은 분명 성공할 거요. 적어도 한 달 내로 우린 함께 벨당츠 성을 방문하게 될 거요」
「제가 감옥에 갇힌다면?」
「내가 꺼내 주겠소」
「그게 가능한가요?」
「내가 여기서 나가는 날 바로 다음날 꺼내 주겠소. 아니, 잘못 말했소, 바로 그날 당일…… 한 시간 후에」
「그렇다면 무슨 방법이라도 있습니까?」
「10분 전에 생겼다오. 틀림없는 방법이지. 할 얘기가 남았소?」
「없습니다」
「그렇다면 문을 열겠소」
그는 문을 열고, 보렐리 소장 앞에 몸을 굽혔다.

「소장, 뭐라 미안하다는 말씀을 드려야 할지……」

그는 말을 마치지 못했다. 소장과 세 사람이 달려드는 바람에 그럴 시간이 없었던 것이다.

보렐리 소장의 얼굴은 분노와 적개심으로 창백해져 있었다. 그는 두 명의 간수가 널브러져 있는 것을 보았다.

「둘 다 죽었잖아!」

소장이 소리쳤다.

「천만에, 천만에. 자, 저 친구는 몸을 움직이잖소. 뭐라고 말 좀 해 보게, 이 친구야」

뤼팽이 빈정거리는 어조로 말했다.

「하지만 이 사람은?」

보렐리 소장이 간수장에게 달려들며 물었다.

「잠이 든 것뿐이라오, 소장. 무척 피곤한 것 같았소. 그래서 내가 잠시 쉬게 해 주었소. 이 친구를 위해 한 일이오. 그 딱한 친구가 혹시 화라도 낸다면 나로서는……」

「쓸데없는 말 그만하시오」

보렐리 소장이 거칠게 외쳤다.

그런 다음 간수들에게 말했다.

「이자를 다시 감방으로 데리고 가게……. 일단 말이야. 그리고 이 방문객은……」

뤼팽은 보렐리 소장이 슈타인벡 노인을 어떻게 할 것인지 더 이상 들을 수 없었다. 하지만 그건 그리 중요한 일이 아니었다. 그는 고독에 잠겨 그 노인의 운명보다 훨씬 중요한 문제들을 생각하기 시작했다. 이제 그는 케셀바흐의 비밀을 알게 된 것이다!

뤼팽의 대작전

 놀랍게도 뤼팽은 독방에 갇히는 벌을 받지 않았다. 몇 시간 후 보렐리 소장이 직접 그의 감방으로 와서는 그런 처벌이 불필요하다고 결정었음을 알려 주었다.
 「소장, 불필요할 뿐 아니라 위험하다오……. 위험하고 서투르고 도발적이라오」
 뤼팽이 응수했다.
 「어떤 점에서?」
 보렐리 소장이 물었다. 이 재소자는 그를 점점 더 불안하게 만들고 있었다.
 「사태는 이렇소, 소장. 당신은 방금 검찰청에 가서 담당자에게 피의자 뤼팽의 규칙 위반에 대해 보고하고, 스트리파니라는 방문객이 갖고 있던 면회 허가서를 보여 주었을 거요. 당신이 면회를 허가한 이유는 간단했소. 스트리피아니라는 사람이 허가서를 보여 주자, 당신은 신중을 기하는 뜻에서 검찰청에 전화를 걸었소. 하지만 놀랍게도 검찰청에서는 당신에게 그 면허 허가서가 완벽한 합법 서류라고 대답했을 테니 말이오」

「이런! 당신은 이미 그걸……」

「내가 이걸 알고 있는 이유는, 검찰청에서 당신에게 그런 대답을 한 사람이 내 부하들 중 하나이기 때문이오. 당신의 요구로 즉각 조사에 착수한 담당자는 그 허가서가 위조된 것임을 알아냈을 거요……. 현재 누가 그 서류를 위조했는지 알아 보고 있을 텐데…… 걱정 마시오. 아무것도 알아낼 수 없을 테니까……」

보렐리 소장은 이의를 제기하는 대신 미소를 지어 보였다.

「그래서 사람들은 내 친구 스트리파니를 심문했을 거요. 그는 애먹이지 않고 자신의 본명이 슈타인벡이라는 사실을 털어놓았을 테고. 그렇지 않소? 하지만 피의자 뤼팽이 누군가를 상테 교도소에 들어오게 해서 그와 한 시간 동안 이야기를 나누는 데 성공했다는 사실이 알려지면! 정말 대단한 사건 아니겠소! 덮어 두는 편이 나을 거요, 그렇지 않소? 사람들은 슈타인벡을 풀어 주고, 보렐리 소장을 피의자 뤼팽에게 사절로 보낸 거요. 뤼팽을 입 다물게 하기 위해 필요한 모든 조치를 취할 수 있는 재량권과 함께 말이오. 그렇지 않소, 소장?」

「바로 그렇소! 당신은 투시력을 갖고 있는 것 같소. 그렇다면 우리의 조건을 수락하겠소?」

당혹감을 감추기 위해 농담하는 척하는 쪽을 택한 보렐리 소장이 대답했다.

뤼팽은 웃음을 터뜨렸다.

「다시 말해서 당신의 간청을 들어주겠느냐고 묻고 있는 거로군! 그렇게 하리다, 소장. 검찰청 사람들한테 안심하라고 하시오. 이 건에 대해 입을 다물 테니까 말이오. 어쨌든 나로서는 이런 호의를 베풀 만큼 성과를 거두었다오. 언론에 아무 정보도 주지 않겠소……. 적어도 이 건에 대해서는 말이오」

그것은 다른 문제에 대해서는 자유롭게 행동하겠다는 의미였다. 실제로 뤼팽의 모든 행동은 다음과 같은 두 가지 목적에 근거를 두고 있었다. 친구들과 연락을 하고 그들을 통해 자신이 시작한 언론 플레이를 계속한다는 것이었다.

체포되자마자 즉각 그는 두드빌 형제들에게 취해야 할 조치들을 알려 주었다. 이제 그 준비가 끝나 갈 터였다.

날마다 그는 봉투 만드는 일을 게을리 하지 않았다. 매일 아침 사람들은 그에게 번호가 매겨진 꾸러미에 봉투 재료를 담아 가져다 주고, 저녁이면 그가 접어서 풀로 붙인 봉투들을 가져가곤 했다.

그런데 번호가 매겨진 꾸러미들은 봉투 만드는 일을 선택한 재소자들에게 늘 같은 방식으로 배분되었으므로, 뤼팽에게 주어지는 꾸러미는 언제나 같은 순서의 것일 수밖에 없을 터였다.

그 계산은 실제로 정확히 들어맞았다. 봉투 재료의 공급과 발송을 맡은 직원을 매수하기만 하면 되었다.

그 일은 어렵지 않았다.

성공을 확신한 뤼팽은 그 꾸러미 맨 위의 종이에 친구들과 약속한 신호가 나타나기를 차분히 기다리고 있었다.

시간이 쏜살같이 지나갔다. 정오가 되면 그는 포르므리 판사의 일상적인 방문을 받았다. 캥벨 변호사가 과묵한 입회인으로 참석한 가운데 뤼팽은 엄중한 심문을 받았다.

그것은 그가 좋아하는 일이었다. 자신이 알텐하임 남작의 살해와 아무 관련도 없다고 포르므리 판사를 납득시키는 데 성공한 그는 예심판사에게 하지도 않은 범죄들을 고백했다. 즉각 그에 대한 조사를 지시한 포르므리 판사는 어이없는 결과만을 얻고 크게 비웃음을 샀다. 대중은 그런 일에서 풍자의 대가 뤼팽만이 구사할 수 있는 독특한 방식을 확인할 수 있었다.

그의 말대로 그것은 남에게 크게 피해를 끼치지 않는 사소한 장난이었다. 그걸 즐겨선 안 될 까닭이 없잖은가?

하지만 보다 진지해져야 할 때가 다가오고 있었다. 닷새째 되는 날 아르센 뤼팽은 사람들이 가져다 준 꾸러미 위에서 두 번째 장에까지 남아 있는 손톱자국을 발견했다. 약속된 신호였다.

「마침내 성공이 눈앞에 있군」

그가 중얼거렸다.

그는 자신만의 비밀 장소에서 조그만 유리병을 꺼내 뚜껑을 열고 안에 든 것을 검지 끝에 묻힌 다음 그 꾸러미의 세 번째 장 위에 칠했다.

잠시 후 글자의 세로획들이 나타나더니, 이윽고 글자가, 문장이 드러났다.

그는 내용을 읽었다.

모든 게 순조로움. 슈타인벡은 풀려나 시골에 숨었음. 주느비에브 에르느몽은 건강함. 그녀는 종종 브리스톨 호텔로 가서 병석에 누운 슈타인벡 부인을 만나고 있음. 그곳에 갈 때마다 그녀는 피에르 르뒤크와 만남. 같은 방법으로 답장 바람. 위험 없음.

그런 식으로 외부와 연결 통로가 구축되었다. 뤼팽의 노력은 다시 한번 성공을 거두었다. 이제 그에게는 자신의 계획을 실행하는 일만 남아 있었다. 슈타인벡 노인이 해 준 비밀 이야기를 활용해, 이제 그의 머릿속에서 싹튼 그 예를 찾아볼 수 없는 탁월하고 천재적인 작전으로 자유의 몸이 되는 일만 남아 있었다.

사흘 후 〈그랑 주르날〉에는 다음과 같은 몇 줄의 기고문이 실렸다.

정통한 소식통에 의하면, 자신이 관여한 일련의 정사만을 다룬 비스마르크의 회고록 이외에 상당히 흥미로운 내용이 담긴 그의 비밀 편지들의 존재가 확인된 바 있다.

그 편지들이 발견되었다. 믿을 만한 소식통에 따르면 이 편지들의 내용은 연이어 일반에 공표될 것이라고 한다.

이 수수께끼를 언급한 기사가 전 세계에 불러일으킨 동요가 어떤 것이었는지 지금도 기억날 것이다. 사람들은 이 사건에 대해 자신의 견해를 표명하고 추측을 아끼지 않았다. 특히 이 문제는 독일 언론의 쟁점이 되었다. 누가 이런 글을 썼는가? 수상에게 편지를 쓰고 그의 답장을 받은 이들은 도대체 누구인가? 이건 사후 복수인가? 아니면 비스마르크와 서신을 교환했던 이들 가운데 누군가가 경솔하게 비밀을 유출시킨 것일까?

두 번째 기고문은 몇 가지 점에 대해 확실성을 부여함으로써 기묘한 방식으로 여론을 과열시켰다.

그 내용은 다음과 같았다.

상테 궁 2동 14호실에서
〈그랑 주르날〉의 편집인께,

　귀하는 지난 화요일자 신문에 짤막한 기고문을 게재했소. 그건 며칠 전 저녁, 상테에서 내가 주관한 국제 정치 회의 동안 오간 정보들이 누출된 거요. 그 기고문 내용의 핵심에 있어서는 사실이지만 정정이 약간 필요하다오. 그 비밀 편지들이 존재하는 건 분명하고 그것들의 중요성에 대해서는 논란의 여지가 없소. 지난 10년 동안 독일 정부는 줄곧 그 편지들을 찾으려 애써 왔소. 하지만 그것들이 어디 있는지는 아무도 모르고, 그 내용을 단 한 줄이라도 아는 사람조차 없소.
　확신하건대 대중은 합당한 호기심을 만족시킬 때까지 기다리게 하는 나를 원망할 거요. 하지만 나로서는 진실을 찾는 데 필요한 모든 것들을 수중에 갖고 있지 못할 뿐 아니라 현재의 상태에선 이 일에 원하는 만큼 시간을 할애할 수 없는 실정이오.
　지금 내가 말할 수 있는 것은 대공이 죽어 가면서 그 편지들을 충실한 친구에게 맡겼다는 것뿐이오. 그로 인해 그 친구는 자신의 헌신에 대한 만만찮은 대가를 치러야 했소. 감시, 가택 수색 등 온갖 일을 당해야 했던 거요.
　나는 내 비밀경찰의 최정예 요원 두 사람에게 이 편지들의 소재를 처음부터 추적하라고 지시했소. 앞으로 이틀 내에 이 흥미진진한 신비가 모습을 드러내리라고 확신하오.

—— 아르센 뤼팽

　그러니까 이 사건을 추진하고 있는 사람은 다름 아닌 아르센 뤼팽이었다! 첫 번째 기고문에서 예고한 희극 또는 비극을 연출하고 있는 사람은 바로 감옥 속의 그였다. 얼마나 기상천외한 모험인가! 사람들은 즐거워했다. 뤼팽 같은 예술가가 만들어 내는 공연이라면 생생하고 뜻밖의 장면들이 기다리고 있을 터였다.

사흘 후 〈그랑 주르날〉에는 다음과 같은 기고문이 실렸다.

일전에 내가 암시한 사람의 헌신적인 친구가 누구인지 확인했다. 되퐁벨당츠 대공의 아들인 공작(그 지위를 잃긴 했지만)이 바로 그 사람이다. 그는 비스마르크와 우정을 나눈 친구였다.

W…… 백작이 열두 명의 부하를 데리고 대공의 거처를 수색했다. 그 수색은 성과를 거두지 못했다. 하지만 대공이 그 문서들을 갖고 있다는 사실을 증거하고 있다.

대공은 이 문서들을 어디에 감추었을까? 지금으로서는 이 세상 그 누구도 이 질문에 대답할 수 없다.

나는 24시간 내로 이 의문을 풀어 보련다.

——아르센 뤼팽

24시간 후 약속한 대로 다음과 같은 기고문이 실렸다.

그 유명한 편지들은 되퐁 공국 수도에 있는, 19세기 동안 일부가 폐허가 되어 버린 벨당츠 영지 내의 성안에 감추어져 있다.

정확히 어느 지점에 감추어져 있는가? 그리고 그 편지들이란 정확히 무엇을 말하는 것일까? 이것이 내가 풀어야 할 두 가지 문제다. 나는 나흘 내로 이 문제들을 해결해 보련다.

——아르센 뤼팽

예고된 날 사람들은 〈그랑 주르날〉을 집어 들었다. 하지만 모두 실망하고 말았다. 약속된 기고문은 게재되어 있지 않았다. 그 다음날도 그에 관련된 기사는 없었고, 그 다음날도 마찬가지였다.

무슨 일이 일어난 것일까?

경찰청의 부주의로 사람들은 그 내막을 알게 되었다. 뤼팽이 봉투 재료가 담긴 꾸러미를 이용해 공범들과 연락을 주고받고 있음을 상테 교도소 소장이 알아챈 것이었다. 꾸러미에서는 아무것도 발견되지 않았지만, 어쨌든 그 참아 주기 어려운 피의자에게 모든 작업을 금지시켰던 것이다.

그에 대해 그 피의자는 이렇게 일갈했다.

「이제 할 일이 전혀 없으므로 난 재판에나 신경을 쓰겠소. 이 소식을 내 변호사인 캥벨 변호사 협회 회장에게 전달해 주시오」

실제로 그러했다. 이제까지 캥벨 변호사와의 대화를 줄곧 거부해 오던 뤼팽은 그를 만나 자신의 변론을 준비하는 데 동의했다.

바로 다음날 캥벨 변호사는 아주 신이 난 얼굴로 변호사용 접견실에서 뤼팽에게 질문을 던지기 시작했다.

캥벨은 나이 지긋한 사내로 안경을 끼고 있었는데 그 알이 어찌나 두꺼운지 그의 두 눈을 확대되어 보이게 할 정도였다. 그는 탁자 위에 모자를 내려놓고 서류 가방을 열더니 세심하게 준비해 온 일련의 질문을 던지기 시작했다.

뤼팽은 극도의 우호적인 태도로 그 질문에 대답하면서 아주 자세하게 세부를 묘사하는 데 열을 올리기도 했다. 캥벨 변호사는 즉각 그런 사항들을 겹쳐 꽂아 놓은 카드 위에 메모했다.

「그러니까 당신 말은 그 당시에……」

캥벨은 종이 위에 고개를 숙인 채 뤼팽의 말을 되풀이했다.

뤼팽은 알아채지 못하게 조금씩 조금씩 아주 조심스럽게 탁자에 팔꿈치를 내려놓았다. 그런 다음 점점 팔을 내려서는 캥벨 변호사의 모자 속으로 손을 밀어 넣더니 모자 안쪽으로 손가락 하나를 집어 넣어 길게 접힌 종이 테두리를 꺼냈다. 모자가 클 때 가죽과 안감 사이에 넣어 크기를 조절하는 종이였다.

뤼팽은 종이를 펼쳤다. 그것은 약속한 암호로 작성한 두드빌의 편지였다.

캥벨 변호사의 집에 하인으로 고용되었음. 걱정 말고 같은 방법으로 답장 바람.

봉투 재료를 통한 서신 교환을 밀고한 건 살인범 L. M.임. 두목이 그런 습격이 있으리라는 걸 예측해서 정말 다행임!

이어 여러 일들에 대한 자세한 보고와 뤼팽의 폭로에 대한 논평이 이어졌다.

뤼팽은 주머니에서 지시 내용이 담긴 똑같은 종이를 꺼내 조심스럽게 끼워 넣은 다음 모자에서 손을 뗐다. 일이 끝난 것이다.

그리하여 〈그랑 주르날〉에 대한 뤼팽의 기고문 전달은 즉각 다시 시작되었다.

약속을 지키지 못한 데 대해 여러분들께 사과드린다. 상태 궁의 우편 배달 업무에는 개선의 여지가 많다.
 이제 결말이 눈앞에 와 있다. 논란의 여지없는 근거로써 사실을 뒷받침해 주는 문서들이 내 수중에 들어왔다. 때를 기다려 나는 이것들을 언론에 공표할 것이다. 우선 다음과 같은 사실을 밝혀 둔다. 이 편지들 가운데에는, 수상의 제자이자 찬미자임을 자임했지만 그로부터 몇 년 후 그 거북한 스승에게서 벗어나 직접 나라를 통치하기에 이른 어떤 인물(빌헬름 2세, 곧 당시의 독일 황제를 말한다. ——옮긴이)이 수상에게 보낸 편지도 들어 있다.
 이 정도면 내가 무슨 말을 하고 있는지 이해할 수 있을는지?

다음날 다음과 같은 기고문이 실렸다.

 문제의 편지들은 돌아가신 황제(프리드리히 3세)가 병상에 계실 때 씌어진 것들이다. 그 사실만으로도 이 편지들이 얼마나 중요한지 알 수 있지 않는가?

나흘간 침묵이 계속됐다. 그런 다음 아래와 같은 마지막 기고문이 게재되었다. 그 반향이 얼마나 컸던지 앞으로도 잊을 수 없으리라.

 내 조사는 끝났다. 이제 나는 모든 걸 알고 있다. 오랜 연구 끝에 나는 문제의 문서들이 숨겨져 있는 곳을 알아냈다.
 내 친구들이 벨당츠로 가서 온갖 어려움을 헤치고 내가 가르쳐 준 입구를 통해 성안으로 들어갈 것이다.
 그 편지들의 사본을 언론에 게재할 것이다. 나는 이미 그 내용을 알고 있지만 전문을 게재하고자 한다.

   이 사본들은 돌아오는 8월 22일부터 2주일 동안 매일 계속해서 게재될 것이다.

   그때까지 잠시 침묵하련다……. 그날을 기다리면서.

   실제로 〈그랑 주르날〉에는 더 이상 기고문이 실리지 않았다. 하지만 뤼팽은 줄곧 〈모자〉를 통해 직접 이야기하는 것처럼 친구들과 편지를 주고받았다. 얼마나 간단한 방법인지! 그 어떤 위험도 없었다. 캥벨 변호사의 모자가 뤼팽에게 우편함이 되어 주고 있다는 걸 누가 눈치 채겠는가?

   2, 3일에 한 차례 방문할 때마다 그 유명한 변호사는 고객의 우편물을 충실히 날라 왔다. 파리에서 온 편지들, 프랑스의 다른 지방에서 온 편지들, 독일에서 온 편지들이 두드빌 형제들에 의해 간단한 말과 암호로 압축되어 전달되었다.

   그리고 한 시간 후 캥벨 변호사는 진지한 태도로 뤼팽의 지시 사항을 갖고 교도소를 나서는 것이었다.

   그러던 어느 날 상태 교도소 소장에게 L. M.이 보낸 편지가 전달되었다. 모든 개연성으로 미루어 캥벨 변호사가 자신도 모르는 사이에 뤼팽의 우편 배달부 노릇을 해 주고 있음이 분명하므로 그 신사의 방문을 감시하는 편이 좋겠다는 내용이었다.

   소장은 캥벨 변호사에게 그 사실을 알렸고, 캥벨은 비서를 대동하기로 결정했다.

   그리하여 온갖 노력을 기울이고 넘치는 상상력과 실패를 만날 때마다 더욱 보강되는 기적적인 솜씨를 갖고 있었는 데도 뤼팽은 놀라운 능력을 지닌 무시무시한 적수에 의해 다시 한번 외부 세계와 격리되기에 이르렀다.

가장 중요한 시기이자 결정적인 순간에 외부와 격리되었는 데도 그는 무섭게 자신을 압박해 오는 여러 세력에 맞서 감옥 속에서 마지막 수를 노리고 있었다.

8월 13일 두 사람의 변호사 앞에 앉아 있던 뤼팽은 캥벨이 서류를 싸 가지고 온 신문지에 눈길이 멎었다. 굵은 글씨로 〈813〉이라고 제목을 쓴 기사였다.

거기에는 〈새로운 살인. 독일의 동요. 〈Apoon〉의 비밀은 밝혀질 것인가?〉라는 부제가 붙어 있었다.

뤼팽은 고통으로 얼굴이 창백해졌다. 그는 기사의 내용을 읽어 내려갔다.

> 마감 시간에 놀라운 소식이 두 건 도착했다.
> 아우구스부르크 근처에서 목을 칼로 찔린 노인의 시신이 발견되었다. 노인은 케셀바흐 사건의 핵심 인물인 슈타인벡으로 밝혀졌다.
> 한편 다른 소식통에 의하면 유명한 영국 탐정 헐록 숌즈가 요청을 받고 서둘러 쾰른으로 떠났다고 한다. 숌즈는 그곳에서 황제를 만나 함께 벨당츠 성으로 갈 예정이다.
> 헐록 숌즈는 〈Apoon〉의 비밀을 밝혀 내는 일에 착수할 것이다.
> 그가 성공한다면, 한 달 전부터 아르센 뤼팽이 아주 기묘한 방식으로 진행해 온 정체불명의 작전은 딱하게도 실패로 돌아가고 말 것이다.

숌즈와 뤼팽 간의 예고된 결투만큼 대중의 호기심을 자극하는 것도 달리 없었다. 이 상황에서 그것은 보이지 않는, 익명의 결투라고도 할 수 있었지만 이 사건이 불러일으킨 그 모든 소란들과 또다시 이 두 불구대천의 적수들이 벌이는 싸움이라는 사실로 미루어 인상적인 결투임이 분명했다.

게다가 이 사건은 사사로운 이해나 무의미한 도둑질이나 보잘 것없는 개인적 감정에 관한 것이 아니라 서방의 세 강국이 정치적으로 관련된, 세계 평화를 위협할 수도 있는 정말이지 세계적인 사건이었다.

이 즈음 프랑스와 독일 간에 모로코 위기가 시작되었다는 사실을 상기하자. 도화선만 있으면 격돌이 일어날 수 있었다.

사람들은 불안하게 사태를 주시하고 있었다. 자신들이 정확히 무엇을 기다리고 있는지 사람들은 알지 못했다. 왜냐하면 요컨대 이 결투에서 숌즈가 승리한다 해도, 그가 문제의 편지들을 발견한다 해도, 그 결과를 누가 알 수 있단 말인가? 무슨 근거로 그것을 승리라고 판단한단 말인가?

요컨대 사람들은 대중을 자기 행위의 증인으로 삼는 것을 즐기는 뤼팽과 그의 방식에 기대를 걸고 있었다. 그는 이 사태에 어떻게 대처할 것인가? 자신을 압박하는 무시무시한 위험을 어떻게 처리할 것인가? 그는 현재의 상황을 알고나 있는 것일까?

사방이 벽으로 막힌 감방 안에서 14호실의 수감자 역시 그와 비슷한 질문을 스스로에게 던지고 있었다. 그를 자극하는 것은 무익한 호기심이 아니라 실제적인 불안, 매 순간 엄습하는 공포였다.

그는 손도 의지도 두뇌도 무력해진 채 돌이킬 수 없이 혼자가 된 자신을 느꼈다. 그가 아무리 능란하고 천재적이고 탁월하고 영웅적이어도 소용없었다. 싸움은 그를 빼놓고 진행되고 있었다. 이제 그의 역할은 끝났다. 그는 부속들을 조립했고 거대한 기계장치의 태엽을 완전히 감아 놓았다. 거기서 자동적으로 그의 자유가 생산되어야 했다. 하지만 이제 그는 자신의 작품을 완성시키고 그 공정을 감독하기 위한 그 어떤 행동도 할 수 없었다. 정해진 날짜가 되면 기계가 가동할 터였다. 지금부터 그때까지 온갖 상반되는 사건들이 일어날 수 있었고, 수많은 장애물들이 생길 수 있었다. 하지만 그에게는 그 사건들과 맞서 싸우거나 그 장애물들을 물리칠 방법이 전혀 없었다.

뤼팽은 인생에서 가장 고통스러운 순간을 보내고 있었다. 그는 스스로의 능력을 의심할 수밖에 없었다. 자신의 삶이 이 끔찍한 감옥 속에 매장되어 버리는 건 아닐까?

자신의 계산이 잘못된 것일까? 정해진 날짜에 자신에게 자유를 줄 사건이 일어나리라고 믿었던 건 순진한 발상이었던가?

「정신 나간 소리! 내 추론은 틀렸어……. 상황이 그런 식으로 우호적이기를 어떻게 기대할 수 있단 말인가? 아주 작은 일 하나로도 전체가 무너지는 거야……. 모래알 하나라도 잘못되면……」

슈타인벡의 죽음과 그가 자신에게 넘겨주기로 했던 문서들이 사라진 것에 그는 조금도 동요하지 않았다. 엄밀히 말하자면 그는 그 문서들 없이도 이 사건을 풀어 갈 수 있었다. 슈타인벡에게서 들은 말과 스스로의 천재적인 직관으로 그는 황제의 편지들에 담긴 내용을 재구성하고 자신에게 성공을 안겨 줄 전투 계획을 세울 수 있었다. 하지만 헐록 숌즈가 그곳에, 전장 한가운데 뛰어들어 그 문서들을 찾아내 자신이 그렇게 공들여 쌓아 올린 탑을 무너뜨릴 거라고 생각하면 아찔할 수밖에 없었다.

아울러 뤼팽은 〈그자〉를 생각했다. 감옥 주위에 매복해, 어쩌면 감옥 안에 숨어 내밀하기 짝이 없는 자신의 계획들이 머릿속에서 채 여물기도 전에 간파해 내는 그 무시무시한 적을.

8월 17일…… 8월 18일…… 19일…… 이제 이틀이 남았다……. 하지만 200년이 남아 있는 것 같지 않은가! 이런! 시간이 이다지도 느리게 흐르다니! 평소에는 그렇게 침착하고 자제력 있고 기분 전환에 능한 뤼팽이 이번에는 적에게 대응할 에너지를 잃고 아무것도 믿지 못한 채 음울하게 열에 들떠 희망과 낙담 사이를 오가고 있었다.

8월 20일…….

그는 행동하고 싶었지만 그럴 수가 없었다. 그가 무슨 일을 하든 결말의 시간을 앞당기는 건 불가능했다. 이 결말은 일어날 수도 있었고, 일어나지 않을 수도 있었다. 마지막 날 마지막 시간 마지막 순간이 되기 전까지는 확신할 수 없었다. 그때가 되어야만 그는 자신의 작전이 완전히 실패했는지 아닌지를 알게 될 터였다.

「실패할 수밖에 없어. 이 일의 성공 여부는 지나치게 미묘한 상황에 달려 있어. 극도로 심리적인 방식들을 통해서야 성공할 수 있지……. 내가 가진 무기의 가치와 사정거리에 내해 내가 지나친 환상을 가졌는지도 몰라……. 하지만……」

그에게 다시 희망이 돌아왔다. 그는 자신의 운을 가늠해 보았다. 문득 자신의 행운이 생생하고 대단한 것으로 여겨졌다. 이 사건은 자신의 예측대로 진행될 터였다. 바로 그런 이유에서 그는 그런 작전을 세우지 않았던가. 그렇다면 분명히…….

그랬다. 분명했다. 그러려면 어쨌든 숌즈가 문서가 숨겨진 곳을 알아내지 못해야 했다…….

뤼팽은 또다시 숌즈를 떠올렸다. 그러자 다시금 거대한 낙담이 그를 짓눌렀다.

마지막 날…….

뤼팽은 악몽에 시달리며 밤을 보낸 후 늦게 잠에서 깼다.

그날은 아무도 만날 사람이 없었다. 예심판사도, 변호사도 오지 않는 날이었다.

오후가 느리고 음울하게 흘러가고 저녁이 왔다. 음산한 감방의 저녁……. 그는 열이 올랐다. 가슴속에서 심장이 미친 동물처럼 쿵쾅거리며 뛰고 있었다.

시간이 속절없이 흐르고 있었다…….

9시엔 아무 일도 일어나지 않았다. 10시에도 마찬가지였다.

그는 팽팽하게 당겨진 활시위처럼 온 신경을 긴장시켜 복도에서 들려오는 불분명한 소리들에 귀를 기울이며 냉혹한 담장 너머 바깥 세계의 징후를 포착하기 위해 애썼다.

오! 얼마나 시간의 흐름을 멈추고 싶었던가, 얼마나 운명에게 조금 더 여유를 주고 싶었던가!

하지만 그런들 무슨 소용인가! 모든 게 끝나고 있지 않은가?

「이런! 이러다 미치겠군. 이 모든 것이 얼른 끝장났으면……! 그 편이 나을 텐데. 난 새롭게 다시 시작할 테니까……. 다른 방법을 시도해 볼 테니까……. 하지만 이렇게는 더 이상 못하겠어. 더 이상 못하겠어」

그가 소리쳤다.

그는 머리를 감싸 쥔 두 손에 힘을 준 채 웅크려 앉아 오직 한 가지 생각에 정신을 집중했다. 자신의 자유와 행운이 걸린 기막히고 어리둥절하고 〈믿어지지 않는〉 그 어떤 사건을 만들어 내려는 듯.

「그 일은 일어나야 해. 일어나야 해. 일어나야 한다고. 내가 그것을 원하기 때문이 아니라 그게 논리적 귀결이기 때문이야. 그러니 일어날 거야……. 일어날 거라고……」

그는 주먹으로 자신의 머리통을 두드렸다. 그의 입에서는 발작적인 헛소리가 흘러나오고 있었다…….

자물쇠가 삐걱 소리를 냈다. 분노에 휩싸인 뤼팽은 복도를 걸어오는 발소리를 듣지 못했다. 문득 한줄기 빛이 그의 감방을 비추더니 문이 열렸다.

세 사람이 들어왔다.

뤼팽으로서는 놀랄 시간조차 없었다.

믿기지 않는 기적적인 일이 일어났다. 그에게는 즉각 그 일이 자연스럽고 당연하고 진리와 정의에 완벽하게 부합하는 것처럼 여겨졌다.

자부심의 물결이 그를 엄습했다. 정말이지 그 순간 그는 자신의 힘과 지혜를 실감했다.

「불을 켤까요?」

세 사내 중의 하나가 물었다. 교도소장의 목소리였다.

「아니오……. 이 초롱 불빛이면 충분하오」

일행 중 가장 키 큰 사내가 이국적인 억양으로 대답했다.

「자리를 피해 드릴까요?」

「규칙대로 하시오, 소장」

조금 전의 사내가 대답했다.

「경찰청에서 받은 지시에 의하면 무슨 일이든 원하시는 대로 따르게 되어 있습니다」

「그렇다면 소장. 자리를 피해 주는 게 좋겠소」

보렐리 소장은 방을 나가서는 문을 살짝 열어 두고 목소리가 들릴 만한 거리에 서 있었다.

낯선 사내는 이제까지 줄곧 입을 다물고 있는 또 다른 방문객과 잠깐 이야기를 나누었다. 뤼팽은 어둠 속에서 그들의 얼굴을 살펴보려 했지만 소용없었다. 그저 카레이서 복처럼 품이 넉넉한 외투에 자락이 접힌 챙 모자를 쓰고 있는 검은 그림자들만이 보였다.

「당신이 분명 아르센 뤼팽이오?」

사내가 그의 얼굴 한복판에 초롱을 들이대며 물었다.

뤼팽이 미소를 지었다.

「그렇소, 나는 현재 상테 교도소 2동 14호실에 수감되어 있는 아르센 뤼팽이라는 사람이오」

「〈그랑 주르날〉에 정신 나간 기고문을 보낸 사람이 바로 당신이오? 이른바 편지들과 관련된 문제로 말이오……」

방문객이 말을 이었다.

뤼팽이 그의 말허리를 잘랐다.

「미안하지만, 선생, 내가 보기에는 그 목적이 분명치 않은 우리 사이의 이 대담을 계속하기에 앞서 이렇게 말씀하고 계시는 분이 누구신지 알려 주시면 감사하겠소」

「결단코 불필요한 일이오」

낯선 이가 대답했다.

「결단코 필요한 일이라오」

뤼팽이 응수했다.

「어째서?」

「예의상의 이유에서요, 선생. 당신은 내 이름을 알고 있는데, 난 당신 이름을 모르고 있소. 이런 부당함을 나로서는 참을 수 없소」

낯선 이가 조바심을 냈다.

「이 교도소의 소장이 우리를 들여보냈다는 사실 하나만으로도……」

「보렐리 소장은 예의를 무시했소. 그가 당연히 우리 서로를 소개했어야 했는데. 이곳에서 우리는 지금 대등한 입장이오, 선생. 윗사람도 아랫사람도, 재소자와 방문객도 아니오. 그저 두 사내가 있을 뿐이고, 그중 하나는 모자를 쓰고 있소. 예의상 당연히 벗어야 하는 데도 말이오」

「이런! 하지만 그건……」

「부디 이 충고를 받아들여 주시오, 선생」

뤼팽이 말했다.

낯선 이가 다가와 무어라 말을 하려 했다.

「우선 모자를 벗으시오. 모자를……」

뤼팽이 거듭 말했다.

「내 말 잘 들으시오!」
「싫소」
「들으라니까」
「싫소」
엉뚱하게도 사태가 악화되고 있었다. 그때까지 침묵을 지키던 사내가 다른 사내의 어깨에 한손을 올려놓고는 독일어로 말했다.
「내게 맡기게」
「무슨 말씀을! 당연히……」
「그만하게. 그리고 나가 보게」
「혼자 계셔도……」
「괜찮다네」
「하지만 문은……?」
「문을 닫고 멀리 가 있게……」
「하지만 이 자는…… 아시다시피…… 아르센 뤼팽은……」
「나가라니까」
사내는 투덜거리며 밖으로 나갔다.
「문을 닫게……. 그 편이 좋겠네……. 잘했네……. 좋아……」
두 번째 방문객이 말했다.
그런 다음 그는 몸을 돌리고는 초롱을 조금 들어올렸다.
「내가 누구인지 말해야 하나?」
그가 물었다.
「아닙니다」
뤼팽이 대답했다.
「어째서?」
「이미 알고 있으니까요」

뤼팽의 대작전 87

「이런!」
「기다리고 있었습니다」
「나를 말인가!」
「그렇습니다, 폐하」

샤를마뉴 대제의 후계자

「조용히하게. 그렇게 부르지 말게」

낯선 이가 재빨리 말했다.

「그렇다면 어떻게 불러야 할까요, 폐하……」

「어떤 이름으로 불러도 괜찮네」

그들은 둘 다 입을 다물었다. 그 유예의 순간은 준비가 된 두 적수가 싸움에 앞서 갖는 그런 휴식과는 달랐다. 낯선 이는 명령을 내리고 복종을 받는 데 익숙한 사람다운 태도로 방 안을 왔다 갔다 했다. 뤼팽은 평소의 도발적인 태도와 비꼬는 미소를 버린 채 꼼짝도 하지 않았다. 그는 진지한 얼굴로 기다리고 있었다. 하지만 마음속 깊숙한 곳에서는 열광적으로 자신이 처해 있는 그 경이로운 상황을 즐기고 있었다. 감방 안에 있는 재소자이자 피의자이자 모험가이자 사기꾼이자 괴도인 아르센 뤼팽 앞에…… 그 앞에 현대 세계의 신과 같은 존재인 무시무시한 존재, 카이사르와 샤를마뉴 대제의 후계자가 서 있는 것이다.
 뤼팽은 한순간 스스로의 능력에 도취되었다. 자신의 승리를 생각하자 두 눈에 눈물이 맺혔다.
 낯선 이가 걸음을 멈추었다.
 그는 첫마디부터 핵심으로 들어갔다.
 「내일이 8월 22일일세. 그 편지들은 내일부터 신문에 게재되기로 되어 있지 않나?」
 「오늘 밤입니다. 두 시간 내로 내 친구들이 〈그랑 주르날〉에 그 편지들을 전달할 겁니다. 오늘 전달되는 것은 편지 내용이 아니라 헤르만 대공이 주석을 달아 놓은 그 편지들의 정확한 목록입니다」
 「그 목록은 누설되지 않을걸세」
 「목록은 누설되지 않을 것입니다」
 「자네는 그걸 나에게 돌려주게 될걸세」
 「그 목록은 폐하의 수중에 들어가게 될 겁니다……. 폐하의 수중에……」
 「편지 전체도 마찬가지일세」
 「편지 전체도 마찬가집니다」
 「단 하나의 편지도 게재되지 않을걸세」
 「그 어떤 편지도 게재되지 않을 겁니다」
 낯선 이는 차분한 어조로 말하고 있었다. 거기에는 사정하는 어조도 권위를 떨어뜨리는 억양 같은 것은 찾아볼 수 없었다. 그는 명령도 타진도 하지 않았다. 그저 아르센 뤼팽이 해야 할 일을 말했을 뿐이었다. 그 일은 이루어질 것이었다. 아르센 뤼팽의 요구가 어떤 것이든 간에, 그 일들이 이루어지게 하기 위해 치러야 할 대가가 무엇이든 간에 그 일은 이루어질 터였다.
〈와우! 이거 대단한 상대인걸. 만약 내 너그러움에 호소한다면 꼼짝없이 당할 거야.〉
또한 그러한 대화 방식, 솔직한 이야기, 매력적인 어조와 태도 등 모든 것이 무척 뤼팽의 마음에 들었다.
그는 약해지지 않기 위해, 그토록 고통스럽게 얻어 낸 이 모든 이점들을 무효로 만들지 않기 위해 긴장했다.
낯선 이가 다시 말했다.
「그 편지들을 읽었나?」
「아닙니다」
「자네의 부하들 중 누군가는 그 편지들을 읽었겠지?」
「아닙니다」
「그렇다면?」
「그러니까 전 그 목록과 대공이 적어 놓은 주석을 갖고 있습니다. 또한 그가 그 문서를 숨겨 둔 곳을 알고 있습니다」
「어째서 그 문서 읽지 않았나?」
「이곳에 들어온 이후에야 그 비밀 장소를 알게 되었습니다. 지금 내 친구들이 움직이고 있습니다」
「성은 엄중히 감시되고 있네. 나의 최정예 부하들 200명이 성에 주둔하고 있네」
「1만 명이라도 부족할 겁니다」
방문객은 잠시 생각에 잠겼다가 물었다.
「그 비밀을 어떻게 알아냈나?」
「추론에 의해섭니다」
「자네는 다른 정보들도 갖고 있겠지? 언론에 게재되지 않은 것들 말일세」
「전혀 없습니다」
「나는 나흘 동안 그 성을 수색했네……」
「헐록 숌즈도 찾아내지 못했군요」
「이런! 이상하군…… 정말 이상해……. 자네의 가정이 옳다고 확신하나?」
낯선 이가 혼자말로 중얼거리다가 물었다.
「그건 가정이 아닙니다. 분명한 사실이지요」
「차라리 다행이군. 다행이야……. 그 문서가 존재하는 한 평화란 없으니까」
그는 갑자기 아르센 뤼팽 앞에서 걸음을 멈추었다.
「얼마면 되나?」
「무슨 말씀이신지?」
뤼팽이 얼떨떨한 어조로 물었다.
「그 문서를 내게 넘겨주는 대신 얼마를 원하나? 비밀을 알려주는 대가로 얼마를 원하나?」
낯선 이는 뤼팽이 액수를 말하기를 기다리지 않고 그가 직접 액수를 불렀다.
「5만…… 10만……?」
뤼팽이 대답하지 않자 낯선 이는 조금 망설이며 다시 말했다.
「그 이상인가? 20만? 좋아! 지불하겠네」
뤼팽은 미소를 지으며 낮은 목소리로 말했다.
「정말 탐나는 액수군요. 하지만 어떤 군주, 예컨대 영국의 왕이라면 100만까지도 낼걸요? 솔직하게 말하자면 그렇지 않습니까?」

「그럴걸세」

「그리고 독일 황제께 있어서 그 편지들은 값을 따질 수 없는 것일 겁니다. 20만 프랑이든 200만 프랑이든…… 200만 프랑이든 300만 프랑이든 마찬가지 아니겠습니까?」

「그럴 거네」

「그러니까 〈필요하다면〉 황제께선 300만 프랑도 내놓으실 거란 말이죠?」

「그렇다네」

「그렇다면 협상은 어렵지 않겠군요」

「지금 말한 금액으로 말인가?」

낯선 이가 불안이 깃든 어조로 말했다.

「지금 말한 금액으로는 아닙니다……. 제가 원하는 건 돈이 아닙니다. 저는 다른 것, 저에게 있어서는 수백만 프랑보다 중요한 그 무엇을 원합니다」

「그게 뭔가?」

「저의 자유입니다」

낯선 이가 소스라쳤다.

「뭐라고! 자네의 자유라고…… 하지만 내겐 그럴 힘이 없네……. 이건 자네 나라 문제일세……. 자네 나라 사법부의…… 내겐 아무런 권한이 없네」

뤼팽은 그에게 다가가 더욱 낮아진 목소리로 말했다.

「폐하께선 무소불위의 권력을 갖고 계십니다, 폐하…… 저를 풀어 주라는 명령은 사람들이 거스를 만큼 예외적인 게 아닙니다」

「그렇다면 나보고 자네를 풀어 달라고 하란 말인가?」

「그렇습니다」

「누구한테?」
「프랑스 총리인 발랑그래에게 하시면 됩니다」
「하지만 발랑그래 총리 역시 나만큼이나 그럴 권한이……」
「총리는 이 교도소의 문을 열어 줄 수 있습니다」
「그렇게 되면 굉장한 추문이 될걸세」
「저는 금방 이 교도소의 문을 열어 줄 수 있을 거라고 말씀드렸습니다. 슬쩍 열어 놓는 것으로 충분합니다. 제가 탈출한 것으로 하는 겁니다……. 대중은 그런 일을 간절히 기다리고 있는 만큼 그 책임을 묻지 않을 겁니다」
「그래…… 그래……. 하지만 발랑그래 총리가 내 제안을 거절하면……」
「그는 동의할 겁니다」
「어째서?」
「폐하께서 그런 바람을 표하실 테니까요」
「내 소망이 그에게 명령은 아니라네」
「그렇지요. 하지만 국가 정부들 간에는 양해 사항이 있는 법입니다. 발랑그래 총리는 무척 정치적인 인물이라……」
「그러니까 자네는 프랑스 정부가 내 뜻을 거스르고 싶지 않다는 의도에서 그런 임의적인 조치를 취할 거라고 보나?」
「그런 의도에서만은 아니지요」
「그렇다면 또 뭐가 있단 말인가?」
「저를 풀어 주라는 요구와 함께 하나의 제안을 받아들임으로써 국익을 도모할 수 있습니다」
「내가 그에게 제안을 할 거라고?」
「그렇습니다, 폐하」

「어떤 제안인가?」

「저도 모릅니다. 하지만 제가 보기에는 프랑스와 독일 간에는 서로 합의하면 좋을 만한 영토 문제가 줄곧 있어 온 것 같은데……. 합의에 이를 가능성도 있고……」

낯선 이는 말뜻을 알아듣지 못한 듯 그를 물끄러미 바라보고 있었다. 마치 할 말을 찾고 있는 것처럼, 가설을 생각해 내려는 것처럼 뤼팽은 몸을 숙였다.

「제가 보기에 프랑스와 독일 두 나라는 쓸데없는 문제로 대립하고 있습니다……. 부수적인 문제에 대해 시각 차이가 있는 거지요……. 예를 들어 식민지 문제에서는 각국의 이익보다 자존심이 문제를 좌우하고 있습니다……. 두 나라 중 한 나라 정상이 새로운 화해 정신에서 직접 이런 문제를 다루는 게 불가능할까요……? 필요한 조치를 취하는 게 말입니다……. 그러니까……」

「그러니까 모로코를 프랑스에게 양보하라는 건가?」

낯선 이가 웃음을 터뜨리며 물었다.

뤼팽의 그런 제안이 그에게는 이 세상에서 가장 우스꽝스러운 일로 여겨지는 모양이었다. 그는 큰 소리로 껄껄 웃었다. 이루고자 하는 목적과 동원하는 수단 사이의 격차가 너무 크지 않은가!

「물론…… 물론…… 물론 독창적인 아이디어야……. 아르센 뤼팽을 자유의 몸이 되게 하기 위해 현대 정치를 뒤흔들다니! 아르센 뤼팽의 작전을 마무리 지어 주기 위해 제국의 시도가 무산되다니……! 그럴 순 없네. 그런데 왜 알자스와 로렌 지방을 요구하지 않는 건가?」

낯선 이가 다시 진지해지려 애쓰며 물었다.

샤를마뉴 대제의 후계자 95

「그 생각도 했습니다, 폐하」
뤼팽이 대답했다.
낯선 이가 더욱 경쾌한 어조로 말했다.
「굉장하군! 그럼 나를 봐주기라도 했단 말인가?」
「이번에는 그렇습니다」
뤼팽은 팔짱을 끼고 있었다. 그 역시 자신의 역할을 다소 과장하는 것을 즐기면서 애정 어린 진지한 어조로 말을 이었다.
「언젠가는 그 반환을 〈요구하고 관철시킬 수 있는〉 일련의 상황이 일어날 겁니다. 그때가 되면 저는 물론 기회를 놓치지 않겠습니다. 하지만 지금 제가 갖고 있는 무기들로는 좀 더 겸손해질 수 밖에 없습니다. 모로코의 평화로 충분합니다」
「그뿐인가?」
「그뿐입니다」
「자네를 풀어 주는 대신 모로코를 양보하라고?」
「그 이상도 이하도 아닙니다……. 더 정확히 말하자면 이런 대화의 목적이 무엇인지 결코 잊어서는 안 된다는 겁니다. 그러니까 당사자인 두 강대국 중 하나가 약간의 호의를 표하는 거죠……. 그 대신 제가 갖고 있는 편지들을 양도할 겁니다」
「문제의 편지들……! 그 편지들……! 어쨌든 그 편지들이 그럴 만한 가치가 있을런지……」
낯선 이가 짜증스럽게 중얼거렸다.
「그건 폐하가 직접 쓰신 편지들입니다. 폐하는 거기에 그만한 가치가 있다고 여겼기 때문에 이 감방까지 저를 찾아오신 거고요」
「그러니까 그래서 어떻다는 건가?」

「폐하로서는 거기에는 폐하께서 내용을 모르시는 편지들도 그것에 대해 몇 가지 정보를 드릴 수 있습니다」
「이런!」
낯선 이가 불안한 태도로 말했다.
뤼팽은 망설였다.
「말하게, 돌리지 말고 말하게……. 분명히 말하라고」
낯선 이가 말했다.
고요한 정적 가운데 뤼팽은 엄숙한 목소리로 입을 열었다.
「20년 전 독일과 영국과 프랑스 간에 협정을 체결하려는 계획이 있었습니다」
「거짓말! 그럴 리가 없네. 누가 그런 일을……?」
「폐하의 아버님과 할머니이신 영국 여왕은 두 분 다 황후의 영향 하에 있었습니다」
「그럴 리가 없네! 거듭 말하지만 그럴 리가 없네!」
「그 내용을 담은 편지들이 벨당츠 성의 비밀 장소에 있고, 그곳을 아는 사람은 저뿐이지요」
낯선 이는 흥분해서 감방 안을 왔다갔다 하기 시작했다.
그가 걸음을 멈추고 말했다.
「그 협정의 내용이 그 문서 중에 들어 있나?」
「그렇습니다, 폐하. 폐하 아버님의 자필로 말입니다」
「그렇다면 그 내용은?」
「그 협정에 의하면, 영국과 프랑스는 독일에게 거대한 식민 제국을 허용하고 약속했습니다. 오늘날 독일이 갖고 있지 못한 식민지로서, 독일이 국위를 떨치는 데 꼭 필요한 나라지요. 독일로 하여금 유럽의 주도권을 갖겠다는 꿈을 접고 당시 상황을 받아들이게 할 정도로 대단한 식민지였습니다」

「그 제국 대신 영국이 요구한 건?」

「독일 함대의 감축입니다」

「그럼 프랑스가 요구한 건?」

「알자스와 로렌 지방입니다」

황제는 탁자에 팔을 괸 채 말없이 생각에 잠겼다. 뤼팽이 말을 계속했다.

「모든 것이 준비되어 있었습니다. 파리와 런던 당국은 그 일을 납득하고 수락했습니다. 다된 일이었지요. 세계 평화를 결정적으로 약속하는 대조약이 체결될 참이었습니다. 폐하 아버님의 죽음이 그 아름다운 꿈을 수포로 만들었지요. 하지만 지금 저는 폐하께 묻고 싶습니다. 1870년대 프로이센-프랑스 전쟁의 영웅, 독일인들뿐 아니라 적들에게까지 존경을 받던 순수한 혈통의 독일인인 프리드리히 3세가 알자스로렌 지방을 프랑스에 반환하는 데 동의했다는 것, 다시 말해서 그 일이 적절하다고 판단했다는 사실을 알게 되면 폐하의 국민은, 전 세계 사람들은 어떤 생각을 할까요?」

황제의 양심 앞에, 한 인간이자 아들이자 군주의 양심 앞에 명확한 말로 문제를 제기한 뤼팽은 잠시 입을 다물었다.

그런 다음 그는 결론지었다.

「역사가 이 협정을 기록할 것인지 아닌지는 폐하께 달린 일입니다. 아시다시피 이 쟁점에 있어서 제 역할은 정말이지 미미하지요」

뤼팽의 말이 끝나자 긴 침묵이 이어졌다. 뤼팽은 조마조마한 마음으로 대답을 기다렸다. 이 순간은 그가 그토록 노력과 집념으로 노심초사하고 어떻게 보자면 새로 만들어 낸 것이었다. 바로 이 순간, 그의 운명이 결정될 터였다……. 그의 머릿속에서 탄생한 이 역사적인 순간, 〈미미하다〉고 했지만 그의 역할은 제국들의 운명과 세계 평화에 커다란 영향력을 행사하고 있었다.

어두컴컴한 감방 안 그의 앞에서 카이사르의 후계자는 생각에 잠겨 있었다.

그는 어떤 대답을 할 것인가? 이 문제에 어떤 해결책을 내놓을 것인가?

그가 감방 안을 가로질러 왔다갔다 하는 짧은 시간이 뤼팽에게는 너무나도 길게 느껴졌다.

이윽고 낯선 이는 걸음을 멈추고 말했다.

「다른 조건도 있나?」

「그렇습니다, 폐하. 하지만 대수롭지 않은 것들입니다」

「어떤 건가?」

「저는 되퐁벨당츠 대공의 아들을 찾아냈습니다. 공국을 그에게 돌려주십시오」

「그리고?」

「그는 어떤 처녀를 사랑하고 있습니다. 그 처녀도 그를 사랑하고 있지요. 이 세상에서 가장 아름답고 덕성스러운 처녀입니다. 그가 그 처녀와 결혼하게 해 주십시오」

「그거 말고는?」

「그뿐입니다」

「그 밖에 다른 건?」

「없습니다. 남은 일은 이 편지를 〈그랑 주르날〉의 편집자에게 갖다 주시는 것뿐입니다. 그가 잠시 후 받을 기사를 읽지 말고 폐기할 수 있도록 말입니다」

뤼팽은 편지를 내밀었다. 가슴이 죄어들고 손이 떨리고 있었다. 황제가 그 편지를 받는다면 자신의 제안을 받아들인다는 표시였다.

황제는 망설이고 있었다. 이윽고 그는 화가 난 몸짓으로 편지를 받아들고는 모자를 쓰고 외투를 걸친 다음 한마디 말도 없이 감방을 나갔다.

뤼팽은 정신 나간 사람처럼 잠시 비틀거렸다.

이윽고 그는 의자에 털썩 주저앉으며 기쁨과 자긍에 찬 고함을 내질렀다.

「포르므리 판사, 아쉽게도 오늘 작별 인사를 드려야겠소」

「무슨 말이오, 뤼팽? 그렇다면 우리와 헤어질 작정이오?」

「그러고 싶지 않지만 어쩔 수 없소, 포르므리 판사. 진심이오. 우리의 관계는 아주 우호적이었으니 말이오. 하지만 아무리 즐거운 일이라도 끝이 있는 법이오. 상태 궁의 계속된 요양도 이제 끝난 것 같소. 다른 일들이 나를 부르고 있다오. 오늘 밤 여길 나가야 할 것 같소」

「그렇다면 행운을 비오, 뤼팽」

「고맙소, 판사」

아르센 뤼팽은 참을성 있게 자신이 풀려날 시각을 기다렸다. 그 일이 어떻게 일어날 것인지, 이 찬양받을 만한 위업을 위해 협력한 프랑스와 독일이 지나치게 대중의 소란을 불러일으키지 않는 범위에서 어떤 방식으로 그 일을 해낼 것인지 궁금해하면서.

오후 중간쯤 간수가 와서 그를 데리고 앞뜰로 갔다. 그가 활기찬 걸음으로 그곳에 이르자 소장이 기다리고 있었다. 소장은 그를 베베르 부국장의 손에 넘겨주었고, 베베르 부국장은 그를 누군가 타고 있는 자동차에 태웠다.

뤼팽은 즉각 미친 듯이 웃음을 터뜨렸다.

「이럴 수가! 당신이라니, 가엾은 베베르 부국장 당신이 이런 고약한 일을 맡다니! 내 탈출을 책임져야 할 사람이 바로 당신이란 말이오? 그럴 배짱이 없다고 고백하시오! 이런! 딱한 사람 같으니라고, 정말 재수도 없지! 내 체포로 유명해진 당신이 이제 내 탈출로 영원히 역사에 기록되다니」

그는 또 다른 사람에게 눈길을 주었다.

「아니, 이런, 경찰총장도 이 사건에 연루되셨소? 정말 고약한 선물 아니오? 내가 총장님께 충고를 하나 한다면. 전면에 나서시지 말라는 거요. 베베르에게 모든 영광을 돌리시오! 당연히 그래야 하오……. 이 친구는 얼마나 믿음직스러운지……!」

차는 불론뉴 숲을 가로질러 센 강을 따라 빠르게 달렸다. 그들은 생클루 언덕을 지났다.

「그렇군. 우린 지금 가르슈로 가고 있군! 알텐하임이 살해당한 상황을 확실히 하기 위해 내가 필요하다는 구실로 말이오. 같이 지하실로 내려간 다음 내가 사라지는 거요. 나 혼자만 알고 있는 또 다른 출구를 통해 모습을 감추었다고들 하는 거로군. 맙소사! 정말 한심한 발상이군!」

뤼팽은 실망한 기색이었다.

「한심해, 정말 한심하기 그지없군! 수치스러워 얼굴이 붉어지는군······. 이런 친구들이 나라를 다스리고 있다니······! 기막힌 시대로군! 이런, 나와 의논을 했다면 좋았을걸. 그랬다면 기적적이고 탁월한 탈출 방법을 생각해 냈을 텐데. 내게 좋은 생각이 있는데! 대중들은 그 기적적인 일에 고함을 지르고, 만족에 겨워 몸을 뒤틀었을 텐데. 그 좋은 방법 대신 이런 한심한······ 하지만 어쨌든······」

뤼팽이 예측한 그대로였다. 차는 휴양소 건물을 지나 오르탕스 빌라까지 갔다. 뤼팽과 두 사람은 차에서 내려 지하실을 가로질렀다. 지하실 끝에 이르자 베베르 부국장이 말했다.

「당신은 자유요」

「과연! 그렇게 나쁘지는 않군! 깊은 감사를 표하는 바요, 베베르 부국장, 그리고 번거롭게 해서 유감이오, 경찰청장. 부인께 인사 전해 주시오」

그는 글리신 빌라로 통하는 층계를 올라 뚜껑 문을 열고 방 안으로 올라섰다.

손 하나가 그의 어깨를 붙잡았다.

그의 앞에는 전날 황제를 수행했던 방문객이 서 있었다. 그의 좌우로 네 사내들이 버티고 섰다.

「이런! 이건 무슨 장난이오? 나를 풀어 주는 게 아니란 말이오?」

「아니, 맞소. 당신은 자유의 몸이오······. 우리 다섯과 여행할 자유가 있단 말이오······. 당신이 원한다면 말이오」

독일인이 나직하게 말했다.

뤼팽은 그의 얼굴 한복판에 주먹을 날리고 싶은 격한 충동을 느끼며 한순간 그를 응시했다.

하지만 다섯 사내들의 태도는 아주 단호해 보였다. 그들의 우두머리는 자신에게 그다지 호의를 갖고 있지 않은 것 같았다. 뤼팽에게 극단적인 조치를 취할 수 있게 되면 그자는 몹시 좋아할 터였다. 게다가 주먹을 안긴들 무슨 소용이 있단 말인가?

뤼팽이 비꼬듯 말했다.

「내가 원한다면이라니! 이건 내가 꿈꿔 왔던 일이라오!」

뜰로 나오자 성능 좋은 리무진이 기다리고 있었다. 두 사내가 앞좌석에 올랐고, 다른 두 사내는 차 안으로 들어갔다. 뤼팽과 낯선 이는 안쪽의 긴 좌석에 앉았다.

「갑시다. 벨당츠로」

뤼팽이 독일어로 소리쳤다.

백작이 그에게 말했다.

「조용히하시오! 내 부하들이 자세한 내용을 알아서는 곤란하오. 프랑스 어를 쓰시오. 이들은 프랑스 어를 알아듣지 못하니까. 그런데 말은 뭐 하러 한단 말이오?」

「사실 말은 뭐 하러 하겠소?」

뤼팽이 중얼거렸다.

저녁과 한밤 내내 차는 아무 일 없이 달렸다. 깊이 잠들어 있는 작은 마을에서 그들은 두 차례 차에 기름을 넣었다.

독일인들은 교대로 포로를 감시했다. 포로는 새벽녘이 되어서야 눈을 떴…….

그들은 길을 떠난 후 처음으로 식사를 하기 위해 언덕 위에 있는 여관 앞에서 차를 세웠다. 언덕 근처에는 표지판 하나가 서 있었다. 뤼팽은 자신들이 메츠와 룩셈부르크 중간 지점에 와 있다는 것을 알 수 있었다. 그곳에서 차는 트레브 시를 향해 북동쪽으로 비스듬히 난 길로 접어들었다.

뤼팽이 옆에 타고 있는 사내에게 말했다.

「내가 이렇게 말을 건네고 있는 분이 독일 황제의 친구로서 드레스덴에 있는 헤르만 3세의 집을 수색한 발데마르 백작이 아니신지?」

낯선 이는 침묵을 지켰다.

〈이 보게, 친구. 난 자네 표정이 싫어. 언젠가 대가를 치르게 해 주지. 자네는 못생기고 뚱뚱하고 둔해. 요컨대 내 마음에 안 든다고.〉

뤼팽은 생각했다.

그런 다음 그는 소리 내어 덧붙였다.

「백작이 내 말에 대답을 하지 않는 건 잘못이오. 난 백작을 위해 이런 말을 하고 있는 거요. 우리 차가 언덕을 올라올 때 자동차 한 대가 우리 뒤를 쫓아오는 걸 봤단 말이오. 당신도 봤소?」

「아니, 그런데 그게 어쨌다는 거요?」

「아무것도 아니오」

「하지만……」

「천만에, 아무것도 아니오……. 그저 그렇다는 것뿐이오……. 게다가 우리는 10분이나 앞서 있소……. 우리 자동차는 적어도 40마력은 될 테고 말이오」

「60마력이오」

불안한 듯 곁눈으로 그를 살피며 독일인이 말했다.

「오! 그렇다면 안심이오」

차가 비탈길을 올라갔다. 언덕 꼭대기에 이르자 백작은 차창 너머로 몸을 내밀었다.

「빌어먹을!」

그가 욕설을 내뱉었다.

「왜 그러시오?」

뤼팽이 물었다.

백작은 그를 돌아보며 위협적인 목소리로 말했다.

「허튼 짓 마시오……. 만약 무슨 일이 일어나면 나도 어쩔 수 없소」

「아! 이런! 차가 다가오고 있는 모양이군……. 하지만 두려울 게 뭐 있소, 친애하는 백작? 여행객에 지나지 않을 텐데…….. 어쩌면 당신을 위해 도착한 원군이거나」

「내겐 원군 따윈 필요 없소」

독일인이 이를 갈며 말했다.

그는 다시 창밖으로 몸을 기울였다. 이제 뒤따라오는 자동차와의 거리는 200, 300미터까지 좁혀졌다.

독일인은 뤼팽을 가리키며 부하들에게 말했다.

「이자를 묶어. 그리고 만약 반항하면……」

그는 권총을 꺼내 들었다.

「내가 왜 반항을 하겠소, 선한 튜튼 인 친구?」

뤼팽이 비꼬듯 말했다.

사람들이 그의 손을 묶는 동안 뤼팽은 이렇게 덧붙였다.

「전혀 불필요한 조심은 하면서 정작 필요한 조심은 하지 않는 걸 보면 정말이지 이상하다는 생각이 든다오. 이 자동차를 몰고 있는 사람이 누구요? 운전수가 내 공범이기라도 하단 말이오? 말도 안 되는 생각이오!」
 그 말에는 대답하지 않은 채 독일인이 운전수에게 지시했다.
「오른쪽으로……! 속도를 늦추게……. 저 차가 추월하게 해……. 저 차 역시 속도를 늦추면 세우게!」
 놀랍게도 그들을 뒤따라오던 자동차는 속도를 더욱 높이는 것 같았다. 그 차는 회오리바람 같은 먼지 구름을 일으키며 그들이 타고 있는 차를 추월했다.
 부분적으로 지붕이 없는 자동차의 뒤쪽에 검은 옷을 입은 사내가 서 있었다.
 사내는 팔을 들어올렸다.
 총성 두 발이 울려 퍼졌다.
 왼쪽 차창을 온통 막고 있던 백작이 차 안으로 쓰러졌다.
 어떻게 해 볼 틈도 주지 않고 두 명의 사내가 달려들어 뤼팽을 더욱 꽉 묶었다.
「멍청한 친구들 같으니라고! 불한당들 같으니라고……! 오히려 날 봐 주시오! 아니, 이런. 이제 차까지 세우는군! 이렇게 어리석을 수가, 속력을 더 내……. 저자를 잡으란 말이오……! 저 자가 바로 검은 옷의 사내요……. 살인자요…… 이런! 어리석은 자들 같으니라고……」
 사내들은 그에게 재갈을 물렸다. 그런 다음 그들은 백작에게로 관심을 돌렸다. 백작의 상처는 대단치 않은 것 같았다. 그들은 재빨리 상처를 싸맸다. 하지만 지나치게 흥분한 환자는 열에 뜬 채 헛소리를 하기 시작했다.
 아침 8시였다. 차는 인가와 멀리 떨어진 외딴 벌판 한가운데에 와 있었다. 백작의 부하들은 그 여행의 목적이 정확히 어떤 것인지 아는 것이 전혀 없었다. 어디로 가야 하는가? 누구에게 알려야 하는가?

그들은 자동차를 숲 가장자리에 세우고 기다렸다.

그런 식으로 한나절이 흘러갔다. 그들이 탄 자동차를 찾기 위해 트레브에서 파견된 기병대 소대가 그곳에 도착한 것은 저녁이 되어서였다.

두 시간 후 뤼팽은 리무진에서 내렸다. 양옆에서 두 독일인들의 감시를 받으며 그는 희미한 등잔 빛이 비추는 층계를 올라갔다. 그 층계는 창에 철책이 쳐진 작은 방으로 통하고 있었다.

그는 그 방에서 밤을 보냈다.

다음날 아침 장교 하나가 그를 데리러 왔다. 그들은 군인들로 붐비는 뜰을 지나, 작은 언덕 아래 모여 있는 건물들 한가운데로 갔다. 언덕에는 무너져 가는 유적이 자리 잡고 있었다.

뤼팽은 꼭 필요한 가구들만 놓여 있는 넓은 방으로 안내되었다. 그저께 그를 찾아왔던 방문객이 책상 앞에 앉아 신문과 보고서를 읽으며 보고서 위에 붉은 색연필로 줄을 치고 있었다.

「나가 보게」

그가 장교에게 말했다.

그런 다음 그는 뤼팽에게 다가왔다.

「문서들을 주게」

그의 어조는 완전히 바뀌어 있었다. 이제 그 목소리에는 자신의 영역에 있는 군주의 건조하고 오만한 어조가 담겨 있었다. 아랫사람에게 하는 말투였다. 정말 어이없는 아랫사람 아닌가! 마주하고 있다는 사실만으로도 모욕감을 느껴야 할 정도로 지독한 도둑이자 사기꾼이 아닌가!

「문서를 주게」

그가 다시 말했다.

뤼팽은 당황하지 않았다. 그가 조용히 말했다.

「그것들은 벨당츠 성안에 있습니다」

「여기가 바로 벨당츠 성의 부속 건물일세」

「문서들은 그 폐허 안에 있습니다」

「가세. 앞장서게」

뤼팽은 움직이지 않았다.

「왜 움직이지 않는가?」

「왜 움직이지 않느냐면, 폐하, 그 일이 폐하께서 생각하시는 것처럼 그렇게 간단한 게 아니기 때문입니다. 그 비밀 장소를 열기 위해서는 일정한 시간이 필요합니다」

「시간이 얼마나 필요하다는 건가?」

「24시간입니다」

황제는 분노의 몸짓을 재빨리 억제했다.

「이런! 우리는 그런 문제를 이야기하지 않았는데」

「아무것도 분명히 이야기한 건 없습니다, 폐하……. 폐하께서 저로 하여금 경호원 여섯 명과 여행을 하게 한다는 이야기 같은 것은 더더욱 없었지요. 저는 문서를 드리기로 했습니다, 그뿐이지요」

「그리고 나는 그 문서를 받는 조건으로 자네를 풀어 주고 말일세」

「신뢰의 문제지요, 폐하. 감옥을 나와 제가 자유의 몸이 되었다면, 다시 말해서 폐하께서 제가 그 문서를 갖고 달아나지 않을 거라고 믿어 주셨다면, 저는 이미 그 문서를 돌려드리는 일에 착수했을 겁니다. 지금 상황과 다른 점은 그랬다면 지금 이미 그 문서들은 폐하의 수중에 들어가 있으리라는 겁니다, 폐하. 왜냐하면 우리는 하루를 낭비했으니까요. 이 사건에서 하루…… 하루가 더 필요한 거지요……. 보시다시피 신뢰해야 합니다」

황제는 얼떨떨한 눈빛으로 자신의 말을 믿어 주지 않는 것에 분개하고 있는 그 도적, 그 천한 자를 바라보았다.

아무 대답 없이 황제는 벨을 눌렀다.

「당번병」

그가 말했다.

발데마르 백작이 창백한 얼굴로 나타났다.

「아! 자네군, 발데마르? 기운 좀 차렸나?」

「명령만 내리십시오, 폐하」

「부하 다섯 명을 데리고 가게……. 자네가 신뢰할 수 있는 이들인 모양이니 이번 여행을 같이한 부하들로 말일세. 그리고 내일 아침까지 이…… 이 사람 곁을 떠나지 말게」

그는 손목시계를 보았다.

「내일 아침 10시까지일세……. 아니, 정오까지 시간을 주겠네. 이 사람이 가고 싶어하는 곳에 가고, 이 사람이 하고 싶어하는 일을 하게. 요컨대 자네는 이 사람이 하자는 대로 하게. 정오가 되면 내가 가겠네. 만약 정오를 알리는 마지막 종소리에도 편지 꾸러미를 제출하지 못하면 이 사람을 자네 차에 태워 한순간도 지체하지 말고 곧장 상테 교도소로 데리고 가게」

「이자가 탈출하려고 든다면……」

「자네 처분에 맡기겠네」

황제는 방을 나갔다.

샤를마뉴 대제의 후계자 109

뤼팽은 탁자 위에서 시가 한 대를 집어 들고 소파에 몸을 던졌다.

「잘됐군! 난 이런 식으로 일하는 편이 훨씬 좋소. 이건 솔직하고 명확하거든」

백작이 부하들을 들어오게 했다. 그가 뤼팽에게 말했다.

「앞장서시오!」

뤼팽은 시가에 불을 붙인 다음 움직이지 않았다.

「이자의 팔을 묶어라」

백작이 지시했다.

그의 명령이 실시되자 백작이 다시 말했다.

「자…… 앞장서란 말이오!」

「싫소」

「뭐라고, 싫다니?」

「난 지금 생각 중이오」

「뭘 생각한단 말이오?」

「그 비밀 장소가 어디에 있는지 생각 중이오」

백작이 소스라쳤다.

「뭐라고? 그렇다면 그 장소를 모른단 말이오?」

「당연한 말씀! 이 모험에서 가장 유쾌한 점이 바로 그거라오. 난 그 유명한 비밀 장소가 어디인지에 대해 전혀 아는 바도 없고 그것을 찾아낼 방도도 없소. 어떻게 생각하시오, 친애하는 발데마르 백작? 굉장하지 않소……. 전혀 아는 바가 없다니……」

황제의 편지

　라인 강변과 모젤 지방을 찾아오는 모든 이들에게 잘 알려져 있는 벨당츠 유적에는 1277년 피스팅겐 대주교가 지은, 이제는 폐허가 된 고성이 포함되어 있었다. 프랑스의 튀렌 원수의 군대가 파괴한 거대한 탑을 둘러싸고 르네상스 시대의 드넓은 궁전의 벽이 손상되지 않은 채 남아 있었다. 바로 되퐁 일가가 300년 전부터 살아 온 곳이었다.
　헤르만 2세의 신하들이 반란을 일으켜 노략한 곳도 바로 이 성이었다. 유리가 깨어져 나가고 없는 창문 200개가 네 개의 건물 전면에서 입을 벌리고 있었다. 목재로 된 모든 것과 벽에 걸린 것들, 가구 대부분은 불타 버렸다. 바닥에 쓰러진 검게 탄 들보 위를 걸어야 했고, 부서진 천장 여기저기로 하늘이 내다보였다.
　뤼팽은 두 시간 만에 감시자와 함께 성 전체를 둘러보는 일을 마쳤다.

「친애하는 백작, 당신의 협조에 몹시 만족하오. 당신처럼 아는 게 많고 과묵이란 귀한 자질까지 갖춘 안내자는 처음이오. 이제 괜찮다면 점심을 먹으러 갑시다」

실상을 말하자면 뤼팽의 상황은 그가 처음 이 성에 발을 들여 놓았을 때로부터 전혀 진전되지 않은 상태였다. 그의 당혹감은 점점 커져 갔다. 일단 감옥에서 나오기 위해, 황제에게 강렬한 인상을 주기 위해 모든 것을 다 알고 있는 양 허세를 부렸지만, 사실은 어디서부터 찾기 시작해야 할지조차 모르고 있었던 것이다.

「일이 잘 안 되는걸. 이렇게 일이 안 풀릴 수가 있나」

그는 이따금 중얼거렸다.

게다가 그는 평소의 명철함을 유지하지 못하고 있었다. 한 가지 생각이 그를 붙들고 놓아 주지 않았다. 자신의 뒤를 밟고 있는 그 괴물 같은 존재, 살인범, 미지의 인물에 대한 생각이었다.

그자가 어떻게 자신의 뒤를 밟을 수 있었을까? 자신이 감옥에서 나와 룩셈부르크를 거쳐 독일 쪽으로 가리라는 걸 어떻게 알았을까? 기적적인 직관력을 지녔단 말인가? 정확한 정보라도 들었단 말인가? 하지만 그렇다면 도대체 어떤 대가를 치르고, 어떤 약속을 하고, 어떤 협박을 통해 그런 정보를 얻을 수 있었을까?

이 모든 의문들이 뤼팽의 머릿속을 떠나지 않고 있었다.

4시경, 아무런 성과 없이 돌들을 살피고 벽의 두께를 재고 이곳저곳의 모양과 형태를 가늠하며 다시 한번 폐허를 둘러본 다음 뤼팽이 백작에게 물었다.

「마지막 대공을 모시던 하인들 중 혹시 남아 있는 사람은 없소?」

「그 시절의 하인들은 모두 뿔뿔이 흩어졌소. 이 지역에 남아 살던 사람은 한 사람뿐이었소」

「그런데?」
「그 역시 2년 전에 죽었소」
「자녀들은 없소?」
「아들이 하나 있었는데 결혼을 하고는 품행이 좋지 않아 쫓겨 났소. 며느리 역시 같은 이유로 추방되었소. 자녀 두 사람 중 막내로 이질다라는 소녀가 있소」
「그 애는 어디 살고 있소?」
「이곳 부속 건물 끝에 살고 있소. 관광객들이 이 성을 찾아오던 시절 그 애의 할아버지는 안내인 일을 하며 지냈소. 그때 이후 이질다는 줄곧 이 폐허 안에서 살고 있소. 가엾은 마음에 사람들이 그 애를 받아 준 거요. 그 천진하고 가엾은 아이는 평소엔 거의 말을 하지 않는데 이따금 말을 한다 해도 자신이 무슨 말을 하는지 모른다오」
「원래 그런 상태였던 거요?」
「그런 것 같지는 않소. 열 살 무렵부터 정신이 차츰 나가기 시작했다고 하오」
「슬픔이나 공포 때문이오?」
「아니, 아무 이유가 없다고들 하오. 그 애 아버지는 알코올 중독자였고, 그 애 어머니는 광기에 빠져 발작 상태에서 자살했다오」
뤼팽은 잠시 생각에 잠겼다가 결론을 내렸다.
「그 애를 만나 봐야겠소」
백작은 기묘한 미소를 지었다.
「당연히 만나 볼 수 있소」
마침 그 애는 자신의 거처에 있었다.
아주 여위고 안색이 창백했지만 금발과 섬세한 이목구비를 지녀서 예쁘다고까지 할 수 있는 소녀였다. 그 모습에 뤼팽은 충격을 받았다. 녹색 물빛 같은 소녀의 두 눈에는 앞을 보지 못하는 사람의 몽상적이고 흐리멍덩한 표정이 떠올라 있었다.

뤼팽은 소녀에게 몇 가지 질문을 했지만, 이질다는 대답하지 않았다. 그가 또다시 질문을 하자 그 애는 맥이 닿지 않는 토막말들로 대답했다. 자신에게 하는 질문의 의미도, 자신이 무슨 말을 하고 있는지도 이해하지 못하는 것 같았다.

하지만 뤼팽은 포기하지 않았다. 그는 너무나도 부드럽게 소녀의 손을 잡고 애정에 찬 목소리로 소녀가 정신이 온전했던 시절에 대해, 소녀의 할아버지에 대해, 장엄한 성의 폐허 안을 자유롭게 뛰놀던 어린 시절의 추억에 대해 물었다.

소녀는 차갑고 동요 없는 눈길로 입을 열지 않았다. 감정이 있는 듯했지만 그 감정이 잠들어 버린 이성을 일깨우지는 못한 모양이었다.

뤼팽은 종이와 연필을 달라고 했다. 연필로 그는 백지 위에 〈813〉이라고 썼다.

백작이 다시 묘한 미소를 지었다.

「이런, 도대체 왜 웃는 거요?」

뤼팽이 짜증스럽게 물었다.

「아니오…… 아무것도……. 그냥 재미있어서…… 몹시 흥미롭소……」

소녀는 뤼팽이 내민 종이에 눈길을 주었다가 무관심한 태도로 고개를 돌렸다.

「효과가 없군」

백작이 빈정거렸다.

뤼팽은 이번에는 〈Apoon〉이라고 썼다.

이질다는 역시 관심을 보이지 않았다.

뤼팽은 포기하지 않고 매번 글자 사이의 간격을 달리하면서 그 단어를 여러 차례 써 나갔다. 그러면서 매번 소녀의 표정을 살폈다.

소녀는 그 무엇도 동요시킬 수 없을 듯한 무심한 눈빛으로 종이를 응시한 채 움직이지 않았다.

그러다가 문득 소녀는 연필을 움켜쥐고 뤼팽의 손에서 종이를 빼앗더니, 영감이라도 떠오른 것처럼 뤼팽이 남겨 둔 글자 사이의 간격에 〈L〉자 두 개를 적어 넣었다.

뤼팽은 소스라쳤다.

〈Apollon〉이라는 하나의 단어가 완성되어 있었던 것이다.

그런 다음에도 소녀는 연필과 종이를 놓으려 하지 않았다. 움켜쥔 손가락에 힘을 주고 인상을 쓴 채 소녀는 비정상인 머리가 내리는 불완전한 명령에 따라 손을 움직이려 애썼다.

뤼팽은 열에 떠서 기다리고 있었다.

소녀는 무슨 환영이라도 본 사람처럼 재빨리 하나의 단어를 갈겨썼다. 〈DIANE〉라는 단어였다.

「하나만 더……! 하나만 더!」

뤼팽이 간절히 외쳤다.

소녀는 연필을 잡은 손가락에 힘을 주었다. 연필심이 부러지며 대문자 〈J〉가 쓰여졌다. 이윽고 힘이 빠진 소녀는 연필을 내려놓았다.

「하나만 더 적어 보렴! 제발!」

뤼팽이 소녀의 팔을 잡으며 외쳤다.

하지만 소녀의 두 눈은 또다시 무심해져 있었다. 순간적인 이성의 빛은 이미 사라지고 난 후였다.

「그만 갑시다」

그가 말했다.

그가 걸음을 옮기는 순간, 소녀가 달려와 앞을 가로막았다. 그는 걸음을 멈추었다.

「왜 그러지?」

소녀는 손을 벌려 그에게 내밀었다.

「뭐야! 돈을 달라고? 이 애에겐 구걸하는 버릇이 있소?」

뤼팽이 백작에게 물었다.

「아니오, 어찌 된 일인지 나로서는 전혀 모르겠소……」

백작이 대답했다.

이질다는 호주머니에서 금화 두 개를 꺼내더니 경쾌하게 부딪쳤다.

뤼팽은 그 금화들을 살펴보았다.

바로 그해 주조된 프랑스 금화들이었다.

뤼팽이 흥분해서 소리쳤다.

「이거 어디서 났니……? 오늘 받았니? 말해 봐……! 대답해 봐……!」

그가 어깨를 으쓱해 보이며 중얼거렸다.

「나도 참 어리석기도 하지! 이 애가 이런 말에 대답할 수 있다고 생각하다니……! 친애하는 백작, 40마르크만 빌려 주시오……. 고맙소……. 받아라, 이질다, 네게 주는 거란다……」

소녀는 동전 두 개를 받아서는 두 손을 공처럼 만들어 다른 동전들과 부딪치게 해 짤랑거리는 소리를 내더니, 팔을 뻗어 폐허가 된 르네상스 시대의 궁을 가리켰다. 왼쪽 측랑과 그 꼭대기를 가리키는 것 같았다.

그저 반사적인 동작일까? 아니면 두 개의 금화를 받은 데 대한 답례의 표시일까?

뤼팽은 백작을 쳐다보았다. 백작은 줄곧 묘한 미소를 거두지 않고 있었다.

〈이자는 도대체 왜 이렇게 웃는 것일까? 나를 비웃고 있는 것 같구나.〉

뤼팽이 생각했다.

그는 백작을 대동한 채 궁전을 향해 걸음을 옮겼다.

1층은 서로 통하게 만든 커다란 응접실들로 이루어져 있었다. 거기에는 화재를 면한 가구 몇 개가 모여 있었다.

2층 북쪽에는 긴 회랑이 뻗어 있었고, 똑같은 모양의 방 열두 개로 통하게 되어 있었다. 모든 방들이 텅 비고 파괴되고 초라했다.

그 위층에는 아무것도 없었다. 다락방들은 모두 불타 버렸던 것이다.

한 시간 동안 뤼팽은 지치지도 않고 날카로운 눈길로 여기저기를 살펴보며 걷기도 하고 뛰기도 하고 종종걸음을 치기도 했다.

어둠이 내릴 무렵 그는, 자신만이 아는 특별한 이유라도 있는 것처럼 2층에 있는 12개의 방들 중 하나로 달려갔다.

뤼팽은 깜짝 놀랐다. 사람을 시켜서 가져오게 한 모양이었는지 그 방 안에서 황제가 안락의자에 앉아 담배를 피우고 있었던 것이다.

황제의 존재에는 아랑곳하지 않고 뤼팽은, 그런 경우 그가 동원하는 독특한 방식으로 방을 몇 개 부분으로 나누어 차례로 조사하기 시작했다.

20분 후 그가 말했다.

「폐하, 잠깐 일어나 주셨으면 합니다. 거기 벽난로가 있는데……」

황제가 고개를 흔들었다.

「내가 꼭 일어나야 하는 이유라도 있나?」

「네, 폐하. 그 벽난로는……」

「이 벽난로는 아주 평범하다네. 이 방도 다른 방과 다를 게 없고 말일세」

뤼팽은 무슨 말인지 알아듣지 못하고 황제를 물끄러미 바라보았다. 황제는 자리에서 일어나더니 웃으며 말했다.

「내 생각엔, 뤼팽. 자네가 날 갖고 논 것 같군」

「그게 무슨 말씀이십니까, 폐하?」

「이런! 맙소사, 싱거운 사람 같으니! 자네는 내가 관심 있어 하는 문서를 돌려주는 조건으로 자유의 몸이 됐네. 그런데 그 문서가 어디 있는지 전혀 모르고 있네. 나는 완전히…… 프랑스 어로는 뭐라고 하나……? 물 먹은 셈 아닌가?」

「그렇게 생각하십니까, 폐하?」

「맙소사! 이미 알고 있는 걸 찾아다니는 법은 없네. 그런데 자네는 벌써 열 시간 동안 찾고 있네. 즉각 감옥으로 되돌아가야 한다고 생각지 않나?」

뤼팽은 어안이 벙벙한 기색으로 물었다.

「폐하께서는 최종 시한을 내일 정오라고 하지 않으셨습니까?」

「무엇 때문에 그때까지 기다린단 말인가?」

「무엇 때문이냐고요? 제 작업을 마칠 수 있도록 하기 위해서지요」

「자네의 작업? 하지만 자네는 그 작업을 시작조차 하지 않았잖나, 뤼팽」

「그건 폐하께서 잘못 생각하신 겁니다」

「증거를 대 보게……. 그럼 내일 정오까지 기다리겠네」

뤼팽은 잠시 생각에 잠겼다가 진지한 어조로 말했다.

「폐하께서 저를 믿으실 수 있는 증거가 필요하시다니 말씀드리지요. 이 회랑으로 통하는 방 열두 개에는 각기 다른 이름이 붙여져 있고 각 방의 문에는 그 머리글자가 씌어져 있습니다. 회랑을 지나면서 그중 불길에 덜 지워진 글자들을 보고 퍼뜩 한 가지 생각이 떠올랐지요. 저는 다른 문들을 살펴보았습니다. 문의 박공 위에는 글자들이 새겨져 있었는데 그중 몇 개를 가까스로 알아볼 수 있더군요.

그런데 그 머리글자 중 하나는 〈D〉였습니다. 〈다이아나〉의 첫 글자지요. 또 다른 것은 〈A〉, 곧 〈아폴론〉의 첫 글자입니다. 이 두 이름은 신화 속에 나오는 신들의 이름입니다. 나머지 머리글자들도 신들의 이름이 아닐까 하는 생각이 들더군요. 〈J〉는 유피테르, 〈V〉는 비너스, 〈M〉은 메르쿠리우스, 〈S〉는 사투르누스 하는 식이었습니다. 결국 문제의 일부가 풀린 셈입니다. 열두 개의 방들에는 각각 올림프스 산의 신들의 이름이 붙여져 있는데, 〈Apoon〉이란 이질다가 보충해 준 바에 따르면 아폴론의 방을 가리키고 있습니다.

그러므로 지금 우리가 있는 이 방에 문제의 편지가 숨겨져 있는 겁니다. 이제 몇 분만 있으면 그 편지를 찾아낼 수 있을 겁니다」

「몇 분이면 될지 몇 년이 걸릴지…… 어쩌면 그 이상이 걸릴지도 모르겠군!」

황제가 웃으며 말했다.

황제는 이런 상황이 무척 재미있는 모양이었다. 백작 역시 무척 즐거운 것 같았다.

뤼팽이 물었다.

「도대체 무슨 일인지 설명해 주시겠습니까, 폐하?」

「뤼팽, 자네가 이제 막 그 눈부신 결과를 보고한 오늘의 그 열정적인 조사는 이미 내가 한 거라네. 그렇다네, 2주일 전 자네 친구 헐록 숌즈와 함께 말일세. 우리는 함께 이질다에게 질문을 했네. 자네가 쓴 것과 똑같은 방법을 동원했고, 자네처럼 함께 이곳 회랑의 머리글자들의 수수께끼를 풀어 여기 아폴로의 방으로 왔다네」

뤼팽의 얼굴이 납빛이 되었다. 그가 더듬거렸다.

「이런! 숌즈가…… 오다니…… 여기까지……?」

「그렇다네, 나흘간의 추적 끝에 이곳에 왔네. 그렇지만 사실, 사건 해결에는 진전이 거의 없었네. 우리는 아무것도 찾아내지 못했으니 말일세. 어쨌든 난 그 편지들이 이곳에 없다는 건 알고 있네」

그런 빈정거림으로 자존심에 깊은 상처를 입은 뤼팽은 채찍질이라도 당한 것처럼 분노에 떨었다. 이렇게까지 심한 모욕은 처음이었다. 분노로 정신을 잃은 그는 여전히 묘한 미소로 자신을 돌아 버리게 만들고 있는 백작의 목을 조를 뻔했다.

하지만 그는 스스로를 억제하며 말했다.

「숌즈가 이 방에 오기까지 나흘이 필요했군요, 폐하. 저는 몇 시간밖에 걸리지 않았습니다. 조사에 방해를 받지 않았다면 그보다 덜 걸렸을 겁니다」

「이런, 누가 방해를 했단 말인가? 충성스러운 백작이? 그는 결코……」

「아닙니다, 폐하. 저의 적들 중 가장 무시무시하고 막강한 자, 자신의 공범 알텐하임을 죽인 그 사악한 자 말입니다」

「그자가 여기 있다고? 그렇게 생각하나?」

황제가 흥분해서 소리쳤다. 그것은 이 극적인 사건에 대해 황제 역시 자세히 알고 있다는 뜻이었다.

「제가 있는 곳이면 어디든 그자가 있습니다. 그자는 끊임없는 증오심으로 저를 위협하고 있습니다. 제가 치안국장 르노르망이라는 것을 알아낸 자도 그자였고, 저를 감옥에 집어넣은 것도 그자였으며, 감옥에서 나온 날 저를 미행한 것도 그자입니다. 어제 그자는 차 안에 있는 사람이 저라고 생각하고 총을 쏘아 발데마르 백작에게 상처를 입혔습니다」

「하지만 그자가 여기 벨당츠에 있다는 증거가 어디 있나?」

「이질다는 그자에게서 받은 금화 두 개를 갖고 있었습니다. 프랑스 금화 두 개를 말입니다!」

「하지만 그자가 무엇 하러 왔단 말인가? 어떤 목적에서?」

「저도 모릅니다, 폐하. 하지만 그자는 악의 화신입니다. 부디 조심하십시오! 그자는 무슨 짓이든 할 수 있습니다」

「불가능하네! 이 폐허 안에는 내 부하들 200명이 있네. 여기까지 들어올 순 없었을걸세. 그랬다면 눈에 띄었을걸세」

「그를 본 사람이 있습니다」

「그게 누군가?」
「이질다입니다」
「그 애에게 물어보세! 발데마르, 자네 포로를 그 애 방으로 데려가게」
뤼팽은 묶인 두 손을 내보였다.
「이건 힘든 싸움이 될 겁니다. 그런데 제가 이런 상태로 싸울 수 있겠습니까?」
황제는 백작에게 말했다.
「풀어 주게……. 그리고 내게 결과를 알려 주게……」
이렇게 혐오스러운 살인자에 대한 환상을 갑작스럽게 논쟁에 끌어들임으로써 아르센 뤼팽은 아무런 증거도 대지 않은 채 시간을 벌고 수색을 계속할 수 있게 되었다.
「열여섯 시간이 남았군. 그 정도면 충분해」
그는 생각했다.

그는 이질다의 숙소로 갔다. 그 애의 방은 폐허에 주둔한 근위대원 200명의 병영으로 쓰이는 오래된 부속 건물들 끝에 있었다. 그 왼쪽 측랑은 장교 전용 공간이었다.
이질다는 그곳에 없었다.
백작은 무슨 일인지 알아보라고 부하 둘을 내보냈다. 두 사람이 돌아왔다. 아무도 그 소녀를 보지 못했다는 것이었다.
물론 성벽 밖으로 나가지는 못했을 터였다. 그리고 르네상스 시대의 궁은 군대가 점령하고 있는 셈이었으므로 아무도 그 안으로 들어갈 수 없을 터였다.
「밖으로 나간 게 아니라면, 여기 있어야 하는데 없잖아」

발데마르가 소리쳤다.
뤼팽이 물었다.
「위층은 없소?」
「있소. 하지만 위층의 방으로 통하는 층계가 없소」
「아니, 있을 거요」
뤼팽은 어두컴컴한 구석의 열려 있는 쪽문을 가리켰다. 어둠 속에서 층계의 아래쪽 계단을 볼 수 있었다. 사다리처럼 가파른 층계였다.
「친애하는 백작, 부탁인데 저 층계를 먼저 올라가는 영광을 내게 주시기 바라오」
뤼팽이 발데마르에게 말했다.
「이유가 뭐요?」
「좀 위험하다오」
몸을 날린 뤼팽은 재빨리 좁고 나지막한 다락방으로 뛰어 올라갔다.
그에게서 외마디 소리가 터져 나왔다.
「이런!」
「무슨 일이오?」
백작이 따라 들어오며 물었다.
「여기…… 바닥에…… 이질다가……」
뤼팽은 몸을 낮췄다. 한눈에 그는 소녀가 기절했을 뿐이고 손목과 손에 몇 군데 긁힌 것을 빼면 심각한 상처를 입지 않았다는 것을 알아차렸다.
소녀의 입에는 재갈 대신 손수건이 물려 있었다.
「확실하오. 살인범은 이곳에 이 애와 함께 있었소. 우리가 다가오자 그자는 이 애를 주먹으로 친 다음 신음소리가 우리에게 들리지 않도록 손수건으로 입을 막은 거요」

「하지만 그랬다면 그자가 어디로 도망쳤단 말이오?」

「저쪽이오……. 그래…… 2층의 다락방들로 통하는 복도가 있군」

「거기서 어디로 갔다는 거요?」

「거기서 숙소 중 하나의 계단을 통해 내려갔을 거요」

「하지만 그랬다면 사람 눈에 띄였을 것 아니오?」

「쳇! 그걸 어떻게 아시오? 이자는 투명인간 같단 말이오. 어쨌거나! 부하들을 보내 알아보게 하시오. 다락방들과 1층 방들을 모조리 수색하게 하시오!」

뤼팽은 망설였다. 그 역시 살인범을 추격할 것인가?

하지만 무슨 소리가 나는 바람에 그는 소녀에게 주의를 돌렸다. 소녀가 몸을 일으키자 금화 열두 개가 소녀의 손에서 굴러떨어진 것이었다. 그는 금화들을 살펴보았다. 모두 프랑스 주화였다.

「그래, 내 짐작이 틀리지 않았군. 그런데 어째서 이렇게 많은 금화를 준 것일까? 무엇에 대한 보상일까?」

그가 말했다.

다음 순간 바닥에 떨어져 있는 책을 발견한 그는 그것을 주우려 몸을 숙였다. 하지만 그에 앞서 소녀가 달려들어 책을 집어 들었다. 소녀는 무슨 일이 있어도 책을 빼앗기지 않겠다는 듯 본능적인 힘으로 책을 가슴에 끌어안았다.

뤼팽이 중얼거렸다.

「이거였군. 이 책 때문에 금화들을 준 거야. 하지만 저 애가 책을 놓지 않았지. 저 애 손의 긁힌 자국은 그때 생긴 거야. 문제는 어째서 살인범이 이 책을 빼앗으려 했느냐 하는 거지. 전에 이 책을 본 적이 있단 말인가?」

뤼팽은 발데마르에게 말했다.

「친애하는 백작, 지시를 내려 주시오, 부디……」

발데마르가 손짓을 했다. 그의 부하 셋이 소녀에게 달려들었다. 가엾게도 소녀는 발을 구르고 비명을 내지르며 몸을 뒤틀었다. 집요한 싸움 끝에 그들은 소녀에게서 책을 빼앗을 수 있었다.

「진정하렴, 애야. 마음을 가라앉혀……. 이 모두가 좋은 뜻에서 하는 일이란다……. 이 애를 잘 지켜봐 주시오! 그동안 나는 이 문제의 책을 살펴보겠소」

적어도 100년은 되었음직한 그 낡은 장정 안에는, 몽테스키외의 〈그니드 신전 기행〉 일부가 들어 있었다. 책장을 펼치자마자 뤼팽이 외쳤다.

「이런, 이런, 참 이상하군. 매 페이지 이면에 양피지가 붙어 있고, 그 양피지들 위에 아주 가는 글씨로 촘촘하게 무어라 씌어 있잖아」

그는 처음부터 읽기 시작했다.

「되퐁벨당츠 대공 전하의 프랑스 인 충복인 기사 질 드 말레슈의 일기. 서력 1794년에 시작하다」

「아니, 그런 게 있다니……?」

백작이 외쳤다.

「무엇 때문에 놀라는 거요?」

「이질다의 할아버지, 그러니까 2년 전 죽은 그 노인의 이름이 말라이히였소. 다시 말해 말레슈라는 프랑스 이름의 독일식 발음 말이오」

「이럴 수가! 그렇다면 이질다의 할아버지는 떨어져 나간 몽테스키외 책에 일기를 쓴 이 프랑스 인 충복의 아들이나 손자일 거요. 그래서 이질다가 이 일기장을 물려받은 거로군」
뤼팽은 되는 대로 책장을 넘겼다.

1796년 9월 15일. ? 전하께서 사냥을 나가셨다.
1796년 9월 20일. ? 전하께서 말을 타고 외출하셨다. 전하께서 고르신 말은 큐피드였다.

「빌어먹을, 지금까지는 흥미로운 내용이 아닌걸」
그는 책장을 더 넘겼다.

1803년 3월 12일. ? 헤르만에게 10에퀴(프랑스의 옛 주화)를 보내다.
그는 런던에서 요리사로 있다.

뤼팽이 웃음을 터뜨렸다.
「오! 이런! 헤르만이 왕위를 박탈당한 다음이군. 명예가 땅에 떨어졌는걸」
「사실 당시 대공은 프랑스 군대에 의해 자기 나라에서 추방당한 상태였소」
발데마르가 설명했다.
뤼팽은 일기를 계속 읽어 나갔다.

1809년. ? 오늘 화요일 나폴레옹이 벨당츠에서 묵다. 내가 직접 폐하의 잠자리를 준비하고, 이튿날 그의 〈세숫물〉을 비웠다.

「이런! 나폴레옹이 벨당츠에 들른 적이 있소?」
「그렇소, 있소. 오스트리아 원정 때 자기 군대와 합류해 바그람까지 가기 위해서였소. 대공 일가에게는 대단한 영광이었소」
뤼팽은 다시 일기로 눈길을 돌렸다.

1814년 10월 28일. ? 전하께서 왕국으로 돌아오셨다.
10월 29일. ? 오늘 밤 나는 전하를 비밀 장소까지 안내했다. 그 누구도 있는지조차 모르는 그곳을 보여 드릴 수 있어서 기뻤다. 거기에 그런 비밀 장소가 있다는 걸 누가 짐작이라도 할 수 있겠는가. 그 위치는……

독서가 중단된 것은 그때였다……. 뤼팽이 소리를 질렀다……. 자신을 지키던 병사들의 손길을 살그머니 벗어난 이질다가 뤼팽에게 달려들어, 책을 빼앗아 달아나 버렸던 것이다.
「이런! 말썽장이 계집애 같으니라고! 저 애를 잡으시오……. 아래로 내려가시오. 난 복도를 통해 쫓아가겠소」
하지만 방을 나간 소녀는 문 반대편에서 빗장을 걸어 버렸다. 뤼팽은 아래로 내려가 부속 건물들을 통과해 2층으로 통하는 층계를 찾아야 했다.
네 번째 방이 유일하게 열려 있었으므로 그는 위층으로 올라갈 수 있었다. 하지만 복도는 비어 있었다. 그는 문마다 두드리고 사람이 없는 방은 자물쇠를 열고 안으로 들어갔다. 그동안 발데마르는 뤼팽만큼이나 추적에 열심을 보이며 칼끝으로 커튼과 벽걸

이 천을 들추었다.
 외침이 들려왔다. 1층의 오른쪽 측랑에서 들려오는 소리였다. 그들은 소리 나는 곳으로 달려갔다. 장교 부인 하나가 복도 끝에서 그들에게 손짓을 하면서, 소녀가 자기 숙소에 있다고 말해 주었다.
「어떻게 아시오?」
 뤼팽이 물었다.
「숙소로 들어가려 했는데, 문이 잠겨 있었어요. 안에서 소리가 들리더군요」
 과연 문은 열리지 않았다.
「창문이오. 창문이 있을 거요」
 뤼팽이 소리쳤다.
 사람들이 그를 밖으로 안내했다. 밖으로 나가자마자 그는 백작의 칼끝으로 단번에 유리창을 깨뜨렸다.
 그런 다음 병사 둘의 도움을 받으며 벽에 매달려 한쪽 팔을 안으로 넣어 손잡이를 돌려서는 방 안으로 뛰어내렸다.
 이질다는 벽난로 앞에 웅크리고 앉아 있었다. 그 뒤로 불꽃이 타오르고 있었다.
「이런, 지독한 것 같으니라고! 책을 난로 속에 던져 버렸군!」
 뤼팽이 소리쳤다.
 그는 소녀를 거칠게 떼밀고는 불 속에서 책을 꺼내려다가 손을 데고 말았다. 그는 집게로 책을 꺼내서 불길을 끄기 위해 탁자보로 감쌌다.
 하지만 이미 엎질러진 물이었다. 그 오래된 책은 재가 되어 있었다.

뤼팽은 그 장면을 물끄러미 응시했다. 백작이 말했다.

「저 애가 일부러 태운 거요」

「아니, 그렇지 않소. 저 애는 자신이 무슨 짓을 저지른 건지 모르고 있소. 그저 자신의 할아버지가 그 책을 자신에게 보물처럼 물려주었다는 사실만을 기억할 뿐이오. 아무도 들여다보아서는 안 될 보물 말이오. 그래서 우둔한 본능이 시키는 대로 그것을 빼앗기기보다는 불 속에 던지는 편을 택한 거요」

「그럼 이제는?」

「이제는?」

「당신은 그 비밀 장소를 찾지 못할 거 아니오?」

「아! 이런! 친애하는 백작, 당신은 한순간이라도 내가 성공할 거라고 생각한 적이 있소? 당신 눈엔 뤼팽이 순 사기꾼에 지나지 않잖소? 마음 놓으시오, 발데마르, 뤼팽의 활에는 활시위가 여러 개라오. 난 성공할 거요」

「내일 12시 전에 말이오?」

「오늘 밤 12시 전이오. 그런데 배가 고파 죽을 것 같소. 부탁인데 식사를 좀……」

그는 하사관용 식당으로 쓰이는 방으로 안내받았다. 푸짐한 식사가 제공되었다. 그동안 백작은 황제에게 보고를 하러 갔다.

20분 후 발데마르가 돌아왔다. 두 사람은 마주 앉아서 말없이 생각에 잠겼다.

「백작, 좋은 시가 한 대 주면 마다하지 않겠소……. 고맙소. 아바나 산이라는 이름이 부끄럽지 않게 기막히게 불이 붙는군」

그는 시가에 불을 붙였다. 잠시 후 그가 말했다.
「당신도 피워도 상관없소, 백작. 나는 괜찮다오」
한 시간이 지났다. 발데마르는 졸다가 이따금 눈을 뜨고 향기로운 샴페인 잔을 기울이곤 했다.
병사들이 들락거리며 시중을 들었다.
「커피 좀 주시오」
뤼팽이 말했다.
커피가 왔다.
「정말 맛없는 커피군……. 카이사르의 후계자가 마시는 커피가 고작 이거라니……! 어쨌든 한 잔 더 주시오, 백작. 아마도 무척 긴 밤이 될 거요. 이런, 이 지독한 커피 맛이라니!」
그는 또 한 대의 시가에 불을 붙인 다음 더 이상 입을 열지 않았다.
시간이 흘러갔다. 그는 여전히 움직이지도, 말을 하지도 않았다.
갑자기 발데마르가 일어서더니 분개한 어조로 뤼팽에게 말했다.
「이런! 어서 일어서시오!」
그때 뤼팽은 휘파람을 불고 있었다. 그는 느긋하게 휘파람 부는 일을 계속했다.
「일어서라고 했잖소」
뤼팽이 몸을 돌렸다. 황제가 막 방 안으로 들어온 참이었다.
뤼팽은 자리에서 일어섰다.
「일의 진척은 어떤가?」
황제가 물었다.
「폐하, 곧 폐하를 만족시켜 드릴 수 있을 것 같습니다」

「뭐라고? 자네는 그럼 알아냈단 말인가……」

「비밀 장소 말입니까? 곧 알게 됩니다, 폐하……. 몇 가지 사소한 문제들이 아직 해결되지 않고 있을 뿐입니다……. 하지만 곧 모든 게 밝혀질 것임을 확신합니다」

「계속 여기 있어야 하나?」

「아닙니다, 폐하. 저와 함께 르네상스 시대의 궁까지 가 주십시오. 하지만 아직 시간이 있습니다. 폐하께서 허락해 주신다면, 지금부터 두세 가지 사항에 대해 생각을 좀 하고 싶습니다」

대답도 기다리지 않고 뤼팽은 자리에 앉았다. 그 모습을 본 발데마르는 크게 분개했다.

잠시 후, 황제는 방 한쪽으로 가서 백작과 이야기를 나눈 다음 다시 돌아왔다.

「뤼팽, 이젠 준비가 된 건가?」

뤼팽은 침묵을 지켰다. 황제가 또다시 물었다……. 뤼팽의 고개가 앞으로 떨어졌다.

「이런 자고 있잖아. 이 친구 자고 있는 것 같아」

화가 난 발데마르는 뤼팽의 어깨를 거칠게 흔들었다. 뤼팽은 의자에서 떨어져 마룻바닥 위로 구른 다음 두세 번 몸을 부르르 떨더니 더 이상 움직이지 않았다.

「무슨 일인가……? 죽은 건 아니어야 할 텐데!」

황제가 외쳤다.

그는 전등을 들고 몸을 앞으로 기울였다.

「이렇게 얼굴이 창백할 수가! 밀랍 같군……! 이 보게, 발데마르……. 심장이 뛰는지 확인하게……. 아직 살아 있는 거지?」

「네, 폐하. 심장은 아주 규칙적으로 뛰고 있습니다」

잠시 후 백작이 대답했다.
「그렇다면 뭐지? 무슨 일인지 도무지 모르겠군……. 무슨 일이 일어난 걸까?」
「의사를 불러올까요?」
「그러게, 어서……」
의사가 도착했을 때에도 뤼팽은 여전히 그렇게 축 늘어진 상태였다. 의사는 뤼팽을 침대에 눕히게 하고 오랫동안 검진한 다음 환자가 무엇을 먹었는지 물었다.
「그렇다면 독약이라도 먹었다는 거요, 의사?」
「아닙니다, 폐하. 독약을 먹은 것 같지는 않습니다. 다만 제 생각에는…… 이 쟁반과 잔은 뭡니까?」
「커피요」
백작이 대답했다.
「백작님이 드신 건가요?」
「아니오, 저 사람이 마셨소. 난 전혀 마시지 않았소」
의사는 커피를 따라 맛을 본 다음 결론을 내렸다.
「내 생각이 틀리지 않았군요. 환자는 마취제를 탄 커피를 마시고 잠이 든 겁니다」
「하지만 누가 그런 짓을……? 이 보게, 발데마르, 여기서 이렇게 괴상한 일이 벌어질 수 있는 건가!」
황제가 외쳤다.
「폐하……」
「이런! 됐네, 난 이제 진절머리가 나네……! 이 사람 말이 맞다는 생각, 성안에 정말로 누군가 들어왔다는 생각이 들기 시작하는군……. 금화들, 마취제……」

「만약 성안에 누군가 들어왔다면, 우리 눈에 띄었을 겁니다……. 벌써 세 시간째 구석구석을 수색하고 있으니까요」

「하지만 단언하건대 이 커피 속에 마취제를 넣은 건 내가 아닐세……. 그리고 자네일 리도 없고……」

「오! 폐하!」

「그렇다면, 찾아내게…… 수색하라고……. 자네는 부하 200명을 마음대로 동원할 수 있고, 이곳 부속 건물들은 그렇게 방대한 것도 아닐세! 괴한이 이 건물들 주변이나…… 식당 쪽을 어슬렁거리고 있을지…… 누가 알겠나? 어서 가 보게! 움직이란 말일세!」

밤새도록 발데마르는 그 커다란 몸을 굼뜨게 움직였다. 황제의 명령이 있긴 했지만 그로서는 확신을 가질 수 없었던 것이다. 그렇게 철저하게 경비되고 있는 폐허 안에서 낯선 자가 몸을 숨기기란 불가능한 일이었다. 그리고 결과적으로 그의 생각이 옳았음은 확인된 셈이었다. 수색은 성과 없이 끝났고, 커피 안에 수면제를 넣은 사람도 찾아내지 못했던 것이다.

그날 밤을 뤼팽은 꼼짝도 하지 못한 채 침대에 누워 보냈다. 줄곧 그의 곁을 떠나지 않고 있던 의사는 다음날 아침, 황제의 전령에게 환자가 여전히 자고 있다는 말을 전했다.

아침 9시, 뤼팽은 처음으로 몸을 움직였다. 잠에서 깨려고 애쓰는 것 같았다.

잠시 후 그가 더듬거리며 물었다.

「지금 몇 시요?」

「9시 35분이오」

뤼팽은 잠에서 빠져나오려 또다시 움직였다. 둔한 동작을 통해 그의 전 존재가 정신을 차리기 위해 긴장하고 있음을 느낄 수 있었다.

괘종시계가 열 점을 쳤다.

뤼팽이 소스라치게 놀라며 말했다.

「나를…… 나를 궁전으로 데려다 주시오」

의사의 허락을 얻은 발데마르는 부하들을 부르고 황제에게 소식을 알렸다.

그들은 뤼팽을 들것에 눕힌 다음 궁으로 향했다.

「2층으로 가 주시오」

뤼팽이 중얼거렸다.

사람들은 들것을 들고 올라갔다.

「복도 끝, 왼쪽 마지막 방으로 가 주시오」

뤼팽이 말했다.

사람들은 그를 데리고 열두 번째 방인 마지막 방으로 가서는 그에게 의자를 내주었다. 그는 기진맥진한 채 의자에 앉았다.

황제가 그 방으로 왔다. 뤼팽은 표정 없는 눈빛과 무신경한 태도로 축 늘어져 있었다.

잠시 후 그는 정신이 드는 듯 주변의 벽과 천장, 사람들을 둘러보고는 입을 열었다.

「수면제요?」

「그렇소」

의사가 대답했다.

「찾았소…… 그자를?」

「못 찾았소」

뤼팽은 생각에 잠긴 것 같았다. 그는 생각에 잠긴 태도로 여러 차례 고개를 끄덕였다. 하지만 다음 순간 자세히 보니 다시 잠들어 있는 것이 아닌가.

황제가 발데마르에게 다가갔다.

「자네, 자동차를 준비시키게」

「네? 그렇다면, 폐하……?」

「그렇다네! 이자가 우리를 놀리고 있다는 생각이 들기 시작하는군. 이 모든 것이 시간을 벌기 위한 연극일 뿐이라는 생각 말일세」

「어쩌면 그럴지도……. 그러고 보니 과연……」

발데마르가 수긍했다.

「틀림없어! 이자는 흥미로운 우연의 일치 몇 가지를 밝혀 냈을 뿐 아무것도 아는 게 없네. 금화나 마취제 얘기 역시 꾸며낸 걸세! 우리가 계속 이 치졸한 장난에 끌려 다닌다면, 이자는 우리에게서 달아날걸세. 자네 차를 준비시키게, 발데마르」

백작은 지시를 내린 다음 돌아왔다. 뤼팽은 깨어나지 않고 있었다. 방 안을 살펴보던 황제가 발데마르에게 말했다.

「이 방은 미네르바의 방이 맞지 않나?」

「그렇습니다, 폐하」

그런데 ⟨N⟩자 두 개가 눈에 띄었다. 하나는 벽난로 위에 있었고, 또 하나는 벽을 파고 설치한 낡은 괘종시계 위에 있었다. 시계는 내부의 복잡한 기계 장치가 들여다보일 정도로 크게 부서져 있었고, 사슬 끝에 매달린 추는 움직이지 않았다.

「저 ⟨N⟩자 두 개는……」

발데마르가 말했다.

황제는 그의 대답에 귀를 기울일 수가 없었다. 심하게 몸을 뒤채면서 눈을 뜬 뤼팽이 알아들을 수 없는 말을 중얼거렸던 것이다. 그는 자리에서 일어나 방을 가로질러 걸어갔다가는 탈진해 다시 쓰러졌다.

그것은 자신을 마비시키는 그 무시무시한 무기력과 맞서 의지와 신경과 지성을 총동원해 벌이는 악착 같은 싸움이었다. 죽음에 맞서는 환자의 싸움, 허무에 맞서는 삶의 싸움이었다.

정말이지 지켜보기에 고통스러운 장면이었다.

「고통스러워하는군요」

발데마르가 중얼거렸다.

「아니면 고통스러워하는 흉내를 내고 있는 거겠지. 정말 연기가 훌륭하군. 훌륭한 배우야!」

황제가 말했다.

뤼팽이 더듬거리며 말했다.

「주사 좀 놔 주시오, 의사 양반. 카페인 주사를…… 어서……」

「주사를 놓아도 되겠습니까, 폐하?」

의사가 물었다.

「물론이지……. 정오까지는 이자가 원하는 거라면 뭐든지 해 주게. 내가 약속했으니까」

「몇 분이나 남았습니까……? 정오까지」

뤼팽이 다시 말했다.

「40분이오」

누군가 대답했다.

「40분……? 난 해낼 수 있소……. 틀림없이 난 해낼 수 있소……. 그러기 위해서는……」

그는 머리를 두 손으로 감싸 쥐었다.

「이런! 내 머리가 평소처럼 돌아가기만 한다면, 제대로 생각할 수만 있다면! 그러면 한순간에 해결할 수 있을 텐데! 단 한 가지만 밝혀 내면 되는데⋯⋯. 그런데 할 수가 없어⋯⋯. 생각이 자꾸만 빠져나가⋯⋯. 생각을 붙잡을 수가 없어⋯⋯. 이렇게 고통스러울 수가⋯⋯」

그의 어깨가 들썩이고 있었다. 울고 있는 것일까?

그가 되뇌는 소리가 들려왔다.

「813⋯⋯ 813⋯⋯」

이어 그는 좀 더 낮은 목소리로 중얼거렸다.

「813⋯⋯ 8과⋯⋯ 1과⋯⋯ 3⋯⋯. 그래, 맞아⋯⋯. 하지만 어째서지⋯⋯? 맞아떨어지질 않아⋯⋯」

황제가 중얼거렸다.

「정말 인상적이군. 저렇게까지 연기를 한다는 게 과연 가능할지⋯⋯」

11시 30분⋯⋯ 45분⋯⋯.

뤼팽은 두 주먹을 관자놀이에 갖다 댄 채 움직이지 않았다.

황제는 발데마르가 쥐고 있는 스톱워치에 시선을 고정하고 있었다.

「10분 남았군⋯⋯ 이제 5분⋯⋯」

「발데마르, 자동차는 준비됐나? 부하들도 대기하고 있고?」

「네, 폐하」

「자네 시계는 시간이 되면 벨이 울리게 되어 있지?」

「네, 폐하」

「그러면 정오를 알리는 마지막 벨 소리에⋯⋯」

「하지만⋯⋯」

「마지막 벨 소리일세, 발데마르」

그 장면에는 정말이지 비극적인 무엇인가가 있었다. 기적이 일어나기를 기다리는 장엄하고도 엄숙한 시간이었다. 이제 곧 울려 퍼질 시계 소리가 운명의 목소리라도 되는 것 같았다.

황제는 초조감을 굳이 숨기려 하지 않았다. 기상천외한 삶을 살아 온, 아르센 뤼팽이라고 불리는 이 괴상한 모험가 때문에 황제의 마음은 동요하고 있었다……. 그래서 불확실한 사건에 단호히 종지부를 찍겠다고 결심했는 데도 황제는 기대와 희망을 포기할 수가 없었다.

다시 2분이 흘렀다……. 이어 1분, 그리고 이제는 초를 헤아리기에 이르렀다.

뤼팽은 여전히 잠이 들어 있는 것 같았다.

「자, 준비하게」

황제가 백작에게 말했다.

백작은 뤼팽에게 다가가 그의 어깨에 손을 얹었다.

은으로 된 시계 벨이 울리기 시작했다……. 댕, 댕, 댕, 댕 댕…….

「발데마르, 저 낡은 벽시계의 추를 잡아당기게」

한순간 모두들 어리둥절하지 않을 수 없었다. 아주 차분한 어조로 말하는 뤼팽의 목소리가 들려왔던 것이다.

뤼팽의 반말에 분개한 듯 발데마르는 어깨를 으쓱해 보였다.

「시키는 대로 하게, 발데마르」

황제가 지시했다.

「물론이지, 내 말대로 하게, 친애하는 백작. 그게 자네가 처한 상황일세. 자네는 벽시계의 추를 잡아당길 수밖에 없네……. 차례로…… 하나, 둘…… 잘했네……. 이제 시간이 어떻게 과거로

거슬러 올라가는지 보게」
 실제로 시계추가 움직이기 시작하더니, 규칙적으로 째각 소리가 들려왔다.
「이제는 바늘이네. 바늘을 12시 조금 전에 놓게……. 거기네……. 이제 내가 하겠네……」
 그는 자리에서 일어나 온몸을 긴장시키고 두 눈을 고정한 채 숫자 판 한 걸음 앞에 다가가 섰다.
 시계가 12번 울렸다. 둔중하고 깊은 소리였다.
 긴 침묵이 흘렀다. 아무 일도 일어나지 않았다. 하지만 무슨 일인가 일어날 것임을 확신하고 있기라도 한 것처럼 황제는 기다리고 있었다. 발데마르도 두 눈을 크게 뜬 채 움직이지 않았다.
 숫자 판 위로 몸을 기울였던 뤼팽이 몸을 일으키며 중얼거렸다.
「맞아……. 내 생각대로……」
 그는 의자로 되돌아온 다음 지시했다.
「발데마르, 바늘을 12시 2분 전에 갖다 놓게. 이런! 그게 아닐세, 이 친구야, 뒤로 가지 말게……. 시계가 가는 방향으로 움직이게……. 오래 걸리지만 어쩌겠는가? 내 말대로 해야지」
 매 시간, 매 시간 반이 될 때마다 종이 울렸다. 이윽고 11시 반이 되었다.
「내 말 잘 듣게, 발데마르」
 뤼팽이 말했다.
 그는 스스로도 감동한 듯 빈정거리는 기색 같은 것 없이 진지하게 말을 이었다.
「내 말 잘 듣게, 발데마르, 1시를 알리는 숫자 판 위의 작은 점이 보이나? 그 점이 흔들리지 않나? 왼손 검지로 거기를 누르게. 잘했네. 이번에는 엄지로 3시 점을 누르게. 잘했네……. 그런 다음 오른손으로 8시를 알리는 점을 누르게. 잘했네. 고맙네. 자리에 가서 앉게, 친구」

다음 순간 큰 바늘이 움직이더니 12시 지점에 닿았다……. 시계가 또다시 울리기 시작했다.

창백한 얼굴의 뤼팽은 말이 없었다. 침묵 속에서 12시를 알리는 소리가 울려 퍼졌다.

열두 번째 소리와 동시에 딸깍 하고 기계 장치가 작동하는 소리가 들려왔다. 시계가 멈추었다. 추도 더 이상 움직이지 않았다.

다음 순간 갑자기 숫자 판을 굽어보며 매달려 있던 염소 머리 모양의 청동 장식이 아래로 미끄러지더니 돌을 깎아 만든 작은 벽감이 드러났다.

그 벽감 속에는 정교하게 조각된 은제 상자가 놓여 있었다.

「아……! 자네 말이 맞았군」

황제가 말했다.

「아닐 줄 아셨습니까, 폐하?」

뤼팽이 대답했다.

그는 상자를 집어 들어 황제에게 내밀었다.

「폐하께서 직접 열어 보시기 바랍니다. 황제께서 찾으라고 명하신 편지들이 이 안에 있습니다」

황제는 뚜껑을 열었다. 그의 얼굴에 경악의 표정이 떠올랐다…….

상자 안은 비어 있었던 것이다.

상자 안은 비어 있었다!

그것은 전혀 예기치 못한 사건이었다. 뤼팽의 계산이 들어맞아 그토록 놀라운 방식으로 벽시계의 비밀이 밝혀지는 것을 보고, 최후의 성공을 의심치 않았던 황제는 어리둥절한 기색이었다.

그의 앞에서 뤼팽은 납빛이 된 얼굴, 긴장된 턱, 충혈된 눈으로 무력한 증오와 분노를 곱씹으며 이를 갈고 있었다. 그는 땀으로 뒤덮인 이마를 닦은 다음 얼른 문제의 상자를 집어 들어 이리저리 살펴보았다. 마치 이중 바닥이라도 있었으면 하는 듯이. 이윽고 분노에 휩싸인 그는 의혹의 여지를 없애려는 듯 무시무시한 힘으로 상자를 우그러뜨렸다.

그 덕택에 분노가 좀 가라앉은 것 같았다. 그는 한결 편안하게 숨을 내쉬었다.

황제가 그에게 물었다.

「누가 짓인 것 같나?」

「역시 같은 자입니다, 폐하. 저와 같은 길을 걷고 있는 자, 저와 같은 목표를 추구하는 자, 바로 케셀바흐 씨를 죽인 자입니다」

「언제 그랬을까?」

「지난 밤입니다. 오! 폐하, 감옥에서 나오는 대로 저를 자유롭게 놓아 두셨으면 정말 좋았을 텐데요! 자유의 몸이 된 저는 한순간도 낭비하지 않고 이곳으로 왔을 겁니다. 그자보다 먼저 말입니다! 그자보다 먼저 이질다에게 금화를 주었겠지요……! 그자보다 먼저 늙은 프랑스 인 하인 말레슈의 일기장을 읽었겠지요!」

「그렇다면 자네 생각엔 그 일기장에 그 비밀 장소에 대한 얘기가……」
「그럼요! 물론입니다, 폐하. 그자는 그걸 읽을 시간이 있었습니다. 그리고 어딘지는 모르지만 어둠 속에 숨어 우리의 행동을 지켜보고 있었겠지요. 도대체 누구를 통해서였는지는 모르지만 그자는 내게 마취제를 먹였습니다. 간밤에 나를 따돌리기 위해서 말입니다」
「하지만 병사들이 궁을 지키고 있었다네」
「폐하의 병사들이 말이죠, 폐하. 그자 같은 인간에게 그게 무슨 소용이겠습니까? 게다가 발데마르는 부속 건물들을 수색하느라 궁의 문들에 대한 경계를 늦췄을 게 분명합니다」
「하지만 시계 종소리는? 한밤중에 시계가 열두 번 울렸다면?」
「조치를 취해 놓았겠지요, 폐하! 소리가 울리지 않도록 말입니다!」
「그 모든 얘기가 내게는 터무니없이 들리는군」
「이 모든 얘기가 제게는 너무나도 명백합니다, 폐하. 지금부터 부하들의 주머니를 뒤지거나 내년 지출 내역을 알 수 있다면, 두세 사람을 가려낼 수 있을 겁니다. 지금 그들은 지폐 몇 장을 갖고 있겠지요. 물론 프랑스 화폐를 말입니다」
「이런!」
발데마르가 항의조로 외쳤다.
「사실이오, 친애하는 백작. 이건 금액이 얼마냐에 달린 문제요. 그리고 그자는 액수 같은 것에 개의치 않소. 그가 원한다면 확신하건대 당신도……」
황제는 혼자만의 생각에 빠진 채 뤼팽의 말을 듣고 있지 않았다. 그는 방을 가로질러 좌우로 왔다갔다 한 다음 회랑에 있던 장교 하나를 손짓으로 불렀다.
「내 차를 대기시키게……. 그리고 사람들을 준비시키게……. 길을 떠날걸세」
 그는 걸음을 멈추고는 한순간 뤼팽을 바라본 다음 백작에게 다가갔다.
「발데마르, 자네 역시 가는 걸세……. 일단 곧장 파리로 가서……」
 뤼팽은 귀를 기울였다. 발데마르가 이렇게 대답하는 소리가 들려왔다.
「저 지독한 자를 호송하는 거라면, 부하들을 열두 명쯤 더 데리고 가고 싶습니다……!」
「그렇게 하게. 재빨리 움직이게. 오늘 밤엔 도착해야 하네」
 뤼팽은 어깨를 으쓱해 보이며 중얼거렸다.
「정말 어이가 없군!」
 황제는 그에게로 몸을 돌렸다. 뤼팽이 다시 말했다.
「이런! 그렇습니다, 폐하! 발데마르는 저를 지켜 낼 수 없을 겁니다. 저는 분명 탈출할 겁니다. 그렇게 되면……」
 그는 격하게 발을 굴렀다.
「그렇게 되면 말입니다, 폐하, 제가 또다시 시간을 허비하게 된다는 걸 모르십니까? 폐하께서 이 싸움을 포기하신다 해도, 저는 그럴 수 없습니다. 저는 시작한 일은 끝을 보는 사람입니다」
 황제가 반박했다.
「난 포기하지 않네. 하지만 이젠 내 수하의 경찰들이 사건을 조사할걸세」
 뤼팽이 웃음을 터뜨렸다.

「폐하, 용서하십시오! 정말 우습군요! 폐하의 경찰이구요! 하지만 폐하의 경찰은 이 세상의 다른 모든 경찰들과 똑같습니다. 다시 말해서 아무것도 아니란 거지요! 그렇습니다, 폐하, 저는 상테 교도소로 돌아가지 않겠습니다. 교도소에 들어가는 게 싫어서가 아닙니다. 다만 이자와 싸우기 위해 자유가 필요하기 때문에, 그것을 포기하지 않을 겁니다」

황제가 조바심을 냈다.

「자네는 그자가 누군지조차 모르고 있지 않나」

「알아낼 겁니다, 폐하. 그리고 오직 저만이 그 사실을 알아낼 수 있습니다. 그리고 그자도 제가 그 사실을 알아낼 수 있는 유일한 인물임을 알고 있습니다. 저는 그의 적수입니다. 그자는 저만 공격합니다. 얼마 전 그자가 권총으로 맞히려 했던 사람은 바로 저였습니다. 그날 밤 그자가 마음대로 행동하기 위해서는 저 하나를 잠들게 하는 걸로 충분했습니다. 이 싸움은 우리 두 사람 사이의 결투입니다. 다른 사람들은 전혀 상관없습니다. 아무도 저를 도울 수 없고, 아무도 그자를 도울 수 없습니다. 우리 둘뿐입니다. 지금까지 행운은 그자의 편이었습니다. 하지만 결국 틀림없이 분명히 제가 이길 겁니다」

「어째서인가?」

「저보다 강한 자는 없기 때문입니다」

「그자가 자네를 죽인다면?」

「그자는 저를 죽일 수 없습니다. 제가 그자의 발톱을 뽑아 버리고 그자를 무력하게 만들 겁니다. 그리고 그 편지들을 되찾을 겁니다. 인간의 힘으로는 제가 그것들을 되찾는 걸 방해할 수 없을 겁니다」

그는 확고한 신념과 분명한 어조로 말하고 있었다. 그래서 그가 말하고 있는 일들이 이미 이루어진 것 같은 느낌이 들었다.

황제는 설명할 수 없는 혼란스런 감정을 느꼈다. 그 감정에는 뤼팽이 그렇게 권위적인 태도로 요구하고 있는 경탄과 신뢰 같은 것이 깃들어 있었다. 요컨대 뤼팽을 자신의 협력자로 인정하고 받아들일 수 없는 유일한 이유는 막연한 거리낌뿐이었다. 마음을 정하지 못한 황제는 근심스런 태도로 복도에서 창문까지 말없이 서성거렸다.

이윽고 황제가 입을 열었다.

「자네는 문제의 편지들이 간밤에 도난당했다고 확신하나?」

「훔친 날짜가 적혀 있었습니다, 폐하」

「그게 무슨 말인가?」

「비밀 장소를 가리고 있는 박공의 내부를 조사해 보십시오. 거기에 백묵으로 날짜가 적혀 있을 겁니다. 8월 24일 자정이라고 말입니다」

「과연…… 그렇군……. 어떻게 내가 이걸 못 봤을까?」

황제가 당황해하며 중얼거렸다.

그런 다음 그는 호기심을 드러내며 이렇게 덧붙였다.

「벽에 씌어진 두 개의 〈N〉자도 그래……. 납득이 가질 않아. 여긴 분명 미네르바의 방인데」

「이곳이 바로 프랑스의 황제 나폴레옹이 묵었던 방입니다」

뤼팽이 말했다.

「자네가 그걸 어떻게 아나?」

「발데마르에게 물어보십시오, 폐하. 늙은 하인의 일기장을 보고 저는 그 사실을 확인했습니다. 저는 숌즈와 저, 둘 다 엉뚱한

길로 들어섰다는 것을 깨달았습니다. 헤르만 대공이 죽어 가면서 써 놓은 단어 〈Apoon〉은 〈Apollon〉에서 글자가 빠진 것이 아니라, 〈Napoleon〉에서 글자가 빠진 것이었습니다」

「그렇군…… 자네 말이 맞아……. 그 두 단어에는 같은 글자들이 같은 순서로 들어 있어. 대공은 〈Napoleon〉이라고 쓰려고 했던 게 분명해. 하지만 그 〈813〉이라는 숫자는……?」

「아! 그 점이야말로 제가 가장 밝혀 내기 힘들었던 부분이었습니다. 저는 줄곧 8과 1과 3이라는 세 개의 숫자들을 더해야 한다고 생각했습니다. 그래서 얻은 12라는 숫자는 그 방에 부합하는 듯했습니다. 복도에서 열두 번째 방이었으니까요. 하지만 그것으로는 충분치 않았습니다. 또 다른 이유가 있는데, 제 흐릿해진 머리로는 알아낼 수가 없었습니다. 그런데 벽시계, 나폴레옹 방에 자리 잡고 있는 저 벽시계를 보자 정답을 알 수 있었습니다. 12라는 숫자는 12시를 가리키는 것이었습니다. 정오 말입니다! 자정 말입니다! 12시야말로 기꺼이 선택할 만한 장엄한 시간이 아니겠습니까? 하지만 왜 하필이면 12라는 합을 만들기 위해 8과 1과 3이라는 숫자가 필요했을까요?

그 순간 저는 처음으로 시험 삼아 시계의 종을 울려 보아야겠다는 생각을 했습니다. 벽시계의 종을 울리면서 저는 1시와 3시와 8시를 가리키는 지점들이 움직이는 것을 보았습니다. 순서상으로 1과 3과 8이라는 숫자 셋이 813이 된 겁니다. 발데마르가 세 지점을 누르자 기계 장치가 작동했습니다. 그 결과는 폐하께서 아시는 대로…….

폐하, 임종의 순간 대공이 자신의 아들이 언젠가 벨당츠의 비밀을 밝혀 내 그곳에 감추어진 문제의 편지들을 손에 넣기를 바라면서 써 놓은 베일에 싸인 단어와 813이라는 숫자에 대한 설명은 바로 이렇습니다」

황제는 자기 앞에 선 사내의 재능과 명철과 세련과 지성에 점점 더 놀라면서 흥미롭게 그의 이야기를 듣고 있었다.

「발데마르?」

황제가 입을 열었다.

「폐하?」

그가 입을 열려는 순간 복도에서 외침 소리가 들려왔다. 발데마르가 나갔다가 돌아왔다.

「그 미친 여자애입니다, 폐하. 그 애가 들어오려고 해서 막고 있습니다」

「그 애를 들여보내 주십시오. 그 애를 들어오게 해야 합니다」

뤼팽이 서둘러 외쳤다.

황제가 손짓을 하자 발데마르는 이질다를 데리러 갔다.

들어오는 소녀를 보고 모두들 얼떨떨해지지 않을 수 없었다. 너무나도 창백한 소녀의 얼굴이 검은 반점들로 덮여 있었던 것이다. 경련하는 그 애의 얼굴에는 고통스럽기 짝이 없는 표정이 떠올라 있었다.

소녀는 숨을 헐떡이며 두 손으로 가슴을 움켜쥐었다.

「이런!」

뤼팽이 걱정스럽게 소리쳤다.

「무슨 일인가?」

황제가 물었다.

「의사를 불러 주십시오, 폐하! 한순간도 지체해서는 안 됩니다」

그런 다음 그는 앞으로 나섰다.

「말해 보렴, 이질다······. 뭔가를 본 거지? 뭔가 할 말이 있는 거지?」

소녀는 고통으로 번득이는 듯한 몽롱한 눈길로 그 자리에 섰다. 그 애는 무어라 소리를 질렀지만······ 말이 되어 나오지 않았다.

「내 말 잘 들으렴······. 그렇다, 아니다로만 대답하는 거야······ 고갯짓으로······. 그 사람을 봤니? 그 사람이 어디 있는지 알고 있니······? 그 사람이 누군지 아니······? 자, 네가 대답하지 않으면······」

뤼팽이 말했다.

그는 분노의 몸짓을 억제했다. 그는 전날 소녀가, 정신이 온전했을 때 눈으로 본 것을 더 잘 기억했던 일을 떠올리고 하얀 벽에 대문자 L과 M을 썼다.

소녀는 글자를 향해 두 팔을 뻗더니 맞는다는 듯 고개를 끄덕였다.

「다음엔······? 그 다음엔······! 이번엔 네가 써 보렴」

뤼팽이 외쳤다.

하지만 소녀는 고통에 찬 비명을 내지르더니 바닥을 나뒹굴고 말았다.

이윽고 갑작스럽게 침묵이, 마비가 찾아왔다. 소녀는 또다시 몸을 부르르 떨었다. 그런 다음 더 이상 움직이지 않았다.

「죽었나?」

황제가 물었다.

「독살된 겁니다, 폐하」

「이런! 가엾은 아이 같으니라고······. 그런데 도대체 누가?」

「그자입니다, 폐하. 이애는 물론 그자가 누군지 알고 있었을 겁니다. 그래서 그자로서는 자신의 정체가 알려질까 봐 두려웠겠지요」

의사가 도착했다. 황제는 그에게 이질다를 살펴보게 했다. 그런 다음 발데마르에게 말했다.

「부하들을 모두 동원하게……. 건물을 뒤지게……. 국경 초소에 전문을 띄우게……」

황제가 뤼팽에게 다가왔다.

「그 편지들을 되찾는 데 얼마의 시간이 필요한가?」

「한 달입니다, 폐하……」

「좋아, 발데마르가 여기서 자네를 기다리고 있을걸세. 그는 내 지시와 전권을 받고 자네가 원하는 대로 자네를 도울걸세」

「제가 원하는 건 자유입니다, 폐하」

「자네는 이미 자유의 몸일세……」

뤼팽은 방을 나가는 황제를 바라보며 이를 악물고 중얼거렸다.

「우선은 자유지……. 하지만 당신의 편지들을 되찾은 다음에는, 오 폐하, 다정한 악수를 해 주셔야 할걸. 그렇고말고, 황제가 괴도에게 악수를 청하는 거야……. 내게 불쾌감을 표시한 게 잘못이었다는 뜻으로 말이야. 왜냐하면 요컨대 그건 좀 심한 대우였으니까. 바로 저 사람 때문에 나는 상태 궁의 거처를 포기했고, 저 사람을 위해 일했으며, 저 사람에게 공손한 태도를 취했잖아……. 다시는 저런 고객과 일하지 않겠어!」

일곱 악당들

「부인, 들어오게 할까요?」
돌로레스 케셀바흐는 하인이 건넨 명함을 받아 내용을 읽었다. 앙드레 보니라는 사람의 명함이었다.
「아니, 모르는 사람이에요」
그녀가 대답했다.
「이 신사 분은 부인을 꼭 만나 뵈어야 한다고 고집을 부리는데요, 부인. 부인께서 자신의 방문을 기다리고 있을 거라면서요」
「아……! 어쩌면…… 그럴 거야……. 그분을 이리로 안내하세요」
자신의 삶을 뒤흔들며 집요하게 밀어닥친 일련의 사건들 이후 돌로레스는 브리스톨 호텔에 머물다가 파시 구역 안쪽에 있는 비뉴가의 조용한 주택에 정착했다.
집 뒤쪽으로는 녹음이 무성한 다른 집 정원들에 둘러싸인 멋진 정원이 펼쳐져 있었다. 극도로 고통스러운 발작이 좀 가라앉아 남의 눈을 피해 방 안에서 덧문을 내리고 남의 이목을 의식하며 하루 종일 보내지 않아도 되는 날이면, 돌로레스는 정원의 나무 아래에 누워 고약한 운명에 저항할 힘을 잃은 채 우울한 기분을 달래곤 했다.

정원으로 통하는 길에서 모래 밟히는 소리가 다시 들려오더니 하인을 따라 청년 하나가 모습을 나타냈다. 깃을 접은 셔츠를 입고 짙은 바다색 바탕에 흰 물방울 무늬가 들어간 넥타이를 느슨하게 맨, 화가 분위기가 풍기는 약간 구식의 단순하고 품위 있는 차림의 청년이었다.

하인은 자리를 떴다.

「앙드레 보니라는 분인가요?」

돌로레스가 물었다.

「그렇습니다, 부인」

「죄송하지만 저는 누구신지……」

「아실 겁니다, 부인. 저는 에른몽 부인, 그러니까 주느비에브의 할머니 되시는 분의 친구입니다. 부인께서 가르슈의 에른몽 부인에게 편지를 하셨더군요. 저와 연락이 되었으면 한다고요. 그래서 왔습니다」

돌로레스는 깜짝 놀라 몸을 일으켰다.

「아! 당신이 바로……」

「그렇습니다」

그녀가 말을 더듬었다.

「정말인가요? 정말 당신인가요? 못 알아보겠어요」

「폴 세르닌 공작을 못 알아보시겠습니까?」

「그래요…… 모습이 전혀 달라요……. 이마도, 눈도…… 그 모습은 전혀 이렇지……」

「언론에 보도된 상태 교도소 수감자의 모습 말이군요……. 하지만 분명히 접니다」

청년이 웃으며 말했다.

긴 침묵이 이어졌다. 두 사람은 당혹감과 어색함을 느꼈다.

마침내 청년이 입을 열었다.

「왜 절 보자고 하셨는지……?」

「주느비에브가 말하지 않던가요?」

「아직 그녀를 만나지 못했습니다……. 그녀 할머니의 말씀이 당신이 내 도움을 필요로 하는 것 같다던데……」

「그래요……. 맞아요……」

「무슨 일입니까? 저로서는 기꺼이……」

그녀는 잠시 망설이더니 나직하게 말했다.

「전 두려워요」

「두려우시다니요!」

그가 소리쳤다.

「그래요, 전 두려워요. 모든 게 두려워요. 지금 일어나고 있는 일, 내일 일어날 일, 그리고 모레 일어날 일이 두려워요……. 사는 게 두려워요. 그동안 정말 힘들었어요……. 이젠 더 이상 버텨낼 수가 없어요」

그는 연민에 찬 눈길로 그녀를 바라보았다. 그 여인에게로 줄곧 내닫는 혼돈된 감정의 성격이, 그녀가 그에게 보호를 요청하는 오늘, 보다 분명해지고 있었다. 그것은 보상을 기대하지 않은 채 온전히 헌신하고 싶은 열렬한 욕구였다.

그녀가 말을 이었다.

「전 이제 혼자예요. 완전히 혼자예요. 하인들이 있지만 되는 대로 구한 이들이에요. 그래서 두려워요……. 제 주위에서 무슨 일인가 벌어지고 있는 것 같아요」

「하지만 누가 무슨 목적으로 그런 일을?」

「모르겠어요. 하지만 적이 돌아다니고 있어요. 점점 다가오고 있다고요」

「누군가를 보셨습니까? 뭔가 짚이는 일이라도?」

「있어요, 요즘 남자 둘이 집 앞을 여러 차례 지나갔고, 대문 앞에 멈춰서기도 했어요」

「그들의 인상착의를 말해 주시겠습니까?」

「제가 제대로 본 건 그중 한 사람이에요. 키가 크고 다부진 체격에 면도를 말끔히하고 검은 모직으로 된 아주 짧은 윗옷을 입었더군요」

「카페 종업원처럼 말인가요?」

「네, 호텔 지배인처럼 말이에요. 저는 하인을 시켜 그의 뒤를 밟게 했어요. 그는 퐁프가로 접어들어 왼쪽 첫 번째 건물로 들어갔다더군요. 1층에 주류 상점이 있는 지저분한 건물이래요. 또 요전 날 밤에는……」

「요전 날 밤에는?」

「제 방 창문을 통해 정원에 사람 그림자가 어른거리는 걸 봤어요」

「그뿐입니까?」

「네」

그는 생각에 잠겼다가 그녀에게 제안했다.

「제 부하 둘을 아래층, 그러니까 1층 방에서 자게 해 주실 수 있겠습니까……?」
「당신 부하 둘을……?」
「오! 걱정하지 마십시오……. 샤롤레 영감과 그의 아들은 둘 다 착한 사람들입니다……. 겉으로 봐서는 전혀 티가 나지 않지요……. 그들과 함께 지내시면 안심하실 수 있을 겁니다. 그리고 저는……」
 그는 주저했다. 그는 그녀가 자신에게 다시 와 달라고 말해 주기를 기다렸다. 그녀가 잠자코 있었으므로 그가 말했다.
「저는 이곳에서 사람들 눈에 띄지 않는 편이 좋을 것 같습니다……. 네, 그 편이 낫지요……. 당신을 위해서 말입니다. 부하들이 제게 소식을 알려 줄 겁니다」
 그는 이야기를 계속하고 그녀 곁에 앉아 용기를 북돋워 주고 싶었다. 하지만 해야 할 말을 다했고, 한마디라도 더 하게 되면 감정이 드러날 것만 같았다.
 그는 깊숙이 몸을 기울여 인사를 한 다음 그녀 앞을 물러났다.
 그는 빠른 걸음으로 정원을 가로질러서 서둘러 밖으로 나와 감정을 억눌렀다. 현관 앞에서 하인이 그를 기다리고 있었다. 그가 대문을 나가려는 순간 대문 밖에서 누군가 초인종을 눌렀다. 젊은 여자였다.
 그는 소스라쳤다.
「주느비에브!」
 주느비에브는 놀란 눈길로 그를 응시했다. 너무나도 젊어 보이는 그의 모습에 당황하면서도 즉각 그를 알아보는 것 같았다. 그녀는 충격을 받은 듯 비틀거리면서 문에 몸을 기댔다.
 모자를 벗어 든 그는 차마 악수를 청하지 못한 채 그녀를 응시했다. 그가 청하면 그녀도 손을 내밀까? 그는 이제 더 이상 세르닌 공작이 아니었다……. 아르센 뤼팽이었다. 그리고 그녀도 그가 아르센 뤼팽이고, 탈옥했다는 사실을 알고 있었다.

비가 내리고 있었다. 그녀는 우산을 하인에게 건네고 더듬거리면서 말했다.

「우산을 펼쳐서 받쳐 주세요……」

그런 다음 그녀는 그를 지나쳐 곧장 집 안으로 들어갔다.

「가엾은 주느비에브, 너처럼 섬세하고 신경이 예민한 애에게 얼마나 큰 충격이겠니. 정신 바짝 차려야 한다, 그렇지 않으면……. 아니 이런, 눈시울이 축축해지는군! 좋지 않은 신호야, 뤼팽, 자네도 늙은 것 같군」

그는 뮈에트로(路)를 건너 비뉴가로 향하는 어떤 청년을 발견하고는 그의 어깨를 쳤다. 청년은 걸음을 멈추었다. 잠시 후 청년이 말했다.

「죄송하지만 선생님, 제가 생각엔 사람을……」

「잘못 본 것 같겠지, 친애하는 르뒤크. 아니면 자네의 기억력이 형편없어졌거나 말일세. 베르사유의 일을 떠올려 보게……. 되장페레 호텔의 작은 방 말일세……」

「당신이군요!」

청년은 기겁을 하며 펄쩍 뛰며 뒤로 물러섰다.

「놀라긴, 그렇다네, 날세, 세르닌 공작. 아니 뤼팽이라고 해야 할까. 자네도 내 진짜 이름을 알고 있을 테니 말일세! 그러니까 자네는 뤼팽이 죽었다고 생각했나? 이런! 그래, 이해하네, 감옥…… 자네는 그러길 바랐겠지……. 이런, 어린 친구 같으니라고!」

그는 청년의 어깨를 가볍게 두드렸다.
「이 보게, 청년, 기운 차리세. 아직 며칠간은 평화롭게 시를 써도 된다네. 운명의 시간이 아직 오지 않았으니 말일세. 시인 친구, 시를 쓰게나!」
뤼팽은 청년의 팔을 거칠게 붙잡고는 얼굴을 바짝 갖다 대고 말했다.
「하지만 그 순간이 다가오고 있네, 시인 친구. 자네의 몸과 마음 모두 내 소유라는 걸 잊지 말게. 그리고 자네의 역할을 제대로 해낼 수 있도록 준비하게. 힘들지만 멋진 일이 될걸세. 그리고 맹세코 말하건대 자네는 정말이지 그 역에 꼭 맞는 인물이네!」
그는 웃음을 터뜨리고는 어리둥절해 있는 청년을 내버려 둔 채 발길을 돌려 그 자리를 떴다.
좀 더 걷자 퐁프가 모퉁이에 케셀바흐 부인이 말한 주류 상점이 나왔다. 뤼팽은 상점 안으로 들어가 주인과 오랫동안 이야기를 나누었다. 그런 다음 그는 자동차를 타고 자신이 앙드레 보니란 이름으로 묵고 있는 그랑 호텔로 갔다.
두드빌 형제들이 그를 기다리고 있었다.

그런 식의 즐거움에 싫증이 날 만했지만 뤼팽은 부하들이 자신에게 퍼부어 대는 찬사와 감탄을 흐뭇하게 음미했다.
「요컨대 두목, 설명 좀 해 주시겠습니까……? 어떻게 된 겁니까? 두목과 함께 일하면서 우리도 기적 같은 일들에 익숙해지긴 했지만…… 그래도 한계라는 게 있는 법인데……. 그러니까 두목은 이제 자유의 몸이 되신 겁니까? 변장도 거의 하지 않고 파리 한복판에 나타나시다니」

「시가 한 대 피우겠나?」

뤼팽이 물었다.

「고맙지만…… 괜찮습니다」

「자네 실수하는 거네, 두드빌. 이 시가의 질은 최고라네. 나를 친구로 두었다는 사실에 우쭐한 어떤 애호가에게서 받은 걸세」

「이런, 무슨 말씀인지?」

「카이저에게서 받은 거란 말일세……. 자, 그런 멍청한 표정들 짓지 말게. 이제 내게 소식을 전해 주게. 그동안 신문을 못 읽었다네. 내 탈옥에 대중은 어떤 반응을 보였나?」

「대단했답니다, 두목!」

「경찰의 설명은?」

「두목은 가르슈에서 탈출했다고 하더군요. 알텐하임 살인 사건의 현장 검증을 하는 동안 말입니다. 불행히도 언론에서 그런 일이 불가능하다는 걸 밝혀 냈지요」

「그래서?」

「그래서 다들 어리둥절했지요. 사람들은 이리저리 추측하고 웃어 대고 재미있어 했답니다」

「베베르는?」

「체면이 크게 실추됐지요」

「그 밖에 치안국에 새로운 소식은 없나? 살인에 대해 뭐 알아낸 거라도? 알텐하임의 신원을 밝힐 만한 단서도 나오지 않았나?」

「없습니다」

「그건 좀 심하군! 그런 무능한 작자들을 먹여 살리느라 매년 수백만 프랑의 세금을 써야 한다니 말일세. 계속 이런 식이면 난 경찰에 협조하지 않겠어. 자리에 앉아 펜을 들게. 이 편지를 오늘 저녁 〈그랑 주르날〉 사에 전달하게. 온 세상 사람들이 내 소식을 듣지 못한 지 꽤 오래됐지. 사람들이 숨을 헐떡이며 조바심을 치고 있을 거야. 받아쓰게.

편집장님,
대중의 합당한 조바심을 충족시켜 드리지 못하게 된 점 죄송스럽게 생각합니다.
저는 감옥을 탈출했습니다. 하지만 제 탈출이 어떻게 이루어졌는지는 밝힐 수 없습니다. 탈출 이후 저는 문제의 비밀을 밝혀 냈는데, 그 비밀이 무엇이고 제가 그것을 어떻게 밝혀냈는지도 말할 수 없습니다.
이 모든 것이 조만간 상당히 독창적인 이야기로 씌어질 것입니다. 제 메모를 근거로 저의 자서전이 출간될 것입니다. 그것은 우리의 손자들이 흥미진진하게 읽을 프랑스 역사의 한 페이지가 될 것입니다.
지금 저로서는 행동하는 게 우선입니다. 제가 수행해 오던 직무가 누구의 손에 맡겨졌는지를 보고 화가 나고, 케셀바흐-알텐하임 사건에 대한 수사가 전혀 진척되지 않는 것을 보고 기운이 빠진 저로서는 베베르 부국장을 해임하고, 다시 그 자리로 복직하고자 합니다. 제가 그동안 르노르망이라는 이름으로 모두를 만족시키며 눈부시게 수행해 온 그 영광스러운 자리로 말입니다.

—— 치안국장 아르센 뤼팽

저녁 8시, 아르센 뤼팽과 두드빌은 최신식 식당 카야르로 들어섰다. 뤼팽이 입은 예복은 몸에 꼭 달라붙는 것이었지만 바지는 예술가의 그것처럼 통이 좀 넓었고, 넥타이는 상당히 느슨했다. 프록코트 차림의 두드빌은 품새와 태도가 판사처럼 진지했다.

그들은 기둥 두 개가 넓은 홀을 나누고 있는, 후미진 자리를 골라 앉았다.

호텔 지배인이 단정하고 오만한 모습으로 손에 메뉴를 들고 주문을 기다리고 있었다. 뤼팽은 세련된 맛을 추구하며 세심하게 음식을 주문했다.

「감옥의 음식도 먹을 만했지만 어쨌든 정성이 담긴 식사는 즐거움을 주는 법이거든」

그는 왕성한 식욕으로 말없이 먹는 일에 열중했다. 그저 이따금 생각의 흐름을 말해 주는 짤막한 구절들을 중얼거렸을 뿐이다.

「그렇고말고, 잘될 거야…… 힘들긴 하겠지. 대단한 자야……! 정말 놀라운 점은 6개월 동안이나 싸워 왔음에도 나로서는 그가 무엇을 원하는지조차 모르고 있다는 사실이야……! 그자의 공범이 죽었으니, 이제 싸움의 끝이 멀지 않았어. 하지만 나는 여전히 그의 속내를 모르고 있어……. 그 파렴치한 자는 무엇을 추구하고 있을까……? 내 계획은 선명해. 공국을 손에 넣고 내가 만들어 낸 대공과 함께 왕위에 오르고 그와 주느비에브를 결혼시키고…… 공국을 통치하는 거야. 너무나도 선명하고 정직하고 견고하지. 하지만 그자, 그 역겨운 인간, 그 어둠의 악령은 도대체 어떤 목적을 갖고 있는 걸까?」

뤼팽이 사람을 불렀다.
「지배인!」
지배인이 다가왔다.
「뭔가 필요하신 거라도?」
「시가를 가져다 주게」
지배인이 돌아와서는 상자 몇 개를 열어 보였다.
「자네는 어떤 걸 추천하겠나?」
뤼팽이 물었다.
「이게 최고 품질의 우프만입니다」
뤼팽은 두드빌에게 우프만을 하나 건네주고 자신도 하나 집어 들어 끝을 잘랐다.
지배인이 성냥을 켜서 내밀었다.
순간 뤼팽은 재빨리 지배인의 팔목을 움켜쥐었다.
「조용히해……. 난 자네가 누군지 알아……. 자네의 진짜 이름은 도미니크 르카……」
체격과 힘에 자신 있던 사내는 손을 빼려 했다. 하지만 그의 입에서 고통의 신음소리가 터져 나왔다. 뤼팽이 그의 팔목을 비틀었던 것이다.
「자네의 이름은 도미니크…… 퐁프가의 건물 5층에 살고 있지. 자네는 그곳에 몸을 숨겼어. 모종의 일을 해 주고 번 돈을 갖고 말이야. 이봐, 내 말 잘 들어, 이 어리석은 친구야. 그렇지 않으면 자네 뼈가 부러질 테니까. 그 일이란 바로 알텐하임 남작을 위한 봉사였지. 자넨 그의 집사였잖나」
사내는 공포로 얼굴이 납빛이 된 채 얼어붙은 듯 움직이지 못했다.

그들이 자리 잡은 작은 홀에는 아무도 없었다. 옆 식당 칸에서는 신사 셋이 담배를 피우고 있었고, 남녀 두 쌍이 음료를 마시며 이야기를 나누고 있었다.

「보다시피 우릴 방해하는 사람이 없군……. 대화를 나눌 수 있겠는걸」

「당신은 누구요? 당신은 도대체 누구요?」

「날 알아보지 못하겠나? 뒤퐁 빌라에서 있었던 그 멋진 점심 식사를 떠올려 보게……. 나에게 문제의 과자 접시를 갖다 준 사람이 바로 자네 아니었나, 이 비열한 친구야……. 대단한 과자였지……!」

「공작…… 공작……」

사내가 더듬거렸다.

「바로 그렇다네, 아르센 공작, 뤼팽 공작이란 말일세……. 이런! 이런! 안도의 한숨을 내쉬는군……. 뤼팽은 두려워할 필요가 없단 말인가? 잘못 생각한 걸세, 친구. 자네한텐 겁내야 할 이유들이 잔뜩 있는걸」

그는 주머니에서 명함 한 장을 꺼내 사내에게 보여 주었다.

「자, 보게. 이제 난 경찰일세……. 뭘 바라겠나, 우리는 결국 이렇게 되기 마련일세……. 도둑질의 거장, 범죄의 황제는 결국 경찰이 되기 마련이란 말일세」

「그래서 어쩌겠다는 거요?」

줄곧 불안한 기색을 감추지 못한 채 지배인이 물었다.

「어쩌겠다는 거냐고? 저기 자네를 부르는 손님에게 가서 시중을 든 다음 다시 오게. 쓸데없는 말을 하거나 도망치는 건 금물일세. 내 수하 형사들이 밖에서 자네를 감시하고 있네. 가 보게」

지배인은 그의 말에 복종했다. 5분 후 그는 뤼팽에게 돌아와 식당 쪽으로 등을 보인 채 탁자 앞에 섰다. 시가의 품질에 대해 손님과 이야기라도 하는 것 같은 자세였다. 그가 말했다.
「그래서 어쩌겠다는 거요? 무슨 일이오?」
뤼팽은 탁자 위에 100프랑짜리 지폐 몇 장을 펼쳐 놓았다.
「내 질문에 제대로 대답하면 할수록 지폐의 숫자도 늘어날 걸세」
「좋소」
「시작하겠네. 알텐하임의 패거리는 모두 몇 명인가?」
「나 빼고 일곱이오」
「그보다 더 많은 건 아니고?」
「아니오. 딱 한 차례 가르슈의 글리신 빌라 지하실 작업 때문에 이탈리아 인 인부들을 모집한 적이 있었소」
「지하실의 통로 두 곳 말인가?」
「그렇소, 하나는 오르탕스 빌라로 통하고, 또 하나는 글리신 빌라에서 시작해서 케셀바흐 부인의 빌라 지하로 통하게 되어 있었소」
「어떤 목적에서?」
「케셀바흐 부인을 납치하기 위해서였소」
「하녀 둘, 그러니까 쉬잔과 게르트뤼드도 공범이었지?」
「그렇소」
「그들은 지금 어디 있나?」
「외국으로 나갔소」
「그럼 알텐하임의 부하였던 다른 일곱 명은?」
「난 그 일에서 빠졌소, 하지만 그들은 계속 일하고 있소」

「어딜 가면 만날 수 있지?」
도미니크는 주저했다. 뤼팽은 1000프랑짜리 지폐 두 장을 다시 펼쳐 놓고 말했다.
「양심의 가책 덕분에 돈을 버는군, 도미니크. 자네에게 남은 선택은 그런 것에 구애받지 말고 대답하는 것뿐일세」
도미니크가 대답했다.
「뇌이이 구역 레볼트가 3번지에 있소. 그들 중 한 사람은 〈고물상〉으로 자처하고 있소」
「좋아. 이제 이름을 말해 주게. 알텐하임의 진짜 이름 말일세. 알고 있나?」
「그렇소, 리베이라요」
「도미니크, 이렇게 나오면 곤란하지. 리베이라는 가명일 뿐이야. 내가 알고 싶은 건 본명이라고」
「파버리요」
「그것 역시 가명이지」
지배인은 주저했다. 뤼팽은 100프랑짜리 지폐 세 장을 펼쳐 놓았다.
「제기랄! 어쨌든 그는 죽었잖소? 완전히 갔단 말이오」
사내가 소리쳤다.
「그의 이름은?」
뤼팽이 물었다.
「그의 이름? 말라이히 경이오」
의자에 앉아 있던 뤼팽의 몸이 펄쩍 튀어 올랐다.
「뭐라고? 방금 뭐라고 했나? 무슨 경이라고……? 다시 말해 보게…… 무슨 경이라고 했나?」

「라울 드 말라이히 경이오」
 긴 침묵이 흘렀다. 허공에 시선을 고정한 채 뤼팽은 독살된 벨당츠의 미친 소녀를 떠올렸다. 이질다의 성 역시 말라이히였다. 그러니까 그것은 18세기에 벨당츠 궁정으로 간 그 프랑스 인 소귀족의 성이었던 것이다.
 뤼팽이 다시 물었다.
「어느 나라 성인가, 말라이히라는 성은?」
「출신은 프랑스이지만 독일에서 태어났소……. 언젠가 서류를 본 적이 있소. 그래서 그의 본명을 알게 된 거요. 이런! 내가 자기 본명을 안다는 걸 그가 눈치 챘다면, 내 목을 졸라 죽였을 거요」
 뤼팽은 생각에 잠겼다가 말했다.
「자네들 모두에게 지시를 내리던 사람이 그였나?」
「그렇소」
「하지만 그자에겐 공범이 있었지? 협력자 말일세」
「이런! 그 말은 하지 마시오……. 그 말은 하지 마시오……」
 지배인의 얼굴에 갑자기 생생한 불안의 표정이 떠올랐다. 그 살인범을 떠올리자 뤼팽은 자신도 똑같은 공포와 혐오감에 휩싸이는 것을 느꼈다.
「그자는 누군가? 본 적이 있나?」
「제발! 그 사람 얘기는 하지 맙시다……. 그 사람 얘기는 입에 올려선 안 된다오」
「그자가 누구냐고 내가 묻잖나?」
「대장이오…… 두목 말이오. 그를 아는 사람은 아무도 없소」
「하지만 자네는 그자를 보았지. 대답하게. 그자를 보았지?」

「어둠 속에서 이따금 보았을 뿐이오……. 밤에 말이오. 대낮에 본 적은 한번도 없소. 그의 명령은 쪽지나…… 전화로 전달되었소」

「그자의 이름은?」

「모르오. 우리는 그에 대한 이야기는 절대 입에 올리지 않았소. 그러면 불행한 일이 생기기 때문이오」

「그자는 늘 검은 옷을 입지 않나?」

「그렇소, 검은 옷이오……. 그 사람은 작고 여윈 몸매에…… 금발이오」

「그리고 살인을 하지?」

「그렇소, 살인을 하오……. 우리가 빵 조각을 훔치듯이 사람을 죽인다오」

그의 목소리가 떨리고 있었다. 그가 사정했다.

「그만합시다…… 이런 이야기는 해서는 안 된다오……. 단언하는데…… 불행한 일이 생긴다오」

자신의 의지와는 무관하게 사내의 고통에 마음이 쓰인 뤼팽은 입을 다물었다.

그는 오랫동안 생각에 잠겼다. 이윽고 자리에서 일어나 지배인에게 말했다.

「자, 이 돈 갖게. 하지만 조용히 살고 싶으면 우리가 나눈 얘기는 누구에게도 발설하지 않는 편이 현명할걸세」

두드빌과 함께 식당을 나간 뤼팽은 방금 알게 된 사실에 정신을 빼앗긴 채 말없이 생드니 문까지 걸었다.

이윽고 그는 두드빌의 팔을 잡고 말했다.

「내 말 잘 듣게, 두드빌. 시간 맞춰 파리 북역으로 가서 룩셈

부르크 행 급행열차를 타게. 되퐁벨당츠 대공국의 수도인 벨당츠로 가는 걸세. 그곳 시청에 가면 어렵지 않게 말라이히 경과 그의 가족의 호적을 뗄 수 있을걸세. 그런 다음 모레 토요일에 돌아오게」

「치안국에 알려야 하나요?」

「내가 알리겠네. 자네가 아프다고 전화하겠네. 이런! 한 가지 더. 레볼트가에 있는 작은 카페에서 그날 정오에 만나세. 버팔로 식당이라는 곳이네. 작업복을 입고 오게나」

이튿날부터 뤼팽은 작업복에 안전모를 쓰고 뇌이이로 가서 레볼트가 3번지에 대한 조사를 시작했다. 정문을 지나자 첫 번째 뜰이 나왔다. 그 건물은 복도와 작업실이 잇달아 나오는 말 그대로 하나의 도시로서 노동자들과 여자들과 아이들이 우글거렸다. 몇 분 만에 관리인 여자의 마음을 산 그는 한 시간에 걸쳐 다양한 주제로 그녀와 이야기를 나누었다. 그동안 그는 세 사람이 연속해서 지나가는 것을 보았는데, 그들의 태도가 수상했다.

〈맞아, 바로 내가 찾던 자들이야. 수상하군……. 냄새가 나……. 물론 겉모습은 성실한 시민이지! 하지만 저들의 눈은 도처에 적이 있다는 것, 덤불마다, 풀숲마다 덫이 놓여 있다는 걸 알고 있는 야수의 눈이야.〉

그날 오후와 그 다음날인 토요일 오전에 걸쳐 그는 조사를 벌였다. 그 결과 그는 알텐하임의 패거리 일곱 모두가 그 건물에 살고 있다고 확신할 수 있었다. 그들 중 넷은 〈의류 판매상〉이라는 직업을 갖고 있었고, 두 사람은 신문팔이였으며, 또 한 사람은 자칭 고물상으로 사람들에게도 그렇게 불렸다.

그들은 서로 아는 내색을 하지 않은 채 스쳐 지나곤 했다. 하지만 뤼팽은 그들이 저녁마다 뜰 가장 안쪽 한구석에 있는 창고에서 만나고 있음을 확인했다. 고물상이 고철, 파손된 난로, 녹슨 금속관들…… 등의 물건을 쌓아 두는 창고였다.

「자, 일이 잘 되어 가는군. 독일인 친구한테는 한 달을 달라고 했지만, 보름이면 충분하겠는걸. 그리고 특히 기분 좋은 건 나를 센 강에 처박은 놈들부터 손볼 수 있다는 거야. 가엾은 구렐, 기필코 자네의 원수를 갚아 주지. 좀 늦은 감은 있지만 말일세!」

정오가 되자 그는 천장이 낮은 자그마한 버팔로 식당으로 들어갔다. 석공들과 마부들이 그날의 요리를 먹으러 오는 곳이었다.

누군가 다가와 그의 옆자리에 앉았다.

「임무 완료했습니다, 두목」

「아! 자네로군, 두드빌. 잘됐네. 몹시 궁금하다네. 뭔가 알아냈나? 호적은 어떻던가? 어서 말해 보게」

「그러니까 이렇습니다. 알텐하임의 부모들은 외국에서 죽었습니다」

「그 얘긴 넘어가세」

「그들에겐 자식이 셋 있었습니다」

「셋이라고?」

「그렇습니다, 맏아들은 지금 서른 살일 겁니다. 그의 이름은 라울 드 말라이히였습니다」

「바로 알텐하임일세. 그리고 그 다음에는?」

「막내는 여자애로 이질다라는 이름이었습니다. 호적에는 선명한 잉크로 〈사망〉이라고 씌어 있더군요」

「이질다…… 이질다……. 내 생각이 맞았어. 이질다는 알텐하임의 동생이었어……. 이질다의 모습이 왠지 눈에 익었지……. 두 사람은 남매였던 거야……. 그런데 마지막 인물, 그러니까 둘째는?」

「남자입니다. 지금 나이로 스물여섯 살입니다」

「이름은?」

「루이 드 말라이히」

뤼팽은 조금 놀랐다.

「그랬군! 루이 드 말라이히……. L과 M이라는…… 끔찍하고 무시무시한 머리글자들……. 살인범의 이름은 루이 드 말라이히야……. 알텐하임의 남동생이자 이질다의 오빠지. 그들이 입을 열 게 두려워 그자는 형과 동생을 죽인 거야……」

뤼팽은 오랫동안 말없이 우울한 기분에 젖었다. 그 미지의 존재에 대한 생각을 떨칠 수 없는 게 분명했다.

두드빌이 반박했다.

「하지만 누이 이질다에 대해서는 뭐가 불안했을까요? 그 애는 미쳤다고들 하던데」

「미친 건 맞아. 하지만 어린 시절에 대한 몇 가지 사실들은 기억하고 있었겠지. 그 애는 함께 자라난 자기 오빠를 알아봤을 거야……. 그 기억이 그 애의 목숨을 앗아 간 셈이지」

그런 다음 뤼팽은 이렇게 덧붙였다.

「광기야! 이 집안사람들은 모두 미쳤어……. 어머니는 정신병자였고…… 아버지는 알코올 중독자였고…… 알텐하임은 짐승 같은 자였고…… 이질다 역시 가엾게도 정신이 온전치 않았지……. 그리고 그자, 살인범은 괴물이야. 어리석은 미치광이라고……」

「그자가 어리석다고 보십니까, 두목?」

「물론이지, 어리석고말고! 천재적인 총기와 꾀, 악마적인 직관을 갖고 있긴 하지만 말라이히 집안의 다른 이들처럼 정신 나간 미치광이일 뿐이야. 미치광이들만이 사람을 죽이지. 특히 그자처럼 어리석은 미치광이들이 말일세. 왜냐하면……」

그는 말을 끊었다. 그의 표정이 어찌나 굳어졌는지 두드빌은 깜짝 놀랐다.

「무슨 일입니까, 두목?」

「저길 좀 보게」

한 사내가 식당으로 들어와 부드러운 펠트로 된 검은 모자를 옷걸이에 걸고 작은 탁자에 앉았다. 사내는 종업원이 가져다 준 메뉴를 들여다보면서 주문을 했다. 이제 사내는 상체를 꼿꼿이 펴고 팔짱 낀 두 팔을 탁자보 위에 올려놓고 음식이 나오기를 기다리고 있었다.

뤼팽은 사내를 꼼꼼히 살펴보았다.

사내는 여위고 건조해 보이는 수염 없는 얼굴을 하고 있었다. 움푹 들어간 눈구멍 속의 차가운 두 눈은 잿빛이었다. 피부는 이쪽 뼈에서 저쪽 뼈까지 팽팽하게 당겨져 양피처럼 보였고, 어찌나 뻣뻣하고 두꺼운지 터럭 하나도 그 피부를 뚫고 자라지 못할 것 같았다.

사내의 얼굴은 음울했다. 그 어떤 표정도 떠올라 있지 않았다. 상아 같은 이마 속에는 그 어떤 생각도 들어 있지 않은 것 같았다. 눈썹 없는 눈꺼풀은 움직이지 않았다. 사내의 눈길은 조각상의 그것처럼 고정되어 있는 것처럼 느껴졌다.

뤼팽이 종업원 하나를 손짓으로 불렀다.

「저 신사는 누구신가?」

「저기서 점심을 드시는 분 말인가요?」

「그렇다네」

「이 식당 손님입니다. 한 주에 두세 차례 들르지요」

「혹시 이름을 알고 있나?」

「그럼요……! 레옹 마시에입니다」

「이런! L. M.이잖아……. 그 두 글자야……. 저자가 루이 드 말라이히일까?」

뤼팽이 깜짝 놀라 중얼거렸다.

그는 사내를 열심히 관찰했다. 실제로 사내의 외모는 그의 예상과 일치했다. 그가 사내에 대해 알고 있는 사실, 그의 추악한 삶에 어울리는 모습이었다. 다만 뤼팽을 혼돈스럽게 하는 건 죽은 이처럼 가라앉은 사내의 눈빛이었다. 뤼팽 자신은 생기와 불꽃으로 이글거리는 눈을 예상하지 않았던가……. 뤼팽은 저주받은 자들의 추함과 혼란과 고통을 예상했지만 사내의 눈빛은 무감각 그 자체였다.

뤼팽이 웨이터에게 물었다.

「저분은 무슨 일을 하시나?」

「글쎄, 그런 것까지는 모르겠습니다. 정말 괴상한 사람이에요……. 언제나 혼자 옵니다…… 아무에게도 말을 걸지 않죠……. 여기서는 저 사람 목소리도 모릅니다. 그저 손가락으로 메뉴에서 자신이 원하는 음식을 가리키죠……. 20분 만에 신속하게 음식을 먹어치우고…… 돈을 내고…… 가 버리는 겁니다……」
「그리고 다시 온단 말이지?」
「네댓새에 한 차례씩 옵니다. 일정치는 않고요」
〈그자야. 그자일 수밖에 없어. 말라이히가 저기 있군……. 바로 내 옆에서 숨을 쉬고 있군. 저 손으로 사람을 죽인 거야. 저 머릿속은 피 냄새에 취해 있는 거라고……. 괴물, 흡혈귀가 저기 있군…….〉

뤼팽은 생각했다.

하지만 이런 일이 있을 수 있는가? 그자를 환상 속의 존재로 여기고 있던 뤼팽은 그자가 살아 있는 인간의 모습으로 왔다갔다 하고 움직이는 것을 보고 당혹감을 느꼈다. 그자가 보통 사람들처럼 빵과 고기를 먹고 맥주를 마신다는 게 믿어지지 않았다. 산 사람의 살을 먹고 희생자들의 피를 빠는 야비한 짐승으로 상상하지 않았던가.

「가세, 두드빌」
「무슨 일입니까, 두목. 안색이 창백합니다」
「바람 좀 쐬야겠네. 나가세」

밖으로 나온 그는 심호흡을 하고 땀이 밴 이마를 닦은 다음 중얼거렸다.

「한결 낫군. 숨이 막힐 뻔했어」

그는 감정을 억제하며 다시 말했다.

「두드빌, 결말이 다가오고 있네. 몇 주 전부터 나는 이 보이지 않는 적에 맞서 여기저기를 더듬으며 싸워 왔네. 그런데 갑자기 우연이 내게 그자를 만나게 해 준 걸세. 이제 난 그자와 같은 조건에서 싸울 수 있네」

「그렇다면 우리 헤어지는 게 어떨까요, 두목? 저자는 우리가 함께 있는 걸 봤습니다. 우리가 헤어지면 우리에게 신경을 덜 쓸 겁니다.」

「저자가 우리를 봤다고? 내가 보기에 저자는 아무것도 보지 않고 아무것도 듣지 않는 것 같았는데. 정말 당혹스런 작자군!」

뤼팽이 생각에 잠겨 대답했다.

10분 후 레옹 마시에는 식당에서 나와 거리를 걸어갔다. 그는 미행당하고 있다는 사실조차 깨닫지 못한 것 같았다. 그는 담배 한 개비에 불을 붙여서 한 손을 뒷짐 진 채 담배를 피우며 걷고 있었다. 햇빛과 신선한 공기를 즐기는 사람처럼, 자신이 미행당할 수 있다는 생각 같은 건 꿈에도 하지 않는 사람처럼.

그는 세관을 지나 성벽을 따라 걷다가 샹페레 문으로 다시 나와서는 레볼트가로 접어들었다.

그는 레볼트가 3번지로 들어갈 것인가? 뤼팽은 그러기를 간절히 바랐다. 왜냐하면 그것이야말로 그가 알텐하임 패거리들과 함께 일한다는 명백한 증거이기 때문이었다. 하지만 사내는 모퉁이를 돌아 들레즈망가로 접어들었다. 비좁은 정원으로 둘러싸인 외딴 건물이 나왔다.

레옹 마시에는 걸음을 멈추고 열쇠를 꺼내 대문을 연 다음 현관 문을 열고 안으로 모습을 감추었다.

뤼팽은 조심스럽게 그 집으로 다가갔다. 한눈에 그는 레볼트가의 건물들이 뒤쪽으로 그 집의 정원 담까지 이어져 있음을 알 수 있었다.

좀 더 가까이 다가가자 정원 안쪽으로 상당히 높은 담장에 덧대 지은 창고 같은 것이 보였다.

건물의 배치로 미루어 그 창고는 레볼트가 3번지 가장 안쪽 뜰에 있는, 고물상의 잡동사니를 모아 두는 창고와 붙어 있는 게 분명했다.

그러니까 레옹 마시에는 알텐하임 패거리 일곱 명이 모이는 창고 옆집에서 살고 있는 셈이었다. 결과적으로 레옹 마시에는 그 패거리를 이끄는 우두머리이고, 두 개의 창고 사이에 있는 통로를 통해 부하들과 연락을 하고 있음이 분명했다.

「내 생각이 맞았군. 레옹 마시에와 루이 드 말라이히는 동일인이야. 상황이 단순해지는군」

뤼팽이 말했다.

「그렇군요. 며칠 내로 모든 게 종결되겠네요」

두드빌이 동의했다.

「다시 말해서 내 목에 비수가 꽂히는 걸세」

「무슨 말을 하시는 겁니까, 두목? 그런 어처구니없는 말이 어디 있습니까!」

「쳇! 누가 알겠나! 난 저 괴물 같은 작자 때문에 불행한 일을 당할 것 같은 예감을 떨칠 수가 없다네」

그 이후 말라이히의 생활은 사소한 것 하나도 빼놓지 않고 감시되었다.

두드빌이 그 구역 사람들로부터 알아낸 바에 따르면 말라이히의 생활은 괴상하기 이를 데 없었다. 그 일대에서 〈별채의 괴짜〉로 불리는 그가 그곳에 살기 시작한 것은 겨우 몇 달 전이었다. 그는 아무도 만나지 않았고, 그를 찾아오는 사람도 전혀 없었다. 하인도 없는 것 같았다. 밤에도 활짝 열려 있는 창문들을 통해 들여다 보이는 실내는 언제나 어두컴컴했다. 촛불이나 전등불은 켜진 적이 없었다.

대부분의 경우 레옹 마시에는 해 질 녘에 외출했다가 아주 늦은 밤에 돌아왔다. 새벽 해가 뜰 무렵 그를 만났다는 사람들도 있었다.

「그자가 무슨 일을 하고 있다던가?」

뤼팽이 두드빌을 만난 자리에서 물었다.

「모릅니다. 그자의 생활은 불규칙 그 자체입니다. 때로는 며칠씩 종적을 감추기도 하고…… 때로는 집 안에 틀어박혀 있기도 합니다. 요컨대 내용을 알 수가 없죠」

「머잖아 내용을 알게 될걸세」

그런 그의 생각은 빗나갔다. 일주일에 걸친 조사와 계속된 노력도 보람 없이 뤼팽은 그 괴상한 인물에 대해 그 이상의 것을 알아내지 못했다. 게다가 이상한 일이 벌어지곤 했다. 뤼팽이 미행하고 있는 중에 잰걸음으로 길을 따라 걷던 사내가 신기루처럼 증발해 버렸던 것이다. 때로는 건물 내의 다른 출입구를 이용하기도 했고, 때로는 사람들 한가운데서 유령처럼 사라져 버리기도 했다. 그럴 때면 뤼팽은 분노와 혼돈에 가득 찬 채 얼떨떨해져서 망연히 서 있곤 했다.

이윽고 그는 즉각 들레즈망가로 달려와 망을 보기 시작했다. 시간이 흘러 밤이 지나갔다. 이윽고 베일 속의 인물이 불쑥 모습을 나타냈다. 어떻게 그럴 수 있는 것일까?

「속달이 왔는데요, 두목」

어느 날 저녁 8시경 들레즈망가로 그를 찾아온 두드빌이 말했다.

뤼팽은 봉투를 열었다. 그에게 와서 도와 달라는 케셀바흐 부인의 편지였다. 그날 해질 무렵 두 사내가 부인의 방 창문 아래에 와서는 그중 한 사내가 이렇게 말했다는 것이었다. 〈다행이군, 아무것도 눈치 채지 못한 것 같아……. 그럼 결정됐네, 오늘 밤 습격하는 거야.〉 부인이 아래층으로 내려와 확인해 보니 주방에 딸린 방의 덧문 걸쇠가 벗겨져 밖에서 열 수 있도록 되어 있었다는 것이었다.

「마침내 적이 싸움을 청해 오는군. 잘됐어! 말라이히의 집 창문 아래서 무턱대고 기다리는 것에 진력이 난 참이니 말이야」

뤼팽이 말했다.

「지금 그자는 안에 있습니까?」

「아니, 그자는 파리에서 또다시 특유의 방법으로 나를 골탕 먹였네. 이제 내가 그자를 내 식으로 골탕 먹일걸세. 그전에 내 말 잘 듣게, 두드빌. 아주 건장한 친구들로 부하 열 명을 모으게……. 보자, 마르코와 보좌관 제롬도 데려오게. 팔라스 호텔의 사건 이후 그들에게 휴가를 주었지……. 이번에는 그들이 움직여 주어야 하네. 우리 쪽 인원이 모이면 그들을 데리고 비뉴가로 가게. 샤롤레 영감과 그의 아들이 이미 망을 보고 있을걸세. 그들과 의논한 다음 자네는 11시 반에 비뉴가와 레이누아르가가 만나는 모퉁이로 나를 만나러 오게. 거기서 함께 부인의 집을 감시하세」

두드빌이 자리를 떴다. 뤼팽은 그렇잖아도 조용한 들레즈망가에 인적이 완전히 끊길 때까지 한 시간을 더 기다렸다. 그때까지 레옹 마시에가 돌아오지 않자 그는 마음을 정하고 별채로 다가갔다.

주위에는 아무도 없었다……. 그는 훌쩍 몸을 날려 정원의 철책을 지지하는 석대 위로 뛰어올랐다. 잠시 후 그는 집 안에 들어가 있었다.

그의 계획은 어떻게 해서든 현관 문을 열고 집 안을 뒤져 말라이히가 벨당츠에서 훔쳐 낸 황제의 편지들을 찾아내는 것이었다. 하지만 창고를 조사하는 것이 더 급할 것 같았다.

창고의 문이 잠겨져 있지 않은 것을 보고 그는 깜짝 놀랐다. 게다가 희미한 전등 빛으로 그는 창고가 완전히 비어 있고 구석의 벽에 문이 나 있지 않은 것을 확인할 수 있었다.

그는 오랫동안 수색했지만 헛일이었다. 하지만 밖으로 나오자 사다리 하나가 창고 벽에 기대 세워져 있었다. 석판 지붕 밑 다락방 같은 곳으로 올라가는 데 쓰기 위한 것이 분명했다.

낡은 상자, 밀짚 다발, 정원용 창틀 들이 다락 안을 비좁게 하고 있었다. 아니 비좁아 보이게 하고 있다는 편이 정확했다. 왜냐하면 그는 쉽사리 길을 내어 맞은편 벽에 이를 수 있었던 것이다.

그의 발에 창틀 하나가 걸렸다. 그는 창틀을 옮겨 놓으려 했다. 하지만 잘되지 않았으므로 가까이 다가가 창틀을 살펴보았다. 우선 그 창틀이 바닥에 고정되어 있는 것을 확인할 수 있었고 이어 바닥의 타일 하나가 빠져 있는 것이 눈에 띄었다.

그는 타일이 빠진 자리에 팔을 넣어 보았다. 빈 공간이었다. 그는 재빨리 손전등을 비추었다. 그 아래는 그 창고보다 널찍한 헛간으로 고철과 잡동사니들이 쌓여 있었다.

「제대로 찾았군. 이 뚜껑 문은 고물상 창고의 천창 구실을 하겠지. 이곳을 통해 루이 드 말라이히는 보이지도 들리지도 않은 채 부하들의 대화를 엿듣고 행동을 감시할 수 있는 거야. 이제 왜 그들이 자기네 두목에 대해 아무것도 모르는지 이해가 가는군」
뤼팽이 중얼거렸다.
사태를 파악한 그는 손전등을 끄고 자리를 뜨려 했다. 그런데 그 순간 저 아래 있는 문이 열렸다. 누군가 들어왔다. 전등이 켜졌다. 고물상의 얼굴이 나타났다.
뤼팽은 그 자리에 좀 더 있어 보기로 했다. 그 사내가 그곳에 있는 한 케셀바흐 부인의 집을 기습하지는 않을 터였다.
고물상은 주머니에서 권총 두 자루를 꺼냈다.
그는 권총이 작동되는지 확인한 후 휘파람을 불면서 탄환을 갈아 끼웠다.
그렇게 한 시간이 흘렀다. 뤼팽은 그 자리를 떠야 할지 말아야 할지 결정하지 못한 채 불안해하기 시작했다.
또다시 몇 분, 반 시간, 한 시간이 흘렀다······.
마침내 사내가 말했다.
「들어오게」
패거리 하나가 창고 안으로 살그머니 들어왔다. 이어 세 번째, 네 번째 사내가 들어왔다······.
「이제 다 모였군. 디외도네와 주플뤼는 그곳에서 우리와 합류한다. 자, 허비할 시간이 없다······. 무기들은 가졌겠지?」
고물상이 말했다.
「왼쪽 손까지 권총을 쥐었습니다」
「좋아. 치열한 싸움이 될 거야」

「어떻게 아십니까, 형님?」
「대장을 만났거든……. 내 말은…… 그러니까…… 그의 음성을 들었다는 걸세……」
「그렇겠죠. 언제나처럼 어두운 길 끝에서 말이죠. 이런! 전 알텐하임 같은 식이 더 마음에 듭니다. 적어도 우리가 무슨 일을 하는지는 알고 있었으니까요」
한 사내가 말했다.
「그럼 지금은 무슨 일을 하는 건지 모른다는 건가……? 우리는 케셀바흐 부인의 거처를 터는 걸세」
「그럼 관리인 둘은 어떡하죠? 뤼팽이 배치해 둔 두 사내는요?」
「그들에겐 안됐지만 할 수 없지. 우린 일곱일세. 그들은 입을 다물 수밖에 없을 거야」
「그럼 케셀바흐 부인은요?」
「우선 재갈을 물린 다음 밧줄로 묶어서 이리로 데려오는 거야……. 자, 이 낡은 긴 의자 위에 앉혀 놓고…… 그런 다음 지시를 기다리는 걸세」
「대가는 섭섭지 않겠죠?」
「우선 케셀바흐 부인의 보석을 갖게 될걸세」
「그래요, 일이 성공한다면요. 하지만 난 확실한 대가를 알고 싶어요」
「각자에게 착수금으로 100프랑짜리 지폐가 석 장씩 돌아가네. 일이 끝난 후엔 그 두 배가 주어질 거야」
「형님이 돈을 갖고 계십니까?」
「그렇다네」
「좋습니다. 어쨌든 보수는 희망대로 된 셈이군요. 그 점에서 우리 대장 같은 사람은 둘도 없을 거예요」
 그러더니 뤼팽이 겨우 알아들을 수 있는 낮은 목소리로 이렇게 덧붙였다.
「대답해 주십시오, 형님, 칼을 써야 할 상황이면 특별 수당이 있겠죠?」
「언제나와 똑같다. 2,000프랑이다」
「죽인 사람이 뤼팽이라면요?」
「3,000프랑이다」
「이런! 그자를 잡기만 하면 좋겠는데」
 그들은 차례로 창고를 나갔다.
 뤼팽의 귀에 또다시 고물상이 말하는 소리가 들려왔다.
「공격 계획은 이렇다. 우리는 셋으로 갈라진다. 휘파람 소리가 나면 각자 전진이다……」
 뤼팽은 서둘러 숨어 있던 곳에서 나와 사다리를 내려가 집 안으로 들어가지 않고 건물을 돌아 철책 밖으로 나왔다.
「고물상 말이 맞아. 치열한 싸움이 되겠군……. 이런, 저들이 노리는 게 내 목숨이라니! 뤼팽을 죽이면 보너스를 준다니! 치사한 자식들 같으니라고!」
 그는 파리 세관을 지나 택시를 잡아 탔다.
「레이누아르가로 갑시다」
 그는 비뉴가에서 300보 정도 떨어진 곳에서 차에서 내려 두 거리가 만나는 모퉁이까지 걸어갔다.
 두드빌이 그곳에 와 있지 않자 그는 어리둥절했다.
「이상하군. 자정이 넘었는데……. 왠지 석연치 않은걸」
 뤼팽이 중얼거렸다.

그는 10분, 20분을 기다렸다. 12시 반이 되어도 두드빌은 오지 않았다. 더 늦으면 위험할 듯했다. 어쨌든 두드빌과 그의 부하들이 오지 않는다 해도 샤롤레 영감과 그의 아들, 그리고 자신이 있으니 공격을 막아낼 수 있을 터였다. 또 케셀바흐 부인의 하인들도 있었다.

그는 혼자 부인의 집으로 다가갔다. 건물 벽의 움푹 들어간 어둑한 공간에 몸을 숨기려 애쓰는 두 사내가 눈에 띄었다.

「이런, 저자들이 선발대로 나선 디외도네와 주플뤼군. 바보같이 추월을 당하다니」

거기서 뤼팽은 또다시 지체해야만 했다. 곧장 그들에게 달려들어 그들을 제압한 다음 열려 있는 주방 곁방의 창을 통해 집 안으로 들어갈 것인가? 그것이 가장 신중한 해결책이었다. 그렇게 하면 케셀바흐 부인을 즉시 안전한 곳으로 데려다 놓을 수도 있을 터였다.

그랬다. 하지만 그것은 계획의 실패를 뜻하는 것이기도 했다. 그 패거리 전체, 그리고 루이 드 말라이히를 잡을 수 있는 유일한 기회를 놓치게 되는 셈이었다.

순간 집 반대쪽 어딘가에서 휘파람 소리가 들려왔다.

벌써 나머지 패거리들이 온 것일까? 저들은 정원을 통해 습격할 것인가?

휘파람 신호를 들은 두 사내가 창문을 넘어 집 안으로 모습을 감추었다.

뤼팽은 몸을 날려서 발코니를 기어올라 부엌 곁방으로 들어갔다. 발소리로 미루어 침입자들은 막 정원을 지나간 모양이었다. 그 소리가 너무나도 또렷해서 그는 안심이 되었다. 샤롤레 영감과 그의 아들이 그 소리를 듣지 못했을 리가 없었다.
 그래서 뤼팽은 곧장 위층으로 올라갔다. 케셀바흐 부인의 방은 층계참에 있었다. 재빨리 그는 방 안으로 들어갔다.
 그는 야등의 불빛으로 돌로레스가 실신한 채 소파에 쓰러져 있는 것을 발견했다. 그는 그녀에게로 달려가 그녀의 몸을 들어올린 다음 다급한 어조로 물었다.
 「정신 차리세요……. 샤롤레 영감은 어디 있습니까? 그의 아들은……? 그들은 어디 있습니까?」
 그녀가 더듬거리며 중얼거렸다.
 「뭐라고요……? 그들은…… 떠났는데요……」
 「무슨 말입니까! 떠나다니!」
 「당신이 전보를 보내셨잖아요……. 한 시간 전에 전보가 와서……」
 뤼팽은 그녀 곁에 떨어진 푸른색 종이를 집어 들고 내용을 읽었다.

  관리인 둘을 즉각 보내 주십시오……. 그리고 제 부하들도 모두……. 그랑 호텔에서 그들이 오기를 기다리겠습니다. 걱정하지 마십시오.

「맙소사! 이 내용을 그대로 믿다니! 그럼 부인의 하인들은?」
「그들도 떠났어요」
 뤼팽은 창가로 달려갔다. 사내 셋이 정원 저쪽에서 다가오고 있었다.
 그는 옆방으로 가서 길에 면한 창문을 내다보았다. 또 다른 사내 둘이 오고 있었다.
 뤼팽은 디외도네와 주플뤼, 그리고 누구보다도 루이 드 말라이히를 떠올렸다. 그자는 사람 눈에 띄지 않은 채 이곳을 돌아다니고 있을 터였다.
「쳇! 함정에 빠진 것 같은 느낌이 들기 시작하는걸」

검은 옷을 입은 사내

　순간, 아르센 뤼팽은 자신이 함정에 빠졌다는 느낌, 아니 확신이 들었다. 자신이 채 알아차리지 못한, 놀랍도록 능숙하고 노련한 솜씨가 엿보이는 방법으로 덫에 걸린 것이다.
　모든 것이 계획되어 있었고 의도되어 있었다. 부하들이 가 버리고, 하인들이 모습을 감추었거나 배신하고, 자신이 직접 케셀바흐 부인의 집 안으로 들어오게 된 모든 일들이.
　물론 이 모든 상황이 믿기 어려울 정도로 적에게만 유리하게 진행되고 있었다. 부하들이 가짜 편지를 받고 떠나기 전에 자신이 도착할 수도 있었다. 그랬다면 알텐하임 패거리와 뤼팽 패거리 간의 싸움이 되었을 터였다. 알텐하임을 비수로 찔러 죽이고 벨당츠의 미친 소녀를 독살한 말라이히의 행동을 떠올리면서 뤼팽은, 이 함정이 오직 자신만을 겨냥한 것이 아닐까 하는 생각이 들었다. 자신을 거북하게 하는 뤼팽의 부하들을 제거한다거나 전

면전을 벌인다는 생각은 애초부터 말라이히의 계획에 없었던 것은 아닐까 하는 의문이었다.

직관과도 같은 그런 생각이 한순간 그의 머릿속을 스쳤다. 행동할 때였다. 어쨌든 돌로레스를 납치하는 것이 이 습격의 목적인만큼 그녀를 지켜야 했다.

그는 거리에 면한 창문을 조금 열고 권총을 겨누었다. 총성이 한 차례 울려 그 구역 사람들이 경계심을 갖게 되면 악당들은 도망칠 터였다.

「이런, 안 되는데, 안 된다고. 이 싸움을 피하지 말아야 해. 이건 아주 좋은 기회야……. 어쨌든 저자들이 도망치지 않을지도 모르지……! 수적으로 우세하니까 이웃 사람들 따위는 무시할 수도 있어」

그는 돌로레스의 방으로 돌아왔다. 아래층에서 무슨 소리인가 들려왔다. 층계에서 들려오는 소리 같았으므로 그는 문의 자물쇠를 채웠다.

돌로레스는 소파에 앉아 울면서 몸을 떨고 있었다.

그가 그녀를 달랬다.

「움직일 수 있겠습니까? 여기는 2층입니다. 당신이 내려가는 걸 도와드리지요……. 침대 시트를 이용해 창문으로……」

「아니, 싫어요. 제 곁을 떠나지 마세요……. 저들이 날 죽일 거예요……. 저를 지켜 주세요」

그는 그녀를 품에 안아 옆방으로 옮긴 다음 그녀에게 몸을 숙였다.

「꼼짝도 하지 말고 가만히 계십시오. 단언하건대 제가 살아 있는 한 저 자식들 중 누구도 당신에게 손을 대지 못할 겁니다」
 첫 번째 방의 문이 흔들렸다. 돌로레스가 비명을 내지르며 그에게 몸을 붙였다.
「오! 저들이 저기 있어요…… 저들이 저기 있어요……. 저들이 당신을 죽일 거예요……. 당신은 혼자잖아요……」
 그가 열띤 어조로 말했다.
「전 혼자가 아닙니다. 당신이 여기 있으니까요……. 당신이 제 곁에 계시잖습니까」
 그는 몸을 빼내려 했다. 하지만 그녀는 두 손으로 그의 머리를 잡고는 두 눈을 깊숙이 응시하며 중얼거렸다.
「어디로 가시려고요? 어떻게 하시려고요? 안 돼요……. 죽지 마세요……. 그건 싫어요……. 살아 계셔야 해요……. 반드시……」
 그녀는 알아들을 수 없는 몇 마디 말을 더듬거렸다. 마치 그가 알아듣지 못하도록 일부러 입술을 벌리지 않은 채 웅얼거리는 것 같았다. 이윽고 힘이 빠져 버린 그녀는 다시 의식을 잃었다.
 그는 그녀에게 몸을 기울이고는 잠시 그녀를 응시했다. 그는 부드럽게 그녀의 머리카락에 입맞춤을 했다.
 그는 첫 번째 방으로 되돌아가 두 방 사이에 있는 문을 가만히 닫은 다음 전등을 켰다.
「잠깐만 기다리게, 풋내기 친구들아! 문을 부술 정도로 급하단 말인가……? 이 안에 있는 사람이 뤼팽이라는 사실을 알고 있나? 조심하라고!」
 그렇게 말하면서 뤼팽은 가리개를 펼쳐 조금 전 케셀바흐 부인이 누워 있던 소파를 가린 다음 그 위에 옷가지와 모포를 던져 놓았다.

침입자들의 힘에 문이 부서질 것 같았다.
「그래, 간다! 준비됐나? 그럼 누가 제일 먼저 나랑 붙어 볼 텐가?」
뤼팽은 재빨리 열쇠를 돌려 문을 열었다.
문이 열리자 고함소리, 협박, 증오에 찬 난폭한 사내들이 우글거리는 장면이 펼쳐졌다.
뤼팽이 예상했던 대로였다.
환한 방 한가운데에 선 그는 손에 지폐 뭉치를 쥐고 팔을 뻗었다. 그는 지폐를 한 장 한 장 헤아려 일곱으로 나누었다. 그런 다음 조용히 입을 열었다.
「뤼팽을 저승으로 보내면 각자에게 3,000프랑씩 특별 수당을 준다고? 그런 약속을 받지 않았나? 여기 그 두 배가 있네」
뤼팽은 지폐 뭉치를 일당의 손이 닿는 탁자 위에 올려놓았다.
고물상이 소리쳤다.
「쓸데없는 소리! 저자는 시간을 벌려는 거야. 쏴 버리자!」
고물상이 팔을 들어 올렸다. 그의 동료들이 그를 붙들었다.
뤼팽이 말을 계속했다.
「물론 그렇다고 자네들의 전투 계획을 바꿀 필요는 없네. 자네들이 이곳에 들어온 것은, 첫째 케셀바흐 부인을 납치하기 위해서이고, 둘째 그 김에 그녀의 보석을 훔치기 위해서네. 그 두 가지 일을 막는다면 내가 고약한 인간이지」
「이런! 그렇다면 자네가 원하는 건 뭔가?」
듣고 싶지 않지만 어쩔 수 없이 뤼팽의 말을 듣고 있던 고물상이 이를 갈며 물었다.
「아! 이런! 고물상 친구군. 내 말에 흥미가 생기나 보군. 그렇다면 들어오게, 친구……. 모두 들어오라고…… 거기 층계 위에는 바람이 심할걸세……. 자네같이 어린 친구들은 감기에 걸릴 수도 있네……. 아니 이런! 겁나나? 하지만 난 혼잘세……. 자, 용기를 내게, 귀여운 친구들아」

그들은 호기심과 경계가 뒤섞인 표정으로 방 안으로 들어왔다.
「문을 닫게, 고물상 친구……. 그 편이 더 쾌적할걸세. 고맙네, 뚱보 친구. 이런! 그동안 1,000프랑짜리 지폐 뭉치가 사라졌군. 그럼 계약이 이루어진 걸로 보겠네. 어쨌든 점잖은 사람들은 서로 통하는 법이거든!」
「이제는 어쩔 거요?」
「이제는? 아! 우리가 동업자가 됐으니……」
「동업자라니!」
「빌어먹을! 자네 내 돈을 받지 않았나? 우리는 함께 일하는 걸세, 뚱보 친구. 함께 가서 첫째, 그 젊은 여자를 납치하고, 둘째, 그녀의 보석을 훔치는 걸세」

고물상이 빈정거렸다.
「당신 도움은 필요 없소」
「필요할 거네, 뚱보 친구」
「어째서?」
「자네는 보석이 숨겨진 곳을 모르지만 나는 알고 있으니 말일세」
「우리는 찾아낼 수 있소」
「내일이 되면 찾을 수 있을지도 모르지만 오늘 밤 안엔 불가능할걸세」
「그렇다면 말해 보시오. 당신이 원하는 건?」

「보석을 나누자는 걸세」
「보석이 숨겨져 있는 곳을 안다면서 어째서 혼자 다 갖지 않는 거요?」
「혼자서는 보석을 꺼낼 수 없기 때문이네. 암호를 입력해야 하는데, 난 모르고 있네. 이제 자네들의 도움을 받을 수 있겠지」
고물상이 주저했다.
「나눈다…… 나눈다고……. 보석 약간과 쇠 조각 조금일 텐데……」
「어리석은 소리! 시가로 100만 프랑어치가 넘는다네」
모여 선 사내들이 충격을 받고 몸을 떨었다.
「좋소. 하지만 케셀바흐 부인이 도망친다면? 그녀는 옆방에 있지 않소?」
「아니, 그녀는 여기 있네」
뤼팽은 가리개 한쪽을 슬쩍 벌려 조금 전 소파 위에 던져 둔 모포와 옷가지를 보여 주었다.
「그 여잔 여기 있네. 기절했지. 보석을 나눈 다음 저 여잘 넘겨 주겠네」
「하지만……」
「하든가 말든가 마음대로 하게. 나는 만만찮은 인물이네. 자네도 내가 어떤 사람인지 알고 있을걸세. 그렇게 되면……」
그들이 서로 의견을 나누었다. 이윽고 고물상이 말했다.
「보석이 숨겨진 장소는?」
「벽난로 아래일세. 그런데 암호를 모르면 우선 벽난로 전체와 거울 그리고 대리석을 들어내야 하네. 그 모든 것이 한 덩어리로 되어 있는 것 같네. 작업이 어려울걸세」

「쳇! 우리가 해치울 수 있소. 당신은 구경이나 하시오. 5분 후에는……」

고물상이 지시를 내렸다. 그의 동료들은 놀랄 만큼 활기차고 질서 있게 즉각 작업에 착수했다. 두 사내가 의자 위에 올라가 거울을 들어올리고, 나머지 네 명은 벽난로를 깨뜨리기 시작했다. 고물상은 몸을 낮추고 벽난로 바닥을 살펴보며 지시를 내렸다.

「좀 더 힘주어 내리치게, 여보게들……! 한꺼번에 내리치게나……. 조심해……! 하나, 둘…… 아! 보게나, 움직이는군」

뤼팽은 꼼짝도 하지 않고 뒤에 서서 두 손을 주머니에 찌른 채 흡족한 표정으로 그들을 지켜보고 있었다. 예술가답게, 대장답게 그는 자신이 다른 이들에게 믿을 수 없는 지배력과 힘과 권위를 행사하는 것을 보여 주는 뚜렷한 증거를 만족스럽게 음미하는 중이었다. 저들은 어떻게 이런 터무니없는 이야기를 즉각 믿을 수 있단 말인가? 어떻게 이렇게까지 판단력을 잃고 싸움의 유리한 고지를 송두리째 자신에게 넘겨준단 말인가?

그는 주머니에서 멋진 대형 권총 두 자루를 꺼내 두 팔을 들어올리고는, 먼저 쓰러뜨릴 두 사람과 이어 쓰러뜨릴 두 사람을 선택해 사격장에서 과녁 두 개를 맞추는 사람처럼 목표물을 겨누었다. 두 발의 총성이 동시에 들린 데 이어 또다시 두 발이 이어졌다…….

비명소리가 터져 나왔다……. 공 던지기 게임의 인형들처럼 사내 넷이 차례로 나동그라졌다.

「일곱 중에서 넷을 해치웠으니 셋이 남았군. 내가 계속해야겠나?」

뤼팽이 물었다.

그의 두 팔은 들어올려진 채였다. 권총 두 자루가 고물상과 두 사내를 겨누고 있었다.

「나쁜 자식!」

고물상이 자신의 무기를 찾으며 이를 갈았다.

「두 팔 들어! 그렇지 않으면 쏘겠다……. 좋아! 이제 너희들은 저 친구의 총을 뺏어……. 그렇지 않으면……」

악당 둘은 두려움에 몸을 떨면서 고물상의 무기를 빼앗아 그로 하여금 굴복할 수밖에 없도록 만들었다.

「그자를 묶어……! 결박하란 말이야, 제기랄! 그런다고 큰일 날 것 같나……? 내가 떠나고 나면, 자네들은 자유의 몸이 되는 걸세……. 자, 알겠나? 우선 양쪽 손목을 묶게……. 자네들의 허리띠로 말이야……. 그런 다음 양쪽 발목을 묶는 거야. 좀 더 빨리……」

당황하고 기가 질린 고물상은 더 이상 저항하지 못했다. 그의 동료들이 그를 결박하는 동안 뤼팽은 그들 쪽으로 몸을 기울인 다음 권총 손잡이로 그들의 머리를 두 차례 후려쳤다. 그들이 쓰러졌다.

「이제야 일을 끝냈군. 50명쯤 더 있어야 하는데 아쉽군……. 이제야 발동이 걸리는데 말이야……. 이 모든 게 너무 쉽군……. 웃어가며 할 정도로……. 어떻게 생각하나, 고물상 친구?」

뤼팽이 한숨 돌리며 말했다.

고물상이 욕설을 내뱉었다. 뤼팽이 그에게 말했다.

「너무 속상해하지 말게, 뚱보 친구. 케셀바흐 부인을 구하는 좋은 일에 협력했다고 생각하고 스스로를 위로하게. 부인이 직접 모습을 나타내 자네의 기사도에 감사를 표할걸세」

그는 두 번째 방으로 통하는 문으로 다가가 문을 열었다.
「이런!」
그는 크게 당황한 모습으로 문턱에 멈춰서며 외쳤다.
방이 비어 있었던 것이다.
그는 창가로 다가갔다. 발코니에 사다리가 기대져 있었다. 조립식 강철 사다리였다.
「납치됐군…… 납치됐어……. 루이 드 말라이히……. 아! 날강도 같은 놈……」
그가 중얼거렸다.

그는 괴로운 마음을 가라앉히려 애쓰며 잠시 생각에 잠겼다. 어쨌든 케셀바흐 부인에게 즉각적인 위험이 닥치지는 않을 터이므로 크게 걱정할 필요는 없었다. 하지만 갑작스러운 분노가 그를 엄습했다. 그는 다쳐서 버둥대고 있는 악당들에게 달려가 부츠 신은 발로 몇 차례 발길질을 한 다음 그들의 몸을 뒤져 자신의 돈다발을 찾았다. 이어 그들의 입에 재갈을 물리고, 커튼 끈, 모포, 붕대처럼 찢어진 시트 같은 것들을 사용해 닥치는 대로 그들을 묶은 다음 소포처럼 묶인 인간 꾸러미 일곱 개를 긴 의자 앞 양탄자 위에 나란히 늘어놓았다.
「인간 꼬치구이라. 애호가한테는 기막힌 요리겠는걸! 어리석은 친구들, 어쩌면 그렇게 쉽게 속아 넘어갈 수가 있지? 시체 안치실에 널려 있는 익사체들 같군……. 이런 주제에 감히 뤼팽을,

과부와 고아의 수호자 뤼팽을 공격하다니……! 떨고 있나? 그럴 필요 없네, 풋내기 친구들! 뤼팽은 악당을 싫어하는 정직한 사람이고, 또한 자신의 의무가 무엇인지 잘 알고 있다네. 생각해 보게, 그런데 어떻게 자네들 같은 악당들과 손을 잡을 수 있겠나? 뭐야? 자네들이 이웃들의 삶을 존중하길 하나? 다른 사람의 재산을 존중하길 하나? 법을 지키길 하나? 사람들과 어울리길 하나? 양심이 있길 하나? 아무것도 없잖나? 세상이 어떻게 되려는 건지, 맙소사, 세상이 어떻게 되려는 건지?」

밖에서 방문을 잠글 필요조차 느끼지 못한 뤼팽은 밖으로 나와 택시 있는 곳까지 걸었다. 그는 운전수에게 택시를 한 대 더 불러 달라고 부탁했다. 택시 두 대가 케셀바흐 부인의 집 앞에 와서 섰다.

미리 팁을 후하게 준 덕택에 그는 쓸데없는 설명을 생략할 수 있었다. 두 사람의 도움을 받아 그는 일곱 명의 포로들을 끌어내려 택시 두 대에 아무렇게나 포개 실었다. 다친 사람들이 비명과 신음을 질러 댔다. 그는 차문을 닫았다.

「손들 조심하게」

그가 짤막하게 말했다.

그럼 다음 그는 앞차에 올라탔다.

「갑시다!」

「어디로 갈까요?」

운전수가 물었다.

「오르페브르 강둑 36번지 경찰청 치안국으로 갑시다」

모터 소리…… 시동 걸리는 소리가 들려왔다. 이윽고 그 기묘한 행렬은 트로카데로 광장의 비탈길을 급히 달려가기 시작했다.

그들은 야채 수레 몇 대를 앞질렀다. 사람들이 장대를 들어 가로등을 끄고 있었다.

하늘에는 별이 떠 있었고, 시원한 미풍이 대기에 흘렀다.

뤼팽은 노래를 흥얼거렸다.

콩코르드 광장, 루브르 궁…… 멀리 노트르담 성당의 검은 윤곽이 눈에 들어왔다.

뤼팽은 몸을 돌려 차문을 조금 열었다.

「기분은 괜찮은가, 친구들? 나 역시 좋다네. 고맙네. 감미로운 밤이군. 공기가 상쾌해……!」

차는 강둑의 울퉁불퉁한 포석을 덜컹거리며 달렸다. 얼마 지나지 않아 법원 건물과 치안국 정문이 나왔다.

「여기서 잠시 기다리시오. 일곱 승객에게 특별히 신경 좀 써 주시오」

뤼팽이 운전수들에게 말했다.

그는 앞뜰을 가로질러 본관으로 통하는 오른쪽 복도를 따라 걸었다.

그곳에는 언제나 형사들이 있었다.

「사냥감이오, 여러분. 게다가 큰 놈이오. 베베르 부국장님 계시오? 난 새로 부임한 오퇴유 경찰서장이오」

「부국장님은 집무실에 계십니다. 누가 오셨다고 할까요?」

「잠깐만. 내가 좀 바쁘다오. 메모만 좀 전해 주시오」

그는 탁자 앞에 앉아 메모를 하기 시작했다.

알텐하임 패거리인 악당 일곱을 데려왔소. 구렐을 죽인 자들……. 그리고 르노르망이었을 때의 나를 죽인 자들이오.

이제 남은 건 이들의 우두머리뿐이오. 머잖아 그자를 잡을 거요. 와서 나를 도와주시오, 그자는 뇌이이 구역 들레즈망가에 살고 있고, 이름은 레옹 마시에요.
그럼 이만.
────치안국장 아르센 뤼팽

그는 봉투를 봉했다.
「이걸 베베르 부국장에게 전해 주시오. 급히 말이오. 이제 물건을 인수할 인원 일곱이 필요하오. 물건은 강둑에 있소」
뤼팽이 택시로 돌아오자 형사 반장이 나타났다.
「이런! 당신이군, 르뵈프 반장. 놈들을 대량 검거했다오……. 알텐하임 패거리 전부를 말이오……. 그들은 저기 차 안에 있소」
「어디서 그들을 잡았소?」
「놈들은 케셀바흐 부인을 납치하고 부인의 집을 노략질하고 있었소. 적당한 기회가 되면 이 모든 걸 자세히 설명하겠소」
형사 반장은 그를 따로 불러서는 당황한 태도로 말했다.
「미안하오만 난 오퇴유 경찰서에서 찾는다고 해서 나왔소. 그런데 내가 보기에는 도무지……. 실례지만 그쪽은 누구신지……?」
「일곱 명의 일급 악당이라는 멋진 선물을 가져온 사람이오」
「다시 한번 말하는데 말해 주시겠소?」
「내 이름 말이오?」
「그렇소」
「아르센 뤼팽이오」
뤼팽은 재빨리 다리를 걸어 상대를 넘어뜨리고 리볼리가까지 달려갔다. 그리고 지나가는 택시를 잡아타고 테른 문으로 갔다.

레볼트가에 있는 문제의 건물에서 가까운 곳이었다. 그는 3번지 건물을 향해 걸었다.

특유의 냉철함과 자제력을 지니고 있었는 데도 아르센 뤼팽은 치밀어 오르는 감정을 가라앉힐 수가 없었다. 돌로레스 케셀바흐를 찾아낼 수 있을 것인가? 루이 드 말라이히는 그 젊은 여인을 자기 집으로 데려갔을까, 아니면 고물상의 창고로 데려갔을까?

벨을 누르고 안으로 들어가 여러 개의 뜰들을 지나친 뤼팽은 고물상에게서 빼앗아 갖고 있던 열쇠로 재빨리 창고 문을 열고 안으로 들어갔다.

그는 손전등을 켜서 비추었다. 오른쪽에 빈 공간이 있었다. 악당들이 마지막 모임을 가졌던 곳이었다.

고물상이 말했던 긴 의자 위에서 검은 형체가 웅크리고 있었다. 재갈이 물려진 채 모포에 싸인 돌로레스였다…….

그는 그녀의 몸을 흔들었다.

「아! 당신이군요…… 당신이군요……. 그들이 당신에게 아무 짓도 하지 않았나요?」

그녀가 더듬거리며 물었다.

그러더니 즉각 몸을 일으키며 창고 안쪽을 가리켰다.

「저기, 그자가 저쪽으로 갔어요……. 소리가 들렸어요……. 분명해요……. 가 보셔야 해요……. 제발……」

「당신을 돌보는 게 먼저요」

그가 말했다.

「아니오, 그자…… 그자를 잡으세요……. 제발…… 그자를 잡아 주세요」

공포가 이번에는 그녀를 나약하게 하는 대신 뜻밖의 힘을 불러

검은 옷을 입은 사내 195

일으킨 모양이었다. 그녀는 자신을 괴롭히던 그 지긋지긋한 자를 잡고 싶은 강한 충동이 치미는 듯 같은 말을 반복했다.

「먼저 그자를 잡아 주세요……. 더 이상 이렇게는 살 수 없어요. 당신이 그자의 손아귀에서 절 구해 주셔야 해요……. 그러셔야 해요……. 더 이상 살 수가 없어요……」

그는 그녀를 풀어 주고 조심스럽게 긴 의자 위에 눕힌 다음 말했다.

「당신 말이 맞습니다……. 게다가 여긴 전혀 걱정할 게 없습니다……. 기다리십시오, 곧 돌아오겠습니다……」

그가 걸음을 떼어 놓으려는 순간 그녀가 서둘러 그의 손을 잡았다.

「하지만 당신은?」

「무슨 말씀인지?」

「혹시 그자가……」

그녀는 자신이 밀어붙인 그 최후의 싸움에서 뤼팽이 걱정되어 마지막 순간 그를 잡고 싶어진 모양이었다.

그가 중얼거렸다.

「고맙습니다. 걱정 마십시오. 제가 두려워할 게 뭐 있겠습니까? 놈은 혼자인걸요」

그는 그녀 곁을 떠나 창고 안쪽으로 들어갔다. 그의 예상대로 안쪽 벽에 사다리가 기대 세워져 있었다. 사다리를 올라가자 몇 시간 전 그로 하여금 악당들의 모임을 지켜볼 수 있도록 해 주었던 작은 천창이 나왔다. 말라이히는 바로 그런 방법으로 들레즈망가에 있는 자신의 집으로 돌아갔을 터였다.

기묘하게도 뤼팽은 말라이히가 그곳에 없을지도 모른다는 의심은 한순간도 하지 않았다. 반드시 그자를 만날 터였고, 두 사람이 벌여 온 그 무시무시한 결투는 끝을 볼 터였다. 이제 몇 분만 더 있으면 모든 것이 끝나리라.

다음 순간 뤼팽은 얼떨떨하지 않을 수 없었다. 손잡이를 잡자 손잡이가 돌아갔고, 문을 밀자 열리는 것이 아닌가. 별채의 문은 잠겨 있지 않았다.

그는 주방과 현관을 가로지른 다음 층계를 올라갔다. 그는 발소리를 죽이려고 애쓰지도 않고 거리낌 없이 걸었다.

층계참에서 그는 걸음을 멈추었다. 이마에서는 땀방울이 흘러내리고 있었고, 피가 몰린 탓에 관자놀이가 파들거렸다.

하지만 그는 감정을 억제한 채 사소한 생각에도 주의를 기울이며 침착함을 유지하고 있었다.

그는 계단 위에 권총 두 자루를 내려놓았다.

「무기는 필요 없어. 내 두 손, 내 두 손만 있으면 돼……. 그거면 충분해……. 그 편이 낫지」

그의 앞에는 문이 세 개 있었다. 그는 가운데 문을 택해 자물쇠를 돌렸다. 별다른 문제없이 문이 열렸다. 그는 안으로 들어갔다.

방 안에는 불빛이라고는 없었지만, 활짝 열린 창을 통해 달빛이 들어오고 있었다. 어둠 속에서 그는 침대의 하얀 휘장과 시트를 알아볼 수 있었다.

거기서 누군가 몸을 일으켰다.

다음 순간 뤼팽은 그 그림자 위로 손전등을 비추었다.

「말라이히!」

창백한 얼굴, 생기 없는 두 눈, 시체 같은 두 뺨, 앙상하게 야윈 목……. 바로 말라이히였다.

그가 뤼팽 바로 곁에서 움직이지 않고 있었다. 그 생기 없는 얼굴, 그 시체 같은 얼굴에는 최소한의 공포나 일말의 불안도 떠오르지 않는 듯했다.

뤼팽은 그에게 다가갔다. 한 걸음, 또 한 걸음, 또 한 걸음…….

사내는 움직이지 않았다.

그가 다가오는 것을 보기나 한 걸까? 무슨 일이 벌어지고 있는지 알고 있기나 한 걸까? 사내의 두 눈은 허공을 응시하고 있는 듯했다. 자신이 보는 것이 실제 모습이 아니라 환각에 사로잡혀 있다고 여기는 모양이었다.

다시 한 걸음…….

〈그는 자신을 방어하려 들겠지. 그래야 할 거야.〉

뤼팽은 생각했다.

뤼팽은 그를 향해 한쪽 팔을 뻗었다.

사내는 움직이지 않았다. 뒤로 물러서지도, 눈썹 하나 깜박이지도 않았다. 마침내 뤼팽의 손이 사내의 몸에 닿았다.

충격을 받고 어안이 벙벙해져 정신을 차리지 못한 쪽은 뤼팽이었다. 그는 사내의 몸을 밀어 침대에 눕히고 시트에 둘둘 말아 모포로 단단히 싼 다음 사냥감이라도 되는 것처럼 무릎 아래를 잡았다……. 하지만 사내에게서는 그 어떤 저항의 몸짓도 나오지 않았다.

「이런! 마침내 네 놈을 때려눕혔군, 가증스러운 녀석 같으니라고! 결국 내가 이겼단 말이다……!」

밖에서 무슨 소리가 들려왔다. 들레즈망가에서 누군가 그 집의 철책을 두드리고 있었다. 창가로 달려간 뤼팽이 외쳤다.

「당신이군, 베베르 부국장! 벌써 오다니! 빠르기도 하지! 정말

모범적인 시민의 심부름꾼이오! 철책 문을 닫으시오, 친구, 그리고 이리로 달려오시오. 잘 왔소」

 몇 분 만에 뤼팽은 포로의 호주머니를 뒤져 지갑을 손에 넣은 다음, 책상 서랍에서 서류를 찾아내 탁자 위에 펼쳐 놓고 내용을 살펴보았다.

 그는 기쁨의 비명을 내질렀다. 그 편지 꾸러미, 자신이 황제에게 돌려주겠다고 약속했던 그 문제의 편지 꾸러미가 거기 있었던 것이다.

 그는 다른 서류들을 제자리에 가져다 놓고 창가로 달려갔다.

「이제 됐소, 부국장! 들어와도 좋소! 침대 위에 케셀바흐의 살인범이 말끔하게 포장되어 끈으로 묶여 있소……. 그럼 이만, 부국장……」

 그런 다음 뤼팽은 재빨리 층계를 달려 내려가 창고로 갔다. 베베르가 집 안으로 들어가는 동안 뤼팽은 돌로레스 케셀바흐 곁으로 돌아왔다.

 그 혼자서 알텐하임의 부하 일곱 명을 체포한 셈이었다!

 또한 베일에 싸인 그 패거리의 우두머리, 그 파렴치한 괴물, 루이 드 말라이히를 법의 심판대에 넘긴 것이었다!

 널찍한 목재 발코니에 놓인 탁자 앞에 앉아 청년은 글을 쓰고 있었다.

 이따금 그는 눈을 들어 작은 언덕들을 응시했다. 가을이 되어 앙상해진 나무들에서 빌라의 붉은 지붕과 정원의 잔디 위로 마지막 잎사귀들이 떨어져 내리고 있었다. 청년은 고개를 숙이고 다시 글을 쓰기 시작했다.

잠시 후 그는 종이를 집어 들어 자신이 쓴 글을 소리 내어 읽었다.

우리의 나날은 물결치는 대로 흘러간다
어떤 흐름에 떠밀리듯이
우리의 나날은 기슭으로 밀려간다
죽어야만 닿을 수 있는 기슭으로.

「나쁘지 않군. 아마블 타스튀 부인(1798-1885. 프랑스의 시인, 번역자, 저술가로 교육 및 아동을 위한 글을 남겼다. 그녀의 시 〈몽상〉에서 모리스 르블랑은 아이디어를 얻은 것 같다——옮긴이)도 그보다 더 멋진 시를 쓰지는 못했을걸세. 요컨대 아무나 알퐁스 드 라마르틴(1790-1869. 프랑스 낭만주의의 대표적 시인으로 과거에 대한 회상이나 현실적인 실의에서 출발해 체념이나 희망으로 끝나는, 거침없는 감정이 토로된 글을 남겼다——옮긴이) 같은 대시인이 될 순 없는 법 아닌가」

청년의 뒤에서 누군가 말하는 소리가 들려왔다.

「당신……! 당신이군요!」

청년이 어찌할 바를 몰라 말을 더듬었다.

「그렇다네, 시인 친구, 바로 날세. 아르센 뤼팽이 친애하는 친구 피에르 르뒤크를 보러 왔다네」

피에르 르뒤크는 열에 뜬 사람처럼 몸을 떨기 시작했다.

「때가 된 겁니까?」

「그렇다네, 이 똑똑한 친구야. 몇 달 전부터 주느비에브 에른몽과 케셀바흐 부인의 발치에서 영위해 온 말랑말랑한 시인의 삶에서 벗어날 때가 되었네. 아니 잠시 그 생활을 접어 두고, 내 작품 속의 인물을 연기할 때가 된 걸세……. 단언하는데 멋진 작품이라네. 예술의 법칙을 충실히 지키며 전율과 웃음과 증오를 모두 갖춘 구성이 탄탄한 훌륭한 드라마일세. 이제 극은 5막에 이르렀고 대단원을 향해 가고 있네. 이 극의 영웅은 바로 자네일세, 피에르 르뒤크. 얼마나 영광스러운가!」

청년이 몸을 일으켰다.

「하지만 내가 거부한다면요?」

「어리석은 소리!」

「그래요, 만약 내가 거부한다면요? 무엇 때문에 내가 당신의 의지에 복종해야 합니까? 제대로 알지도 못하면서 이미 혐오스럽고 수치스럽게 느껴지는 그런 역할을 도대체 왜 내가 받아들여야 하는 겁니까?」

「어리석은 소리!」

뤼팽이 같은 말을 반복했다.

그런 다음 그는 피에르 르뒤크를 강제로 자리에 앉히고 자신도 그의 곁에 자리를 잡은 뒤 부드럽기 짝이 없는 목소리로 말했다.

「자네는 자네 이름이 피에르 르뒤크가 아니라 제라르 보푸레라는 사실을 완전히 잊고 있군, 청년. 자네가 피에르 르뒤크라는 멋진 이름을 갖게 된 것은 바로 자네, 제라르 보푸레가 피에르 르뒤크를 살해하고 그의 신분을 훔쳤기 때문이라는 사실을 말일세」

청년은 크게 분개해 펄쩍 뛰었다.
「당신 미쳤군요! 이 모든 것을 계획한 게 바로 당신이라는 걸 자신도 잘 알고 있으면서……」
「물론 그렇지, 난 그 사실을 잘 알고 있네. 하지만 내가 법정에 진짜 피에르 르뒤크가 타살되었고 자네가 그의 행세를 했다는 증거를 제시한다면 어떻게 될 것 같나?」
아연실색한 청년은 말을 더듬었다.
「사람들은 그 말을 믿지 않을 거예요. 어째서 제가 그런 짓을 한단 말입니까? 어떤 목적에서?」
「멍청한 친구 같으니라고! 자네의 목적은 너무나 명백해서 베베르 부국장도 알아챌 수 있을걸세. 자네는 자신도 모르는 그 역할을 맡고 싶지 않다고 할 테지만 사람들은 믿지 않을걸세. 자네는 그 역할이 어떤 건지 알고 있네. 죽지 않았다면, 피에르 르뒤크가 해야 할 역할일세」
「하지만 피에르 르뒤크란 내게도 그렇고 다른 이들에게도 그렇고 하나의 이름에 지나지 않습니다. 그는 어떤 사람이었습니까? 저는 어떤 사람입니까?」
「그걸 알아서 뭘 하겠나?」
「알고 싶습니다. 제가 어떻게 될지 알고 싶습니다」
「만약 자네가 그걸 안다면, 목표를 향해 매진하겠나?」
「그러죠. 만약 당신이 말하는 그 목표가 그럴 만한 가치가 있는 거라면요」
「그럴 가치도 없는데, 내가 그런 고생을 했을 것 같나?」
「전 누굽니까? 제 운명이 어떤 것이든 받아들일 테니 걱정 마십시오. 하지만 알고 싶습니다. 전 누굽니까?」

아르센 뤼팽은 모자를 벗어 들고 절을 하며 말했다.

「되퐁벨당츠 공국의 대공이자 베른카스텔의 공작, 트레브의 선거후(황제 선출권을 가진 귀족)이자 그 외 여러 지역의 영주이신 헤르만 4세 전하, 인사드립니다」

사흘 후 뤼팽은 케셀바흐 부인을 차에 태우고 국경 부근으로 갔다. 그 여행 동안 두 사람은 말이 없었다.
뤼팽은 비뉴가에 있는 그녀의 집에서 자신이 알텐하임 패거리들과 싸우러 가려 할 때 겁에 질린 돌로레스의 태도와 그녀가 한 말을 감동에 차서 떠올리고 있었다. 그녀 역시 그 일을 기억하고 있음이 분명했다. 왜냐하면 그녀는 그와 함께 있는 것을 어색해 했고 눈에 띄게 허둥대는 것처럼 보였던 것이다.
저녁무렵 그들은 수백 년 된 나무들이 늘어 선 커다란 정원으로 둘러싸인, 거대한 점판암 지붕을 이고 벽마다 잎사귀와 꽃들을 휘감고 있는 작은 성에 도착했다.
주느비에브가 이미 그곳에 와 있었다. 그녀는 옆 마을에 가서 하인으로 들일 그 지방 사람들을 알아보고 오는 길이었다.
「여기가 당신이 머무실 곳입니다, 부인. 브루겐 성이죠. 이 사건이 끝날 때까지 여기서 안전하게 지내실 수 있을 겁니다. 내일이면 제 연락을 받은 피에르 르뒤크가 이곳으로 지내러 올 겁니다」
그는 즉각 다시 길을 떠났다. 그는 벨당츠로 가서 발데마르 백작에게 되찾은 문제의 편지 꾸러미를 넘겨 주었다.
「내 조건들에 대해서는 당신도 알 거요, 친애하는 백작……. 무엇보다도 되퐁벨당츠의 가문을 다시 세우고 헤르만 4세 대공에게 공국을 돌려주어야 한다오」

「오늘부터 내가 섭정 위원회와 협상을 시작하겠소. 내가 입수한 정보에 따르면, 그 일은 어렵지 않을 것 같소. 하지만 문제의 헤르만 대공은……」

「전하께서는 현재 피에르 르뒤크라는 이름으로 브루겐 성에 머물고 계시오. 필요하다면 그분의 신원에 관한 모든 증거 자료들을 넘겨주겠소」

그날 저녁 뤼팽은 다시 파리를 향해 떠났다. 말라이히와 일곱 악당들의 소송을 추진하기 위해서였다.

이 사건을 둘러싼 여러 가지 세부 사항들이 모든 이들의 기억 속에 남아 있는 만큼, 사건이 어떻게 추진되었고, 그것이 어떤 방식으로 진행되었는지 다시 언급하는 것은 지루한 일이 될 것이다. 이만큼 큰 반향을 일으킨 사건도 찾아보기 힘들다. 두메 산골에 사는 세상과 담을 쌓은 촌부들까지도 이 사건에 대해 이야기 꽃을 피웠으니 말이다.

다만 내가 여기서 환기하고자 하는 것은, 이 사건의 수사와 예심 과정에서 아르센 뤼팽이 얼마나 큰 역할을 했는가 하는 점이다.

실제로 예심을 지휘한 것은 뤼팽이라고 해도 과언이 아니었다. 처음부터 그는 공권력을 대신해 수색을 명령하고 취해야 할 조치를 지시하고 피의자들에게 할 질문을 결정하고 모든 결과를 내다보지 않았던가…….

매일 아침 신문에 게재되는 너무나도 논리적이고 권위적인 공개 편지를 읽으며 얼떨떨하고 놀랐던 것을 기억하지 못하는 사람은 없을 것이다. 그 편지들에는 차례로 다음과 같은 서명이 되어 있었던 것이다.

예심판사 아르센 뤼팽.
검찰총장 아르센 뤼팽.
법무장관 아르센 뤼팽.
형사 아르센 뤼팽.

뤼팽은 그 일에 스스로도 놀랄 정도의 활력과 열정과 적극성을 기울였다. 평소에는 그렇게 빈정거리기 잘하는, 요컨대 기질적으로 그렇게 여유 있던 그였다.
하지만 이번에는 달랐다. 그는 증오에 사로잡혀 있었다.
그는 그 루이 드 말라이히라는 자를 증오하고 있었다. 그 잔인한 악당, 야비한 짐승에게 그는 줄곧 두려움을 품고 있었다. 이제 싸움에 패배해 감옥에 갇혀 있는 데도 그 괴물을 생각하면 뤼팽은 뱀 같은 것을 보고 느끼는 그런 혐오감과 공포를 강하게 느꼈다.
게다가 말라이히는 감히 돌로레스를 괴롭히지 않았던가?
〈그자는 도박을 걸었고 실패했어. 이제 목을 내놓아야 해.〉
뤼팽은 생각했다.
그것이야말로 그 지긋지긋한 적에 대한 뤼팽의 입장이었다. 어슴푸레한 새벽, 처형대 위에서 기요틴의 칼날이 죄인의 머리 위로 떨어지는 것이다…….

그런데 예심판사가 여러 달 동안 집무실에서 심문을 계속해 온 문제의 피의자, 앙상하게 뼈가 드러난 얼굴에 생기라고는 찾아볼 수 없는 눈빛을 한 그 해골 같은 사내는 정말이지 괴상하기 짝이 없는 자였다!

그는 정신이 나간 사람 같았다. 그의 정신은 멀리 다른 곳에 가 있었다. 그리고 질문 같은 것에는 신경조차 쓰지 않았다!

「내 이름은 레옹 마시에요」

그것이 그가 유일하게 입 밖에 낸 말이었다. 그런 다음 그는 외부로 통하는 마음의 문을 닫아걸었다.

뤼팽은 반박했다.

「거짓말이오. 페리괴에서 태어나 10세 때 고아가 된 레옹 마시에는 7년 전에 죽었소. 당신은 그의 신분증을 훔쳤소. 하지만 그의 사망 증명서에까지는 생각이 미치지 못한 모양이군. 여기 그 증서가 있소」

뤼팽은 판사에게 사망 증명서 사본을 제출했다.

「나는 레옹 마시에요」

피의자가 다시 말했다.

「거짓말 마시오. 당신은 18세기 독일 소귀족의 마지막 자손인 루이 드 말라이히요. 당신에겐 형이 하나 있었는데, 그자는 파버리, 리베이라, 알텐하임으로 차례로 이름을 바꾸었소. 당신이 그 형을 죽였소. 당신에겐 또 이질다 드 말라이히라는 여동생이 있소. 당신은 그 애 역시 죽였소」

「나는 레옹 마시에요」

「거짓말. 당신은 말라이히요. 여기 당신의 출생증명서가 있소. 이건 당신의 형 것이고, 이건 당신의 누이동생 거요」

뤼팽은 서류 세 통을 제출했다.

자신의 신원에 관한 것만 빼고는 말라이히는 조금도 스스로를 변호하려 들지 않았다. 자신에게 불리한 수많은 증거들이 제시되자 저항할 힘을 잃은 것일까? 검찰은 그가 직접 쓴 쪽지(필적 대조로 그의 글씨임이 확인된) 40점을 확보하고 있었다. 자신의 부하들에게 그가 직접 쓴 것으로 회수하긴 했으나 미처 찢어 버리지 못한 것들이었다.

이 쪽지들의 내용은 르노르망 국장과 구렐의 납치, 슈타인벡 노인에 대한 추적, 가르슈의 지하실 작업 등등, 모두 케셀바흐 사건에 관한 지시 사항이었다. 그러니 그가 어떻게 자신의 죄를 부인한단 말인가?

그런데도 몹시 기묘한 사실 한 가지가 검찰을 당황하게 했다. 자신들의 우두머리와의 대면에서 악당 일곱은 하나같이 그를 전혀 모르는 사람이라고 말했던 것이다. 그들은 대장을 만난 적이 없었다. 그들은 때로는 전화로, 때로는 어둠 속에서 말없이 재빨리 건네는 쪽지를 통해 그의 지시를 받았을 뿐이었다.

하지만 들레즈망가의 빌라와 고물상의 창고를 이어 주는 통로 또한 그들이 공모했다는 충분한 증거가 아니겠는가? 그 통로를 통해 말라이히는 자기 부하들을 감시할 수 있었을 터였다.

모순점들? 표면상 아귀가 맞지 않는 사실들? 뤼팽은 그 모든 것을 해명해 냈다. 재판 당일 아침 신문에 실린 유명한 기고문에서 뤼팽은 그 사건을 처음부터 설명하고, 그 내막을 폭로하고, 복잡하게 얽힌 상황을 풀어냈다. 그는, 팔라스 호텔에서 말라이히가 파버리 소령이라는 가명으로 처신하던 형의 방에 숨어 남의 눈에 띄지 않게 돌아다니며 케셀바흐와 호텔 종업원과 비서 채프먼을 살해했음을 밝혀 냈다.

그날의 심리를 모두 기억하고 있을 것이다. 무시무시한 동시에

맥 빠진 심리였다. 무시무시했던 것은 모두를 짓누르던 고통스러운 분위기와 머릿속을 떠나지 않는 피비린내 나는 범죄에 대한 기억 때문이었고, 우울하고 무겁고 답답하고 숨 막혔던 것은 피의자가 줄곧 지독하게 침묵을 지키고 있었기 때문이었다.

단 한 차례의 반항도, 단 한 번의 몸짓도, 단 한 마디의 말도 없었다.

밀랍 같은 얼굴을 한 그는 아무것도 보지 않고 아무것도 듣지 않는 것 같았다! 무시무시한 차분함과 무표정이 아닌가! 법정 안의 사람들은 몸을 떨었다. 겁에 질린 사람들은 그를 보며 하나의 인간이라기보다는 포악과 잔인과 살육과 파괴의 표상인 인도의 신이나 동양 전설 속의 귀신과도 같은 초자연적인 존재를 떠올렸다.

다른 악당들에 대해 말하자면, 사람들은 그들을 쳐다보지도 않았다. 그들은 압도적인 우두머리의 그늘에서 존재감을 잃은 하찮은 단역들일 뿐이었다.

가장 인상적인 것은 케셀바흐 부인의 증언이었다. 모두 깜짝 놀랐다. 심지어는 뤼팽도 놀라지 않을 수 없었다. 이제까지 자신의 은거지조차 알리지 않고 판사의 소환에 한 번도 응한 적이 없던 돌로레스가 상심하는 미망인의 모습으로 나타나 남편의 살인범에 대해 반박할 수 없는 증언을 했던 것이다.

그녀는 피고를 오랫동안 응시한 다음 짤막하게 말했다.

「비뉴가의 내 집에 침입한 것도 저 사람이고, 나를 납치한 것도 저 사람이고, 고물상의 창고에 나를 가둔 것도 저 사람입니다. 얼굴을 알아볼 수 있어요」

「분명합니까?」

「신과 여러분 앞에서 맹세합니다」

이틀 후 루이 드 말라이히는 사형을 선고받았다. 그의 그런 무거운 형량에는 공범들의 형량까지 더해진 모양이었다. 공범들은 정상 참작의 혜택을 입었던 것이다.

「루이 드 말라이히, 더 할 말 없소?」

배심원장이 물었다.

그는 대답하지 않았다.

뤼팽이 보기에는 한 가지 의문이 남아 있었다. 도대체 어떤 이유에서 말라이히는 이 모든 범죄를 저지른 것일까? 그는 무엇을 원한 것일까? 그의 목적은 무엇이었을까?

머잖아 뤼팽은 그 대답을 알게 된다. 그날이 다가오고 있었다. 그날이 되면 그는 절망에 치명적으로 강타당한 가운데 공포로 숨을 헐떡거리며 끔찍한 진실을 마주하게 될 터였다.

그런 생각이 뇌리를 스치긴 했지만 뤼팽은 더 이상 말라이히 사건에 관심을 갖지 않았다. 멀리서 케셀바흐 부인과 주느비에브의 평화로운 생활을 지켜보며 마음을 놓은 그는 자신의 말대로 완전히 딴 사람이 되기로 결심했다. 벨당츠에 보냈던 장 두드빌에게서 마침내 소식이 왔다. 독일 궁정과 되퐁벨당츠 섭정 위원회 사이에 진행되고 있는 협상 내용을 전부 보고받은 그는 과거를 청산하고 미래를 준비하는 데 모든 시간을 썼다.

케셀바흐 부인이 지켜보는 가운데 자신이 영위하고자 하는, 이제까지와는 전혀 다른 삶을 떠올리면서 그는 새로운 야망과 예기치 않은 감정으로 흥분했다. 그 뜻밖의 감정에 돌로레스의 모습이 뒤섞여 떠오르는 이유를 뤼팽 자신도 정확히 알 수 없었다.

몇 주일에 걸쳐 그는 앞으로의 평판을 위태롭게 할 수 있는 온갖 증거를 없애고, 추적의 손길이 자신에게까지 미칠 경우에 대비해 모든 흔적을 지웠다. 그는 옛 친구들 각각에게 충분한 재산을 주어서 그들이 필요한 은신처를 구할 수 있도록 했고, 자신은 남아메리카로 떠날 것이라며 그들과 작별인사를 했다.

상황을 깊이 있게 연구하고 치밀하게 숙고하며 밤을 보낸 어느 날 아침, 마침내 그는 이렇게 외쳤다.

「이제 끝났군. 더 이상 걱정할 게 없어. 과거의 뤼팽은 죽었어. 새로 태어났다고」

하인이 그에게 독일에서 온 전보를 가져다 주었다. 기다리던 내용이었다. 베를린 궁정의 강력한 영향 하에 있던 공국 섭정 위원회는 그 문제를 황제 선출권을 가진 공국 선거후들의 결정에 일임했고, 역시 섭정 위원회의 강력한 영향 하에 있던 선거후들은 옛 벨당츠 가문에 대한 굳건한 지지를 다짐했다는 것이다. 발데마르 백작이 각각 귀족과 군대와 관가를 대표하는 세 사람과 함께 브루겐 성으로 가서 헤르만 4세 대공의 신분을 확인한 다음 대공이 선대의 공국으로 영광스럽게 입국하는 일에 대한 온갖 준비를 전하와 의논하는 임무를 맡았다는 것이었다. 그 일은 다음 달 초에 이루어질 터였다.

「이번엔 정말 성공이군. 케셀바흐의 대계획이 이루어지는 거야. 이제 남은 일은 내가 쥐고 있는 피에르 르뒤크라는 패로 발데마르를 잡을 수 있는가 하는 것뿐이야. 그거야 식은 죽 먹기지! 내일 주느비에브와 피에르의 결혼이 공시될 거야. 그럼 그 애는 발데마르에게 대공의 약혼녀로 소개되겠지!」

몹시 흐뭇해진 그는 차를 타고 브루겐 성으로 갔다.

그는 차 안에서 노래를 부르고 휘파람을 불면서 운전수에게 말했다.

「옥타브, 자네가 모시고 가는 분이 누군지 아나? 이 세상의 주인이라네······. 그렇다네, 친구. 놀랍지 않나? 그렇고말고, 틀림없는 사실이지. 나는 이 세상의 주인이라네」

그는 손바닥을 문질러 대며 독백을 계속했다.

「어쨌든 긴 여정이었어. 이 싸움을 시작한 지 이제 1년이 되었군. 내가 해 온 것 중 가장 어려운 싸움이었던 게 사실이야······. 빌어먹을, 정말이지 대가들의 혈투였다고······!」

그런 다음 그는 다시 말했다.

「이번엔 성공이야. 적들은 모두 침몰해 버렸어. 목표와 나 사이에 더 이상 장애물은 없어. 광장은 비어 있으니, 건축을 시작하자고! 재료도 일꾼도 수중에 있으니 건물을 세우자고, 뤼팽! 네게 어울리는 멋진 궁을 짓자고!」

그는 성안 사람들에게 자신의 도착을 알리지 않기 위해 몇 백 미터 떨어진 곳에 차를 세우게 한 다음 옥타브에게 말했다.

「자네는 20분 후, 그러니까 4시에 성안으로 들어와 정원 구석의 작은 별채에 짐들을 내려놓게. 그곳이 앞으로 내가 거처할 곳이라네」

첫 번째 모퉁이를 돌자 보리수가 죽 늘어서 있는 어둑한 오솔길 끝에 성의 모습이 나타났다. 현관 앞 층계를 지나가는 주느비에브의 모습이 보였다.

뤼팽의 가슴이 부드럽게 벅차올랐다.

「주느비에브, 주느비에브······ 주느비에브······. 죽어 가는 네 어머니에게 했던 약속이 이제야 이루어지는구나······. 주느비에브 대공비……. 나는 눈에 띄지 않게 그 애 곁에 머물면서 그 애의 행복을 지켜 주는 거야……. 뤼팽의 대작전을 하나하나 수행해 나가면서 말이야」

그는 웃음을 터뜨리며 오솔길 왼쪽에 서 있는 나무들 뒤로 펄쩍 뛰어 들어가서는 빽빽한 덤불을 따라 걷기 시작했다. 그렇게 해서 뤼팽은 성의 거실이나 전면 방들의 창에서 내다보는 이들의 눈에 띄지 않은 채 성안으로 들어갈 수 있었다.

그는 돌로레스의 눈에 띄기 전에 자신이 먼저 그녀를 보고 싶었다. 주느비에브라는 이름을 되뇌었던 것처럼 그는 돌로레스라는 이름을 여러 차례 중얼거렸다. 하지만 이번에는 강한 감정이 치밀어 올라 그 자신도 놀랐다.

「돌로레스…… 돌로레스……」

그는 복도를 따라 살그머니 걸어 식당에 이르렀다. 그곳에서는 유리창을 통해 거실의 절반가량을 볼 수 있었다.

그는 유리창 앞으로 다가갔다.

돌로레스는 긴 의자 위에 편안하게 누워 있었고, 피에르 르뒤크가 그녀 앞에 무릎을 꿇은 채 황홀한 표정으로 그녀를 바라보고 있었다.

유럽 지도

피에르 르뒤크는 돌로레스를 사랑하고 있었다!

뤼팽은 마음 깊은 곳에 날카로운 고통을 느꼈다. 마치 삶의 근본적인 부분에 타격을 입은 것 같았다. 고통이 어찌나 심했던지 그는 그동안 의식하지 못한 가운데 돌로레스가 자신에게 어떤 존재로 자리 잡고 있었는지를 처음으로 깨달았다.

피에르 르뒤크는 돌로레스를 사랑하고 있었다. 그는 사랑하는 여인을 바라보는 눈빛으로 그녀를 바라보고 있었던 것이다.

뤼팽은 맹목적이고 광포한 살인 충동을 느꼈다. 그 눈길, 젊은 여인을 향한 그 사랑의 눈길이 그를 미치게 했다. 젊은 여인과 청년은 장엄한 침묵에 감싸여 있는 듯했다. 그 침묵 속에서, 그 부동의 동작 속에서 살아 있는 것은 오직 그 사랑의 시선, 그 관능적인 무언의 찬가뿐이었다. 청년의 두 눈에는 온갖 열정과 욕망과 열광, 한 존재가 다른 존재에게 바치는 몰입이 담겨 있었다.

뤼팽은 케셀바흐 부인에게로 시선을 돌렸다. 돌로레스의 눈동자는 검고 긴 속눈썹이 달린 보드라운 눈꺼풀에 가려져 보이지 않았다. 하지만 그녀 역시 청년의 눈길이 자신의 눈길을 찾는 사랑의 시선임을 느끼고 있을 것이 아닌가! 그 미세한 애무를 받으며 몸을 떨고 있지 않은가!
「그녀도 그를 사랑하고 있군……. 그녀도 그를 사랑하고 있어」
뤼팽은 질투에 불타 중얼거렸다.
이윽고 피에르 르뒤크가 몸을 움직였다.
「이런! 저 비열한 자식, 감히 그녀에게 손을 대면 죽여 버리겠어」
그는 자신이 이성을 잃고 있다는 사실을 깨닫고 정신을 차리려 애쓰며 생각했다.
「이토록 어리석다니! 뤼팽, 사태가 이렇게 되도록 방치하다니……! 맞아, 그녀가 저 녀석을 사랑하는 건 너무나 당연해……. 그래, 그런데도 너는 그녀가 네게 특별한 감정…… 어떤 혼란 같은 걸 느끼고 있다고 여기다니……. 이렇게 어리석을 수가, 넌 일개 강도, 일개 도둑에 지나지 않아……. 하지만 저 녀석은 공작인 데다가 젊어……」
피에르는 더 이상 움직이지 않았다. 그의 입술이 움직였을 뿐이었다. 돌로레스가 잠에서 깬 모양이었다. 천천히 부드럽게 눈꺼풀을 들어 올린 그녀는 고개를 조금 돌렸다. 그녀의 두 눈이 똑같은 눈빛으로 청년을 응시했다. 스스로를 바치고 내어 주는, 깊디깊은 입맞춤을 담은 눈빛이었다.
순간 천둥이라도 치는 것처럼 갑작스럽게 몸을 날려 거실로 들어간 뤼팽은 청년을 덮쳐 그를 바닥에 내동댕이쳤다. 그런 다음 청년의 가슴을 무릎으로 누른 채 케셀바흐 부인을 향해 몸을 일으키며 외쳤다.

「그러니까 당신은 모른단 말입니까? 이 교활한 녀석이 당신한테 얘기하지 않던가요……? 당신은 이 녀석을 사랑하는 겁니까? 이 녀석이 대공이라서요? 이런! 정말 우습군요……!」

그가 분노에 차서 이죽거리는 동안 돌로레스는 어리둥절한 얼굴로 그를 쳐다보고 있었다.

「이 녀석이 대공이라니! 되퐁벨당츠의 헤르만 4세라니! 현재의 통치자라니! 대선거후라니! 정말 우스워 죽겠군요. 이 녀석이 그렇다니! 이 녀석의 이름은 보푸레, 제랄드 보푸레로 떠돌이 중의 떠돌이랍니다……. 내가 진흙탕에서 거둬 준 거란 말입니다. 대공이라고요? 이 녀석을 대공으로 만들어 준 건 바로 납니다! 하하하! 정말 우습군요……. 이 녀석이 스스로 새끼손가락을 자르는 걸 봤어야 하는데……. 세 차례나 기절했지요……. 물에 빠진 암탉 꼴이었습니다……. 이런! 자네가 감히 귀부인에게 눈을 돌리다니……. 감히 주인에게 반항하다니……. 두고 보세, 되퐁벨당츠 대공」

뤼팽은 무슨 짐이라도 되는 것처럼 청년을 번쩍 들어 올려 한순간 흔들다가 열린 창문 밖으로 내던졌다.

「장미 나무를 조심하게, 대공. 가시가 있으니 말일세」

몸을 돌린 그의 앞에 돌로레스가 서 있었다. 그녀는 그가 한 번도 보지 못한 눈빛으로 그를 바라보고 있었다. 증오와 분노로 이글거리는 여자의 눈이었다. 이 여자가 연약하고 아픈 돌로레스란 말인가?

그녀가 더듬거리며 말했다.

「도대체 무슨 짓이죠……? 당신이 어떻게……? 그리고 저 사람은……? 그렇다면 당신 말이 사실인가요……? 저 사람이 거짓말을 한 건가요?」

「저 녀석이 거짓말을 했다면요……? 저 녀석이 거짓말을 했다면요? 저 대공께서 말입니다! 저 녀석은 그저 지조 없는 인간, 내 기분에 맞게 곡조를 연주하는 내 악기일 뿐입니다! 이런! 얼간이 같은 녀석! 바보 같은 녀석!」

또다시 분노에 휩싸인 뤼팽은 발을 굴러 대며 열린 창문 너머로 주먹을 들어 보였다. 이어 거실 이쪽 끝에서 저쪽 끝까지 왔다 갔다 하기 시작했다. 그는 마음속의 과격한 생각을 드러내는 말들을 내뱉었다.

「얼간이 같은 녀석! 내가 자신에게 뭘 기대하는지 몰랐단 말인가? 이런! 그렇다면 녀석의 머릿속에 해야 할 일을 강제로 주입시켜 주지. 고개 들어, 이 멍청한 친구야! 자넨 내 뜻에 따라 대공이 될 거야! 통치자가 되는 거야! 국가 원수의 세비와 부릴 하인들을 갖게 되겠지! 또 샤를마뉴 대제의 후계자인 독일 황제가 새로 지어 줄 궁전도 갖게 될 거야! 그리고 뤼팽이라는 주인을 갖게 되는 거라고! 무슨 말인지 알겠나, 이 멍청한 친구야? 고개 들어, 빌어먹을, 더 들란 말이야! 하늘을 쳐다봐. 되퐁 가의 후손인 진짜 피에르 르뒤크가 황제의 가문인 호엔촐레른 가의 명예를 회복하지 못한 채 도둑질이나 하다가 목매달고 죽은 일을 떠올려 봐. 이젠 자네가 바로 되퐁이야. 제기랄, 그저 되퐁일 뿐이라고. 하지만 여기 내가 있어. 뤼팽이 있단 말이야! 단언하는데 자넨 대공이 될 거야. 이름뿐인 대공이 아니냐고? 맞아, 하지만 어쨌든 대공이야. 내 숨결로 움직이고, 내 열기로 타오르는 대공이긴 하지만 말이야. 꼭두각시라고? 그래. 내가 하라는 말을 하고, 내가 시키는 대로 행동하고, 내 의지를 구현하고, 내 꿈을 실현시키는 꼭두각시지……. 그래…… 내 꿈 말이야」

그는 내면의 멋진 꿈에 눈이 부신 듯 그 자리에서 꼼짝도 하지 않았다.

이윽고 돌로레스에게 다가간 그는 알지 못할 흥분이 담긴 탁한 목소리로 말했다.

「내 왼쪽에는 알자스로렌 지방이…… 오른쪽에는 바덴, 뷔르템베르크, 바이에른 지방이 있습니다……. 독일 남부의 이 지방들은 프로이센의 샤를마뉴 대제의 후계자, 곧 현재의 독일 황제 빌헬름 3세에게 짓밟혔지만 충성심이 약하고 불평이 많지요. 하지만 이제 이 주들은 불안한 가운데 압제를 벗어던질 만반의 준비가 되어 있습니다……. 그 와중에서 나 정도의 인물이 무슨 일을 할 수 있는지 아십니까? 독립에 대한 갈망을 일깨우고, 증오를 부채질하며, 저항과 분노를 촉발시킬 수 있단 말입니다」

그런 다음 그는 목소리를 낮춰서 다시 반복했다.

「왼쪽에는 알자스로렌 지방이 있습니다……! 무슨 말인지 아시겠습니까? 그건 그러니까 지금은 꿈입니다! 하지만 훗날에는 현실이 될 겁니다. 그렇습니다…… 그게 제 바람입니다……. 그게 제 바람이란 말입니다……. 이런! 제가 바라는 일들, 내가 하려는 일들은 그 누구도 생각지 못했던 겁니다……! 생각해 보십시오, 알자스 지방 바로 옆이 독일입니다! 라인 강가란 말입니다! 약간의 계략, 약간의 기지만 있으면 세상을 뒤흔들 수 있습니다. 그 기지를 저는 갖고 있습니다……. 저는 그걸 팔 겁니다……. 그래서 주인이 될 겁니다! 이끄는 자가 될 겁니다. 저 녀석, 저 꼭

두각시한테는 지위와 명예를 주고…… 저는 권력을 갖겠습니다! 저는 전면에 나서지 않겠습니다. 직책도 갖지 않겠습니다. 장관도, 심지어는 시종도 하지 않겠습니다! 아무것도요. 그저 궁의 하인이 되겠습니다. 정원사일 수도 있지요……. 그렇습니다, 정원사……. 이런! 얼마나 멋진 삶입니까! 꽃을 가꾸면서 유럽 지도를 바꾸다니요!」

그녀는 사내의 힘에 압도된 채 홀린 듯이 그를 바라보고 있었다. 두 눈에는 감탄의 표정이 떠올라 있었다. 그녀는 그것을 감추려고도 하지 않았다. 뤼팽은 젊은 여인의 어깨에 두 손을 얹으며 말했다.

「이게 제 꿈입니다. 이 꿈이 아무리 허황된 것처럼 보여도 단언하건대 반드시 이룰 겁니다. 카이저는 이미 제 가치를 알아보았습니다. 언젠가 저는 그와 정면으로 맞설 겁니다. 모든 패가 제 수중에 들어 있습니다. 발랑그래 총리는 나를 위해 일해 줄 겁니다……! 영국 역시 협조할 겁니다…. 게임은 시작되었습니다……. 이것이 제 꿈입니다……. 또 하나의 꿈이 있다면……」

그는 갑자기 말을 끊었다. 돌로레스는 그에게서 눈을 떼지 않았다. 넘쳐 오르는 감정이 그녀의 얼굴을 동요시키고 있었다.

다시 한번 커다란 기쁨이 그의 가슴속을 파고들었다. 자신과 함께 있다는 사실에 여인이 동요하는 것을 뚜렷이 느낄 수 있었던 것이다. 그녀는 이제 그를 일개 도둑이나 강도로서가 아니라, 사랑에 빠진 한 사내로서 보고 있었다. 그의 사랑이 그녀의 가슴 깊은 곳에서 표현되지는 않지만 벅찬 감정을 불러일으키고 있었다.

그는 입을 다물었다. 침묵 속에서 그녀를 향한 애정과 사랑의 말을 쏟아 놓았다. 그녀와 둘이 벨당츠에서 멀지 않은 곳에 정착해 모두로부터 잊혀지는 동시에 최고의 권력을 누리는 삶을 그는 꿈꾸고 있었다.

긴 침묵이 그들을 이어 주고 있었다. 이윽고 그녀가 자리에서 일어나 부드럽게 말했다.

「그만 가세요. 제발 가 주세요……. 피에르는 주느비에브와 결혼할 거예요. 당신에게 약속드리죠. 하지만 당신은 가시는 게 낫겠어요……. 여기 계시지 않는 편이 좋겠어요……. 가세요, 피에르는 주느비에브와 결혼할 거예요……」

그는 다음 말을 기다리며 잠시 서 있었다. 좀 더 분명한 말을 듣고 싶었는지도 몰랐다. 하지만 감히 아무것도 요구할 수가 없었다. 그는 경탄과 도취에 싸인 채 그녀 앞을 물러났다. 그녀에게 복종하고 그녀의 운명에 자신의 운명을 맞추는 것은 얼마나 감미로운지!

문을 향해 걷던 그는 낮은 의자에 부딪혔다. 그는 의자를 옮겼다. 그러자 발에 뭔가 걸렸다. 그는 아래를 내려다보았다. 금으로 문양을 새긴, 흑단으로 된 작은 손거울이 떨어져 있었다.

문득 그는 소스라치게 놀라며 서둘러 거울을 주웠다.

문양은 글자 두 개가 서로 얽혀져 만들어진 것이었는데, 그 두 개의 글자가 바로 L과 M이었던 것이다.

「루이 드 말라이히」

뤼팽이 몸을 떨며 중얼거렸다.

그는 돌로레스 쪽으로 몸을 돌렸다.

「이 거울 어디서 났습니까? 이건 누구 겁니까? 정말 중요한 문제입니다……」

그녀는 손거울을 받아 들어 살펴보았다.
「모르겠어요……. 처음 보는 물건인데…… 아마 하인의 것이겠죠」
「그렇군요, 하인의 것이겠군요. 하지만 정말 이상하군요……. 이런 우연의 일치가……」
그가 말했다.
그 순간 주느비에브가 거실 문을 열고 들어왔다. 가리개 뒤에 있던 뤼팽을 보지 못한 그녀는 즉각 소리쳤다.
「이런! 당신 거울이군요, 돌로레스……. 찾으셨군요……? 얼마 전부터 찾아 달라고 하셨잖아요……! 어디 있었어요?」
그런 다음 주느비에브는 이렇게 말하며 방을 나갔다.
「아! 잘됐어요. 다행이네요……! 걱정하셨잖아요……! 더 이상 찾을 필요 없다고 얘기해 주고 와야겠어요……」
뤼팽은 어리둥절한 채 그 자리에서 꼼짝도 하지 않았다. 사태를 이해하려 애썼으나 헛일이었다. 어째서 돌로레스는 사실대로 말하지 않은 것일까? 어째서 이 거울이 자기 거라고 즉각 인정하지 않은 것일까?
한 가지 생각이 그의 뇌리를 스쳤다. 그는 되는 대로 질문을 던졌다.
「당신은 루이 드 말라이히를 알고 계셨습니까?」
「그래요」
그녀는 그가 무슨 생각을 하고 있는지 알아내려는 듯 그를 살피며 대답했다.
그는 극도로 흥분해 그녀에게 다가갔다.
「당신이 그자를 알고 있었다고요? 그자는 누굽니까? 도대체 누굽니까? 그런데 어째서 아무 얘기도 하지 않은 겁니까? 그자를 어디서 아셨습니까? 말해 주십시오……. 대답해 주십시오……. 제발……」

「그럴 수 없어요」

그녀가 대답했다.

「대답하셔야 합니다……. 반드시 대답하셔야 합니다……. 생각해 보십시오! 루이 드 말라이히는 살인범입니다! 괴물이란 말입니다……! 어째서 지금까지 아무 말도 하지 않은 겁니까?」

이번에는 그녀가 뤼팽의 어깨에 두 손을 얹고는 아주 단호한 목소리로 말했다.

「내 말 잘 들으세요. 다시는 그런 걸 묻지 마세요. 왜냐하면 저는 결코 대답하지 않을 테니까요……. 그건 내가 무덤 속까지 가져가야 할 비밀이에요……. 무슨 일이 일어나도 아무도 그 사실을 알아서는 안 돼요. 결단코 그 누구도……」

몇 분 동안 그는 정신을 차리지 못하고 불안한 마음으로 그녀 앞에 서 있었다.

자신이 그 무서운 비밀을 밝히라고 요구했을 때 슈타인벡이 보였던 침묵과 두려움이 그의 머릿속에 떠올랐다. 돌로레스 역시 그 비밀을 알고 있었지만 입을 다물고 있었던 것이다.

그는 말없이 방을 나갔다.

넓은 정원과 시원한 공기가 기운을 회복시켜 주었다. 그는 정원의 담장을 지나 오랫동안 들판을 배회했다. 그가 중얼거렸다.

「도대체 무슨 일일까? 무슨 일이 벌어지고 있는 것일까? 벌써 여러 달에 걸쳐 싸우고 행동하면서 나는 내 계획을 이루어 줄 모든 인물들을 조종해 왔어. 그러면서도 그들을 들여다보고, 그들의 마음과 머릿속에서 무슨 일이 일어나는지 살펴보는 것을 까맣게 잊고 있었던 거야. 나는 피에르 르뒤크가 무슨 생각을 하는지, 주느비에브의 본심이 어떤 건지, 돌로레스가 어떤 사람인지 모르고 있어……. 그들은 살아 있는 인간들인데, 나는 그들을 인형 취급했던 거야. 그래서 오늘 장애물에 부딪친 거지……」

그는 발을 구르며 소리쳤다.

「눈에 보이지 않는 장애물에 부딪친 거라고! 주느비에브와 피에르의 감정 같은 건 아무래도 좋아……. 그들에게 행복을 안겨 준 다음 나중에 벨당츠에서 알아보면 되니까. 하지만 돌로레스…… 그녀가 말라이히를 알면서 아무 말도 안 하다니……! 이유가 뭘까? 그들은 어떤 관계일까? 그녀는 그자가 두려운 걸까? 그자가 감옥을 탈출해 복수하러 올까 봐 두려운 걸까?」

어둠이 내리자 그는 정원 끝 별채로 가서 고약한 기분으로 저녁을 먹었다. 식사 시중을 드는 옥타브에게 반응이 너무 느리다, 너무 빠르다 투덜대면서.

「이젠 지긋지긋해. 혼자 있게 해 주게……. 오늘 자네는 실수투성이군……. 그리고 이 커피는? 이렇게 맛이 역겨울 수가 있나」

그는 커피가 반쯤 남아 있는 잔을 밀어 놓고 두 시간 동안 정원을 산책하며 같은 생각을 곱씹었다. 마침내 한 가지 가설이 그의 머릿속에서 모습을 드러냈다.

「말라이히가 감옥에서 탈출한 거야. 그자가 케셀바흐 부인에게

겁을 준 거라고. 지금쯤 그자는 이미 그녀를 통해 이 손거울 사건을 알고 있겠지……」

뤼팽은 어깨를 으쓱했다.

「그렇다면 그자는 오늘 밤 은밀히 내 발목을 잡으러 올 거야. 이런, 내가 무슨 허튼소리를 하고 있는 거지? 가서 자는 게 최선이야」

그는 자기 방으로 돌아가 침대에 누웠다. 그는 즉각 잠 속으로 빠져 들어갔다. 악몽으로 어수선한 개운치 않은 잠이었다. 그는 두 차례 잠에서 깨어 촛불을 켜고 싶었지만 얼빠진 사람처럼 두 차례 모두 다시 쓰러지고 말았다.

마을 시계탑의 종소리가 들려왔다. 아니 어쩌면 들었다고 착각한 것일지도 몰랐다. 그는 일종의 마비 상태에 빠져 있었던 것이다. 머릿속이 온통 몽롱했다.

꿈들이 그를 괴롭혔다. 고통스럽고 무시무시한 꿈들이었다. 한 순간 그는 자기 방 창문이 열리는 소리를 또렷이 들었다. 감긴 눈꺼풀 너머로, 짙은 어둠 너머로 어떤 형체가 다가오는 것을 확실하게 볼 수 있었다.

그 형체는 누워 있는 뤼팽 위로 몸을 기울였다.

뤼팽은 믿을 수 없을 정도로 강한 힘으로 눈꺼풀을 들어 올리고 상대를 바라보았다……. 아니 그러려고 노력했다. 자신은 꿈을 꾸고 있는 것일까? 깨어 있는 것일까? 그는 그 사실을 알기 위해 필사적으로 애썼다.

또다시 어떤 소리가 들려왔다……. 곁에서 성냥 통을 집어 드는 소리였다.

「이제 확실히 보이겠군」

그가 몹시 기뻐하며 생각했다.

성냥이 그어졌다. 촛불에 불이 붙었다.

뤼팽은 머리부터 발끝까지 땀이 흘러내리고 있음을 느꼈다. 다음 순간 그는 공포로 심장이 멎는 것 같았다. 그자가 앞에 서 있었던 것이다.

이런 일이 가능할까? 아니, 그럴 수는 없었다……. 하지만 그의 눈이 보고 있지 않은가……. 이런! 너무나도 끔찍한 장면이 아닌가……! 그자, 그 괴물이 그의 앞에 서 있는 것이다.

「이럴 순 없어…… 이럴 순 없어……」

뤼팽이 겁에 질려 중얼거렸다.

그 사내, 그 괴물은 검은 옷에 가면을 쓰고 금발에 중절모를 눌러쓴 채 서 있었다.

「이런! 나는 꿈을 꾸고 있어……. 나는 꿈을 꾸고 있는 거라고…… 이건 악몽이야……」

뤼팽이 웃으며 중얼거렸다.

온 힘을 다해, 온 의지를 기울여 그는 팔을 뻗어 유령을 쫓아버리려 했다.

하지만 그럴 수가 없었다.

문득 그는 기억해 냈다. 저녁 때 마신 커피였다! 맛이 고약했던 그 커피…… 벨당츠에서 마셨던 커피와 똑같은 맛이었다……. 그는 비명을 내지르고 움직이려 안간힘을 쓰다가 이윽고 기운이 빠져 다시 쓰러지고 말았다.

정신이 몽롱한 가운데 뤼팽은 그자가 자신의 셔츠 위쪽을 헤쳐 목이 드러나게 한 다음 한쪽 팔을 들어 올리는 것을 느낄 수 있었다. 사내의 손에는 비수 자루가 쥐어져 있었다. 케셀바흐, 채프

먼, 알텐하임, 그리고 그 외 많은 이들을 향해 내리친 바로 그 강철 비수였다…….

몇 시간 후 뤼팽은 피곤에 지친 채 입 안에 쓴 맛을 느끼며 잠에서 깼다.

몇 분 동안 정신을 가다듬으며 가만히 누워 있던 그는 갑자기 기억이 되살아나는 듯 누군가 자신을 공격하고 있는 것처럼 본능적으로 방어 자세를 취했다.

「정말 바보 같군……. 그건 악몽이었어. 환각이었다고. 조금만 생각해 보면 충분히 알 수 있는 일이잖아. 그자가 정말 왔다면, 지난 밤 나를 내리치기 위해 팔을 들어올린 것이 정말 피와 살을 지닌 사람이었다면, 그는 닭 모가지를 따듯이 내 목을 베고 말았을 거야. 그자는 주저하지 않아. 논리적으로 생각하자고. 어째서 그자가 날 봐주겠어? 내 두 눈이 아름다워서? 아니야, 내가 꿈을 꾼 거야. 그뿐이라고……」

뤼팽은 휘파람을 불며 옷을 입으면서 평온을 되찾으려 애썼지만 그의 머리는 줄곧 회전하고 있었고, 눈으로는 뭔가를 찾고 있었다…….

마룻바닥에도, 창틀에도 아무 흔적이 없었다. 그의 방은 1층이었고, 창문을 열어 둔 채 자고 있었으므로, 공격자는 창을 통해 들어왔을 것이 분명했다.

하지만 그는 아무것도 발견할 수 없었다. 바깥 벽 아래에도, 별채로 통하는 오솔길의 모래 위에도 아무 흔적이 없었다.
「하지만…… 하지만……」
그는 입안에서 중얼거렸다.
그는 옥타브를 불렀다.
「어젯밤 내게 가져온 커피를 어디서 만들었나?」
「성에서 가져왔습니다, 두목. 다른 음식들도 그렇고요. 여기에는 화덕이 없어서요」
「자네도 그 커피를 마셨나?」
「아니오」
「찻주전자 속에 남은 커피는 버렸나?」
「물론이죠, 두목. 맛이 고약하다고 하셨잖아요. 두목은 몇 모금밖에 마시지 않으셨어요」
「알았네. 자동차를 준비하게. 나가 봐야 하네」
뤼팽은 의혹을 곱씹고 있을 형의 인간이 아니었다. 그에겐 돌로레스와 관련해 명확한 설명이 필요했다. 그러기 위해 그 전에 모호하게 여겨지는 몇 가지 사항을 분명히 밝혀 내야 했고, 벨당츠에서 상당히 이상한 정보를 보내 온 두드빌을 만나 볼 필요가 있었다.
그는 곧장 공국으로 차를 몰게 했다. 2시경 그는 그곳에 닿았다. 발데마르 백작을 면담한 그는 그럴싸한 구실을 대고 섭정 위원회 대표들의 브루겐 방문을 늦추어 줄 것을 요청했다. 그런 다음 그는 벨당츠의 한 주점에서 두드빌을 만났다.
두드빌은 그를 다른 주점으로 데려가, 남루한 차림의 자그마한 사내를 소개했다. 헤르(Herr, 영어의 미스터와 같은 뜻의 독일어) 스토클리라는 그 사내는 호적과 직원이었다.

그들의 대화는 길었다. 그들은 함께 밖으로 나왔다. 세 사람은 남몰래 시청 사무실로 들어갔다. 7시, 뤼팽은 저녁 식사를 하고 다시 출발했다. 10시, 그는 브루겐 성에 도착했다. 그는 함께 케셀바흐 부인의 방으로 가 달라고 하기 위해 주느비에게 갔다.

하지만 하녀의 말이 에른몽 양은 할머니의 전보를 받고 파리로 갔다는 것이었다.

「알았네. 하지만 케셀바흐 부인은 계시겠지?」

그가 물었다.

「마님은 저녁 식사를 하시자마자 내실로 들어가셨습니다. 분명 주무실 겁니다」

「그렇지 않을걸세. 부인의 방에 불이 켜져 있는 걸 봤네. 날 만나 주실걸세」

케셀바흐 부인에게서 즉각 대답이 왔다. 하녀를 따라 내실로 들어간 그는 하녀를 보낸 다음 돌로레스에게 말했다.

「드릴 말씀이 있습니다, 부인. 급한 일이라서……. 용서하십시오……. 이런 제 행동이 폐가 될 줄 압니다만…… 이해해 주시리라 믿습니다……」

그는 지나치게 흥분한 나머지 보충 설명을 할 여유조차 없는 듯했다. 게다가 들어오기 전에 방에서 무슨 소리를 들은 것 같았다.

하지만 방 안에는 돌로레스 혼자 누워 있었다. 그녀는 그에게 지친 목소리로 말했다.

「괜찮으시다면…… 내일」

그는 대답하지 않았다. 여자의 내실에 어울리지 않는 담배 냄새를 맡았던 것이다. 그 순간 그는 자신이 들어오는 순간 그곳에 남자가 있었다는 직감, 아니 확신이 들었다. 그자는 아직도 어딘가에 숨어 있을 터였다…….

피에르 르뒤크일까? 아니, 피에르 르뒤크는 담배를 피우지 않았다. 그렇다면?

돌로레스가 나직하게 말했다.

「내일 얘기해요, 제발」

「알겠습니다, 알겠어요. 하지만 그 전에…… 대답해 주시겠습니까……?」

그는 말을 멈추었다. 그녀에게 물은들 무슨 소용이 있단 말인가? 정말로 이곳에 누군가 숨어 있다 해도, 그녀가 그 사실을 털어놓을 것인가?

이윽고 마음을 정한 그는, 낯선 자가 있다는 사실 때문에 생긴 두려움 서린 거북함을 가라앉히려 애쓰며 돌로레스에게만 들릴 정도로 아주 나직하게 말했다.

「제 말 잘 들으십시오, 저는 어떤 사실을 알아냈는데…… 도무지 납득이 가질 않습니다……. 그 일 때문에 몹시 혼란스럽습니다. 그 일에 대해 제게 대답해 주셔야 하지 않습니까, 돌로레스?」

그는 그 이름을 너무나도 부드럽게 발음했다. 마치 목소리에 담긴 애정과 우정으로 그녀의 마음을 사로잡으려는 듯이.

「어떤 일인데요?」

그녀가 물었다.

「벨당츠의 호적에는 독일에 정착한 말라이히 일가의 마지막 후손으로 세 명의 이름이 기록되어 있습니다……」

「그래요, 그 얘긴 이미 하셨죠……」

「우선 라울 드 말라이히라는 이름을 기억하실 겁니다. 알텐하임이라는 가명으로 더 잘 알려져 있는 그 악당, 그 지독한 악한은 오늘날 이 세상에 없습니다……. 살해당했죠」

「그래요」

「그리고 루이 드 말라이히라는 괴물, 그 무시무시한 살인범이 있습니다. 그는 며칠 내로 처형당할 겁니다」

「그래요」

「그리고 마지막으로 미친 소녀 이질다가 있지요……」

「그래요」

「이 모든 게 분명한 사실 아닙니까?」

「그래요」

「그런데 제가 오늘 오후 조사한 바에 따르면, 세 개의 이름 중 두 번째 이름인 루이라는 이름이, 아니 그 이름이 기록된 칸의 종이가 살짝 긁어 내어졌다는 사실이 밝혀졌습니다. 그리고 그 위에 훨씬 선명한 잉크로 새 이름이 기록되어 있었습니다. 하지만 그 아래 원래 있었던 이름을 완전히 가리지는 못했더군요. 그래서……」

「그래서요……?」

케셀바흐 부인이 낮은 목소리로 되물었다.

「그래서 질 좋은 확대경과 특별한 방법을 동원한 저는 지워진 글자들을 복원하여 원래 씌어 있던 이름을 정확히 알아냈습니다……」

「아! 그만하세요, 도저히 더 이상은……」

그녀는 몸을 둘로 접으며 두 손으로 머리를 감싸 쥐고 어깨를 들썩이며 울기 시작했다. 감정을 드러내지 않기 위해 오랫동안 기울여 온 노력이 일순 허물어진 모양이었다.

뤼팽은 무력하고 연약한 그 모습을 오랫동안 응시했다. 너무나도 가엾고 애처로운 모습이었다. 그는 그쯤에서 입을 다물고 싶었다. 그녀에 대한 고통스러운 심문을 그만두고 싶었다.

하지만 그렇게 하는 것이 그녀를 구하는 길은 아니잖은가? 그녀를 구하기 위해서는 아무리 고통스러운 것이라 해도 자신이 진실을 알아야 하지 않겠는가?

그가 다시 물었다.

「어째서 원래 이름을 지우고 가짜 이름을 적어 넣었을까요?」

「그 일을 시킨 건 제 남편이에요. 막대한 재산으로 그는 무슨 일이든 할 수 있었죠. 우리가 결혼하기 전 그는 호적과 하급 직원을 매수해 말라이히 가 둘째 아이의 이름을 바꾸게 했어요」

「이름은 물론 성별도 바꾸었더군요」

뤼팽이 말했다.

「그래요」

그녀가 대답했다.

「그러니까 제 생각이 틀리지 않았군요. 옛날 이름, 그러니까 진짜 이름은 돌로레스였던 거죠? 그런데 왜 당신 남편은……」

그가 다시 물었다.

그녀는 두 볼을 눈물로 적신 채 수치스러워하며 나직하게 대답했다.

「이해하실 수 없죠?」

「그렇습니다」

「하지만 생각해 보세요. 저는 미친 소녀 이질다의 언니이자 악당 알텐하임의 누이동생이었어요. 제 남편(아니 그때는 제 약혼자였죠)은 제가 그런 상태로 남아 있는 걸 원하지 않았어요. 그는 저를 사랑했어요. 저 역시 그랬죠. 그래서 그 일에 동의했어요. 그는 모든 기록에서 돌로레스 드 말라이히라는 이름을 지운 다음, 다른 이의 서류, 다른 이의 신원, 다른 이의 출생증명서를 샀어요. 저는 돌로레스 아몽티라는 이름으로 그와 네덜란드에서 결혼했어요」

뤼팽은 잠시 생각에 잠겼다가 말했다.

「그랬군요⋯⋯ 그랬군요⋯⋯. 이제 알겠어요⋯⋯. 하지만 그렇다면 루이 드 말라이히는 존재하지 않는 셈입니다. 당신 남편과 당신 여동생과 당신 오빠를 죽인 살인범의 이름은 그게 아닐 겁니다⋯⋯. 그렇다면 그의 이름은⋯⋯」

그녀는 고개를 들고 재빨리 말했다.

「살인범은 바로 그 이름이에요! 그래요, 그 이름이라고요⋯⋯. 그래요, 어쨌든 그게 그자의 이름이에요⋯⋯. 루이 드 말라이히⋯⋯ L과 M⋯⋯. 생각해 보세요⋯⋯. 아! 사실을 캐내려 하지 마세요⋯⋯. 그건 무시무시한 비밀이에요⋯⋯. 또 알아봤자 무슨 소용이 있겠어요! 범인은 감옥에 있잖아요⋯⋯. 그자가 범인이에요⋯⋯. 단언해요⋯⋯. 제가 면전에서 죄를 고발했을 때 그자가 변명하던가요? 이름이 어떻든 간에 그자가 스스로를 변호하던가요? 그자예요⋯⋯ 그자예요⋯⋯. 그자가 죽였어요⋯⋯. 그자가 찔렀어요⋯⋯. 비수로⋯⋯ 강철 비수로⋯⋯. 아! 모든 걸 다 털어놓을 수 있다면 얼마나 좋을까⋯⋯! 루이 드 말라이히⋯⋯ 그럴 수만 있다면⋯⋯」

신경 발작을 일으킨 그녀는 긴 의자 위에서 몸을 굴렸다. 그녀의 두 손은 뤼팽의 손을 움켜쥐고 있었다. 알아듣기 힘든 말 가운데 이렇게 더듬더듬 말하는 소리가 그의 귀에 들려왔다.

「절 지켜 주세요…… 절 지켜 주세요……. 그럴 수 있는 사람은 오직 당신뿐일 거예요……. 아! 저를 버리지 마세요……. 저는 얼마나 불행한 여자인지요……. 아! 이 무슨 고문인지…… 이 무슨 고문인지……! 이건 지옥이예요」

뤼팽은 자유로운 한쪽 손으로 한없이 부드럽게 그녀의 머리카락과 이마를 쓸어 주었다. 그의 손길 아래서 그녀는 차차 흥분이 가라앉는지 조금씩 차분해졌다.

이윽고 그는 다시 한번 그녀를 오랫동안, 아주 오랫동안 바라보았다. 이 아름답고 순수한 이마 속에 무엇이 들어 있는 것일까, 어떤 비밀이 이 신비스러운 영혼을 황폐하게 만들고 있는 것일까. 그는 자문했다. 그녀 역시 두려워하고 있었다. 그녀는 누구로부터 자신을 지켜 달라는 것일까?

다시 한번 그는 검은 옷을 입은 그 사내, 루이 드 말라이히를 떠올리지 않을 수 없었다. 그자가 어디서 공격할 것인지, 실제로 그 공격이 일어나고 있는지조차 알지 못한 채 싸워야 했던, 그 베일에 싸인 어둠의 적을.

이제 그자가 감옥에 갇혀 밤낮으로 감시를 받고 있으니…… 얼마나 다행스러운가! 하지만 감옥 같은 것에 개의치 않는 이들이 있다는 것, 운명의 순간에 사슬을 풀고 나오는 이들이 있다는 것을 자신도 알고 있지 않은가? 그리고 루이 드 말라이히는 그런 종류의 인간이었다.

그랬다. 상테 교도소 안에, 그곳의 사형수용 독방 안에 누군가 갇혀 있는 것은 사실이었다. 하지만 그 누군가는 말라이히의 공범이거나 희생자일 수도 있었다……. 그동안 말라이히 자신은 브루겐 성 주위를 돌아다니다가 어둠을 틈타 유령처럼 정원의 별채로 숨어들어, 잠에 취하고 약에 마비된 뤼팽을 겨냥해 비수를 들어 올렸을 수도 있었다.

따라서 돌로레스를 겁에 질리게 하고, 협박으로 그녀를 불안하게 하고, 모종의 무시무시한 비밀로 그녀를 손아귀에 넣고, 그녀에게 침묵과 복종을 강요하는 자는 다름 아닌 바로 루이 드 말라이히였다.

뤼팽은 적이 어떤 계획을 갖고 있을지 상상해 보았다. 겁에 질려 벌벌 떠는 돌로레스를 피에르 르뒤크의 품안에 던지고, 뤼팽 자신을 제거하고, 자기 대신 그곳에서 대공의 권력과 돌로레스의 재산으로 왕국을 통치하는 것일 터였다.

그 가설은 그럴싸한, 아니 확실한 것이었다. 여러 가지 사건들에 부합하고 온갖 의문에 해답을 줄 수 있었다.

「모든 의문에 해답을 주지……. 그래…… 하지만 어째서 어젯밤 그자는 별채에서 나를 죽이지 않았을까? 그자는 나를 죽였어야 하는데〈그걸 원하지 않았어〉. 그자가 팔 한 번만 휘둘렀으면 나는 죽었을 거야. 그 팔을 그는 휘두르지 않았어. 이유가 뭘까?」

두 눈을 뜬 돌로레스는 그를 발견하고 미소를 지었다. 힘없는 미소였다.

「혼자 있게 해 주세요」

그녀가 말했다.

그는 주저하며 몸을 일으켰다. 저 커튼 뒤나 저 벽장의 옷가지 뒤에 적이 숨어 있는지 확인해야 할 것인가?

그녀가 부드러운 어조로 다시 말했다.

「가 주세요……. 그만 자야겠어요……」

그는 그녀 앞에서 물러났다.

밖으로 나온 그는 성의 전면에 거대한 그림자를 드리우고 있는 나무 아래서 걸음을 멈추었다. 돌로레스의 내실에 불이 켜져 있었다. 이윽고 그 불빛이 침실로 옮겨 갔다. 몇 분 후 불은 꺼졌다.

그는 기다렸다. 만약 적이 그곳에 있었다면, 밖으로 나올 것이 아닌가?

한 시간이 흘렀다……. 두 시간이 흘렀다……. 아무 소리도 들려오지 않았다.

「어쩔 수 없군. 어쩌면 성안 어딘가에 자리를 잡았는지도 모르지……. 아니면 여기서는 보이지 않는 다른 문으로 나갔을 수도 있고……. 어쨌든 내 가설이 터무니없는 게 아닌 한……」

그는 담배에 불을 붙인 다음 별채를 향해 몸을 돌렸다.

별채에 다가서던 그는 상당히 먼 거리에서 멀어져 가는 그림자 하나를 보았다.

혹시 상대가 눈치 챌까 봐 뤼팽은 그 자리에서 꼼짝도 하지 않았다.

그림자는 오솔길을 가로질렀다. 달빛을 받은 그것은 말라이히의 검은 그림자 같았다.

뤼팽은 앞으로 내달았다.

그림자는 도망을 치더니 이윽고 모습을 감추었다.

「좋아, 그렇다면 내일 두고 보자. 이번에는……」

뤼팽이 중얼거렸다.

뤼팽은 운전수 옥타브의 방으로 가서 자고 있는 그를 깨운 다음 이렇게 지시했다.

「차를 준비하게. 자네는 새벽 6시에 파리에 가 있어야 하네. 자크 두드빌을 만나게. 첫째 내게 문제의 사형수에 대한 소식을 알려 줄 것, 둘째 우체국 문을 여는 대로 이런 내용의 전보를 보낼 것, 두 가지 사항을 그에게 전하게」

뤼팽은 종이에 전보의 내용을 적어 주고 이렇게 덧붙였다.

「임무를 마치는 대로 돌아오되, 정원 담장을 따라 이쪽 길로 오게. 그렇다네, 사람들이 자네가 없어졌다는 걸 눈치 채면 안 된다네」

뤼팽은 자기 방으로 가서 전등을 켜고 방 안을 세밀히 살폈다.

「분명해. 조금 전 누군가 이곳에 온 거야. 내가 성 앞 창문 아래서 망을 보고 있는 동안 말이야. 누군가 이곳에 왔다면 그 목적은 분명해······. 내 생각이 정확했어······. 맞아······. 이번엔 정말로 비수를 맞았을 거야」

그는 신중하게 모포를 들고 정원의 외진 곳을 골라 별을 보며 잠이 들었다.

다음날 오전 11시 옥타브가 그의 앞에 나타났다.

「임무 완료했습니다, 두목. 전보도 부쳤습니다」

「잘했네. 그래 루이 드 말라이히는 여전히 교도소에 갇혀 있나?」

「줄곧 갇혀 있답니다. 두드빌이 어제 저녁 상테 교도소의 감방 앞을 지나며 확인했답니다. 간수가 나오기에 함께 대화를 나누었

유럽 지도 235

다더군요. 말라이히는 언제나처럼 말문을 완전히 닫은 모양입니다. 그는 기다리고 있습니다」

「기다리다니 뭘 말인가?」

「물론 처형의 순간이죠! 경찰청에서 나도는 말에 따르면 집행은 모레라고 합니다」

「잘됐군, 잘됐어, 그가 탈출하지 못했다는 건 확실하군」

그는 의혹을 풀어 내고 정답을 찾으려 애쓰지 않았다. 곧 진실의 전모가 자신 앞에 모습을 드러내리라는 것을 확신했던 것이다. 이제 남은 일은 적을 함정에 빠뜨릴 계획을 짜는 것뿐이었다.

〈아니면 내가 함정에 빠지겠지.〉

그가 웃으며 생각했다.

그는 아주 유쾌하고 홀가분한 기분이었다. 이 이상 행운이 약속된 싸움도 없었다.

성에서 하인 하나가 그에게 전보를 한 통 가져다 주었다. 그가 두드빌에게 보내라고 지시한 바로 그 전보로 막 배달부가 왔다 간 모양이었다. 그는 봉투를 열고 그것을 호주머니에 넣었다.

정오 조금 못 된 시각에 그는 오솔길에서 피에르 르뒤크를 만났다. 그는 인사도 하지 않고 대뜸 말했다.

「자네를 찾고 있었네……. 심각한 일이 일어났다네……. 내 질문에 솔직하게 대답해 주어야 하네. 자네가 이 성에서 묵은 이후 내가 데려온 독일인 하인들 말고 다른 사람을 본 적 없나?」

「없습니다」

「잘 생각해 보게. 방문객을 말하는 게 아니네. 내 말은 숨어 있는 사람을 본 적이 있느냐는 거지. 사소한 일이나 느낌으로 누군가 있다는 확신이나 의혹이 든 적 없나?」

「저는 없습니다……. 그럼 당신이 보기엔……」
「그렇다네. 누군가 여기 숨어 있네……. 누군가 돌아다니고 있네……. 어디 있을까? 그리고 도대체 누굴까? 그리고 어떤 목적에서 그러는 것일까? 모르겠네……. 하지만 알아낼걸세. 이미 짐작 가는 게 있네. 자네도 주의를 게을리하지 말게……. 잘 살펴보게……. 특히 케셀바흐 부인에겐 한마디도 하지 말게……. 괜히 걱정시킬 필요는 없으니까……」

그는 걸음을 옮겼다.

피에르 르뒤크는 얼떨떨하고 동요된 모습으로 성을 향해 계속 걸어갔다.

잔디 위에 푸른색 종이 한 장이 떨어져 있었다. 피에르 르뒤크는 그것을 주웠다. 전보였다. 조심스럽게 접혀 있는 것으로 미루어 사람들이 버린 종이 조각이 아니라 누군가 잃어버린 것이 분명했다.

그 전보는 뤼팽이 브루겐에서 쓰고 있는 이름인 보니 씨 앞으로 온 것이었다. 그 내용은 이러했다.

모든 사실을 알아냈음. 편지로는 말할 수 없음. 오늘 밤 기차를 타겠음. 내일 아침 8시 브루겐 역에서 기다려 주기 바람.

「됐어……!」

가까운 잡목림 속에 숨어 피에르 르뒤크의 행동을 지켜보던 뤼팽은 생각했다.

〈아주 잘됐어……. 2분 후면 저 멍청한 애송이는 저 전보를 돌로레스에게 보이고, 내가 걱정하고 있다는 말도 들려주겠지. 그

유럽 지도 237

들은 하루 종일 그에 대한 이야기를 할 것이고, 그럼 〈그자〉도 듣고 알게 될 거야. 왜냐하면 그자는 모든 것을 알고 있으니까. 그자는 돌로레스의 그림자 속에 숨어 살고 있으니까. 돌로레스는 덫에 걸린 먹이처럼 그자의 손아귀에 있으니까……. 그리고 그자는 내가 진실을 알게 되는 것이 두려워 오늘 밤 행동에 착수할 거야…….〉

뤼팽은 노래를 흥얼거리며 걸음을 옮겼다.

「오늘 밤…… 오늘 밤…… 일이 벌어질 거야……. 오늘 밤…… 기막힌 춤을 추는 거야! 강철 비수의 장단에 맞추어 피의 왈츠를 추는 거야……. 드디어! 신나게 한판 벌이는 거야」

별채 문에서 그는 옥타브를 불렀다. 그는 자기 방으로 올라가 침대에 몸을 던지고는 운전수에게 말했다.

「여기 앉게, 옥타브. 그리고 자지 말고 있게. 자네 주인이 휴식을 취할 걸세. 충직한 하인답게 주인을 지켜 주게」

그는 달콤한 잠 속으로 빠져 들어갔다.

「오스테를리츠 전투(1805년 오스트리아와 러시아 연합군과 나폴레옹이 벌인 전투. 대승을 거둔 나폴레옹은 유럽 정복에 박차를 가하게 된다──옮긴이) 개전일 아침을 맞는 나폴레옹의 기분이 이랬겠군」

잠에서 깨며 그가 말했다.

저녁 식사를 할 시간이었다. 그는 양껏 음식을 먹은 다음 담배를 피우며 권총 두 자루를 점검하고 총알을 장전했다.

「내 친구 카이저의 말처럼, 총알은 채워졌고, 검은 벼려졌도다……. 옥타브!」

옥타브가 달려왔다.

「성으로 가서 하인들과 식사를 하게. 그들에게 자네가 오늘 밤

차로 파리에 갈 거라고 말하게」

「두목과 함께 말입니까?」

「아닐세. 자네 혼자 간다고 하게. 그리고 식사가 끝나는 대로 요란스럽게 떠나는 척하게」

「그렇다면 정말 파리에 가는 건 아닌가요?」

「그렇다네. 이곳 정원에서 약 1킬로미터 떨어진 길에서 기다리게……. 내가 갈 때까지 말일세. 좀 오래 걸릴걸세」

그는 담배 한 대를 더 피우고 산책을 했다. 성 앞을 지나 돌로레스의 거처에 불이 켜져 있는 것을 확인하고 별채로 돌아왔다.

그는 책을 한 권 집어 들었다. 『플루타르코스 영웅전』이었다.

「여기엔 진짜 영웅이 한 사람 빠져 있지. 하지만 앞으로는 그의 이름이 이 책에 오르게 될 거야. 조만간 내 전기를 써 줄 플루타르코스가 나타나겠지」

그는 카이사르 편을 읽고는 여백에 몇 마디 단상을 적었다.

11시 반, 그는 방으로 올라갔다.

열린 창문을 통해 그는 광막한 어둠을 내려다보았다. 어렴풋한 소리들이 스치듯 들려오는 맑고 장엄한 밤이었다. 책에서 읽었거나 어딘가에서 들은 사랑의 구절들이 입가에 맴돌았다. 그는 아무도 듣지 않을 때 사랑하는 이의 이름을 털어놓는 사춘기 소년처럼 열에 뜬 채 돌로레스의 이름을 여러 차례 중얼거렸다.

「자, 이제 준비를 해 볼까」

그가 말했다.

그는 창문을 조금 열어 두고, 통행에 방해가 되는 원탁을 치우고, 권총 두 자루를 베개 밑에 넣었다. 그런 다음 옷을 모두 입은 채 전혀 감정적인 동요 없이 침대에 누워 촛불을 불어 껐다.

〈그러자 공포가 시작되었다.〉
모든 게 즉각적이었다. 어둠이 그를 감싸는 순간 공포가 시작되었던 것이다!
「빌어먹을……!」
그가 외쳤다.
그는 침대에서 나와 권총을 찾아 복도에 던져 버렸다.
「내 두 손, 내 두 손이면 충분해! 내 손만 한 것은 어디에도 없어!」
그는 다시 자리에 누웠다. 다시 어둠과 침묵이 찾아왔다. 동시에 공포, 점점 커져 가는 은밀하고 끈질긴 공포가 다시 시작되었다…….

마을의 종탑에서 열두 점을 쳤다.
뤼팽은 날카로운 칼끝을 벼리고 있을 그 지긋지긋한 자를 생각하고 있었다. 그자가 다가오고 있었다. 100미터, 50미터…….
「어서 와……! 어서 오란 말이야……! 그러면 이 유령들이 흩어질 텐데……」
뤼팽이 몸을 떨며 중얼거렸다.
마을의 종이 한 점을 쳤다.
몇 분이 흘렀다. 열에 들뜨고 고통스러운, 한없이 길게 느껴지는 몇 분이었다……. 머리 가죽에서 땀이 배어 나 이마 위로 흘러내렸다. 그에게는 온몸을 적시는 피땀처럼 여겨졌다.

2시…….
마침내 어디선가 들릴 듯 말 듯한 작은 소리가 들려왔다. 풀잎

이 스치는 소리……. 하지만 밤바람에 흔들리는 소리와는 전혀 달랐다…….

그 일을 예상하고 있었으므로 뤼팽은 즉각 마음이 차분하게 가라앉는 것을 느꼈다. 대모험가로서 그의 기질이 기쁨으로 전율했다. 마침내 결전의 순간이 온 것이다!

또 다른 소리가 창문 아래서 좀 더 또렷하게 들려왔다. 하지만 여전히 너무나도 작아서 귀를 기울이지 않고는 들을 수 없는 소리였다.

무시무시한 몇 분이 흘렀다……. 칠흑 같은 어둠이었다. 별빛 하나, 달빛 한 점 찾아볼 수 없었다.

다음 순간 그는 자신은 아무 소리도 듣지 못했지만 사내가 방 안에 들어와 있음을 깨달았다.

사내는 침대로 다가오고 있었다. 그자는 방 안의 공기를 어지럽히지 않고 몸에 닿는 물건도 흩트리지 않은 채 유령처럼 다가오고 있었다. 뤼팽은 적의 움직임을 보고, 적의 생각을 읽고 있었다.

하지만 그는 움직이지 않았다. 무릎을 구부린 자세로 벽에 바짝 몸을 갖다 댄 채 언제라도 튀어나갈 태세로 기다리고 있었다.

그는 그림자가 어디를 내리쳐야 하는지 알아보려는 듯 시트를 가볍게 더듬는 것을 느꼈다. 상대의 심장 고동 소리까지 들리는 것 같았다. 그는 자신의 심장 고동이 평소와 같음을 뿌듯하게 확인했다. 하지만 상대의 심장은…… 이런! 그랬다. 그에게까지 들리는 그 불규칙하고 격한 고동 소리로 미루어 보건대 상대의 심장은 마치 종의 추처럼 흉벽을 때려 대고 있었다.

〈그자〉의 손이 올라갔다.

1초, 2초…….
망설이고 있는 것일까? 이번에도 자신을 살려 줄 것인가?
뤼팽의 한마디가 조용한 어둠을 깨뜨렸다.
「어서 찔러! 찌르란 말이야!」
분노에 찬 외침과 함께…… 사내의 팔이 용수철처럼 달려들었다.
다음 순간 신음소리가 흘러나왔다.
내리치는 사내의 손목을 뤼팽이 잡았던 것이다……. 뤼팽은 침대를 박차고 나가 무시무시한 힘으로 사내의 목을 잡고 그를 넘어뜨렸다.

그것으로 끝이었다. 싸움이랄 것도 없었다. 아니, 싸움을 할 수가 없었다. 바닥에 쓰러진 사내는 강철 못 같은 뤼팽의 두 손에 못 박힌 듯 옴짝달싹하지 못했다. 아무리 강한 힘을 가진 자라 하더라도 뤼팽에게 그런 식으로 붙들리면 벗어날 수 없을 터였다.
한마디 말도 없었다! 평소에 빈정거리기 좋아하는 뤼팽이었지만 이번에는 한마디도 하지 않았다. 말을 하고 싶지 않았다. 너무나도 엄숙한 순간이었다.
우쭐한 즐거움도, 승리의 흥분도 없었다. 마음 속 깊은 곳에서 어서 그자의 정체를 보고 싶다는 오직 한 가지 조급한 욕망이 있을 뿐……. 사형 선고를 받은 루이 드 말라이히인가? 아니면 다른 사람인가? 그렇다면 누구인가?
사내가 숨이 막혀 죽을지도 모른다는 것을 알면서도 뤼팽은 목을 잡은 손에 점점 더 힘을 주었다.
적에게 남아 있던 모든 힘이 빠지는 것을 그는 느낄 수 있었다. 사내의 팔 근육이 축 늘어지더니 더 이상 움직이지 않았다. 사내의 손에서 힘이 빠지고 비수가 바닥에 떨어졌다.

　무시무시한 힘으로 사내의 목을 누른 채 자유롭게 몸을 움직일 수 있게 된 뤼팽은 주머니에서 손전등을 꺼내 사내의 얼굴로 가져갔다.

　이제 버튼을 누르기만 하면 상대의 정체를 알게 될 터였다.

　한순간 그는 자신의 힘을 음미했다. 한줄기 감격이 그를 고양시켰다. 승리하는 자신의 모습이 그의 마음을 사로잡았다. 또다시 멋지게 영웅적으로 그는 〈최고〉가 되었던 것이다.

　그는 버튼을 눌렀다. 괴물의 얼굴이 나타났다.

　뤼팽은 고통의 외마디 소리를 내뱉었다.

　그 얼굴은 다름 아닌 돌로레스 케셀바흐였던 것이다!

살인범은 여자

뤼팽의 머릿속은 태풍과 폭풍우가 휩쓸고 지나가는 아수라장 같았다. 밤의 혼돈 속에서 모든 것들을 휩쓸어 가 버리는 돌풍이 몰아쳤고, 미친 듯한 바람이 불어 닥쳤으며 천둥 번개가 요란했다.

엄청난 번개가 어둠을 후려쳤다. 번개의 섬광 속에서 뤼팽은, 두려움에 마비되어 몸을 떨면서 사태를 제대로 보고 파악하려 애쓰고 있었다.

그는 움직이지 않았다. 손가락들이 뻣뻣하게 굳어 버려 풀리지 않는 것처럼 그는 여전히 적의 목을 움켜쥐고 있었다. 이제 사실을 '알았음'에도 불구하고, 뤼팽으로서는 그자가 바로 돌로레스라는 것을 실감할 수 없었다. 그자는 여전히 검은 옷을 입은 사내, 루이 드 말라이히, 어둠 속의 야수였다. 그러므로 자신이 지금 붙잡고 있는 자, 그가 잡은 손에 힘을 풀 수 없는 자 역시 바로 그 짐승 같은 자였다.

하지만 진실이 그의 머릿속으로, 그의 의식 속으로 휘몰아쳐 들어왔다. 속수무책으로 고통에 떨며 뤼팽은 중얼거렸다.

「오! 돌로레스…… 돌로레스……」

순간 그의 머릿속에 좋은 구실이 떠올랐다. 바로 광기였다. 돌로레스는 광기의 희생자였다. 알텐하임의 누이이자 이질다의 언니, 정신병자 어머니와 알코올 중독자 아버지를 둔, 말라이히 가문의 마지막 자손인 그녀 역시 정신병자였다. 겉으로는 너무나도 온전해 보이지만 실제로는 불안정하고 병적이고 비정상적이고 기형적이며 괴상한 정신병자였다.

그는 사태를 분명히 이해할 수 있었다! 이 사건은 광기에 의한 범죄였다. 목표에 집착해 그것을 향해 자동 인형처럼 나아가면서 그녀는 무의식적으로 사악한 욕망에 사로잡혀 피에 굶주린 살인을 했던 것이다.

그녀는 뭔가를 원했기 때문에 살인을 했고, 스스로를 지키기 위해 살인을 했으며, 자신이 살인을 했다는 사실을 감추기 위해 또 살인을 했다. 그녀 안에 있는 살인마는 충동적이고 저항할 수 없는 살인 욕구를 그런 식으로 만족시켰다. 삶의 어떤 순간에 특정한 상황에서 특정한 존재 앞에 서면 갑자기 상대가 적으로 돌변해 팔을 들어 그를 내리쳐야 했던 것이다.

그래서 그녀는 분노에 취해, 광기에 사로잡혀 잔인하게 비수를 휘둘렀다.

자신이 저지른 살인에 죄가 없는 정말 기묘한 정신병자였다. 하지만 맹목 가운데 그토록 명철할 수 있었다니! 혼란 가운데 그토록 논리적일 수 있었다니! 불합리 가운데 그토록 영리할 수 있었다니! 얼마나 놀라운 솜씨였던가! 얼마나 기막힌 집요함이었던가! 얼마나 증오스러운 동시에 감탄스러운 술책이었던가!

뤼팽은 놀라운 명철함으로 피로 얼룩진 일련의 사건들을 주마등처럼 떠올리면서, 돌로레스가 거쳐 온 베일에 싸인 여정을 짚어 보았다.

그의 눈앞에 남편 케셀바흐의 계획에 매혹되고 집착하는 그녀의 모습이 떠올랐다. 물론 그녀가 처음부터 그 계획의 전모를 알았던 것은 아니었다. 남편이 피에르 르뒤크라는 인물을 찾는 일에 착수하자 그녀 역시 그 인물을 수소문했다. 그와 결혼해, 자신의 부모들이 수치스럽게 쫓겨난 벨당츠 공국으로 대공비가 되어 돌아가기 위해서였다.

뤼팽의 눈앞에는 팔라스 호텔에서 그녀의 모습이 떠올랐다. 사람들은 그녀가 몬테카를로에 있다고 생각했지만, 그녀는 오빠 알텐하임의 방에 숨어 있었다. 변장을 한 그녀는 사람 눈에 띄지 않은 채 어둠을 틈타 벽을 타고 잠입해 여러 날에 걸쳐 남편의 행동의 엿보았다.

그러던 어느 날 결박당한 케셀바흐를 발견하고 그를 찔러 죽였다.

다음날 아침 호텔 종업원에 의해 자신의 범죄가 드러나려는 순간, 그녀는 또다시 비수를 휘둘렀다.

그로부터 한 시간 후 케셀바흐의 비서 채프먼에 의해 정체가 탄로 나려는 순간, 그녀는 그를 오빠의 방으로 데려가 찔러 죽였다.

이 모든 살인이 가차 없이 잔인하게, 사악할 정도로 노련하게 이루어졌다.

그리고 똑같은 능란함으로 그녀는 자신의 두 하녀, 게르트뤼드와 쉬잔에게 전화를 걸었다. 그들 두 사람은 몬테카를로에서 도착한 참이었고, 그들 중 하나는 여주인 역할을 하고 있었다. 돌로레스는 자신을 딴 사람처럼 보이게 하는 금발 가발을 벗어던지고 여자 옷으로 갈아입은 다음 1층으로 내려와, 게르트뤼드가 호텔에 들어서는 순간 그녀와 합류했다. 어떤 불행한 일이 일어났는지 모른 채 막 그곳에 도착한 체했던 것이다.

여배우 같은 탁월한 연기력으로 그녀는 삶의 근거를 잃어버린 과부의 역을 연기했다. 사람들은 그녀를 동정했다. 사람들은 그녀를 위해 눈물을 흘려 주었다. 누가 그녀를 의심할 수 있었겠는가?

이윽고 뤼팽과 싸움이 시작되었다. 그 거친 싸움, 그 전대미문의 싸움에서 그녀는 르노르망 국장과 세르닌 공작을 차례로 상대해 나갔다. 낮에는 긴 의자에 병들고 약한 모습으로 누워 있었지만, 밤에는 자리에서 일어나 지칠 줄 모르는 무시무시한 모습으로 거리를 누볐다.

그것은 굉장한 계략이었다. 협박과 설득으로 공범이 된 게르트뤼드와 쉬잔은 각각 밀사 역할을 하고, 여주인의 모습으로도 변장했을 터였다. 그렇게 해서 그날 알텐하임 백작은 검찰청 한가운데에서 슈타인벡 노인을 납치할 수 있었다.

그것은 연쇄 범죄였다. 구렐을 물에 빠뜨려 죽이고, 친오빠인 알텐하임을 칼로 찔러 죽였다. 오! 글리신 빌라의 지하에서 벌인 가차 없는 싸움, 어둠 속에서 이루어진 그 괴물의 보이지 않는 작업, 그 모든 것이 이제 명확하게 해명되지 않는가!

세르닌 공작의 정체를 알아낸 것도 그녀였고, 그를 고발해 감옥에 처넣은 것도 그녀였다. 바로 그녀가 싸움에서 이기기 위해 수백만 프랑을 써 가며 그의 온갖 계획을 수포로 만들었다.

이어 여러 가지 사건들이 눈앞을 스쳤다. 쉬잔과 게르트뤼드는 실종되었다. 그들은 틀림없이 살해당했을 터였다! 슈타인벡의 살해! 친동생 이질다의 살해!

「이런! 너무 비열하고, 너무 끔찍해!」

뤼팽은 혐오감과 증오로 부르르 몸을 떨며 중얼거렸다.

그는 그 역겨운 살인마가 너무나도 혐오스러웠다. 그자를 으스러뜨리고 죽여 버리고 싶었다. 푸르스름한 새벽빛이 밤의 어둠과 뒤섞이기 시작하는 이때, 그 역겨운 존재와 자신이 서로 뒤엉켜 꼼짝도 하지 않은 채 누워 있다니 정말이지 기막힌 일이었다.

「돌로레스…… 돌로레스……」

그가 절망적으로 중얼거렸다.

다음 순간 그는 두 눈이 휘둥그레진 채 두려움으로 숨을 헐떡이며 뒤로 물러섰다. 이런! 무슨 일일까? 여자의 싸늘한 손에서 느껴지는 이 섬뜩한 냉기는 무엇일까?

「옥타브! 옥타브!」

그는 운전수가 집에 없다는 사실을 잊어버리고 그를 소리쳐 불렀다.

도와줘! 그에겐 도움이 필요했다. 누군가 그를 안심시켜 주고 도와주어야 했다. 그는 공포로 떨고 있었다. 이런! 그가 느낀 것은 시체의 냉기였다. 이런 일이 가능한 것일까……? 그러니까 그 비극의 몇 분 동안 자신의 손에 힘이 가해져…….

그는 내키지 않는 것을 무릅쓰고 힘겹게 여자를 살펴보았다. 돌로레스의 몸은 움직이지 않았다.

그는 얼른 몸을 숙여 여자의 몸을 끌어안았다.

그녀는 죽어 있었다.

잠시 동안 그는 마비 상태에 빠졌다. 그 안에서 고통이 풀어지는 것 같았다. 그는 더 이상 고통스럽지 않았다. 분노도, 증오도, 그 어떤 감정도 느껴지지 않았다……. 다만 둔기로 한 대 맞아 자신이 뭔가를 보고 있는지, 생각을 하고 있는지, 악몽의 노리개가 되어 버린 사람처럼 멍청한 탈진 상태에 빠져 있을 뿐이었다.

하지만 응당 일어나야 할 일이 일어난 듯한 느낌이 들었다. 자신이 사람을 죽였다는 생각 같은 건 한순간도 떠오르지 않았다. 그랬다. 그가 죽인 것이 아니었다. 그의 몸 밖에서, 의지 밖에서 일어난 일이었다. 그 사악한 짐승을 제거함으로써 사태를 공정하게 마무리 지은 것은 운명, 가차 없는 운명이었다.

밖에서는 새들이 지저귀고 있었다. 고목 속에서 생명이 움트고 있었다. 봄은 고목의 꽃을 피울 터였다. 마비 상태에서 깨어나면서 뤼팽은 그 불쌍한 여자(추악하고 비열한 죄인임에 분명하지만 그렇게 젊은 나이에 세상을 떠난)에 대해 무어라 정의할 수 없는 불합리한 연민이 조금씩 생겨나는 것을 느꼈다.

그는, 그녀가 제정신이 돌아올 때 감당해야 했을 고통을 떠올렸다. 이성이 되돌아올 때면 그 혐오스러운 정신병자는 자신이 저지른 오싹한 짓들을 떠올려야 했을 터였다.

「저를 지켜 주세요……. 저는 얼마나 불행한 여자인지요!」

하고 그녀는 애원하지 않았던가.

그녀가 자신을 지켜 달라고 한 것은 바로 자기 자신으로부터였다. 자신의 잔인한 본능, 자신 안에 머물며 자신으로 하여금 언제나 사람을 죽이라고 강요하는 그 괴물 같은 존재로부터였다.

〈언제나라고?〉

뤼팽이 중얼거렸다.

그의 머릿속에 전전날 밤의 일이 떠올랐다. 여러 달 전부터 자신을 괴롭혀 온 철천지 원수, 자신을 궁지에 몰아넣어 그 모든 범죄를 저지르게 만든 그를 향해 비수를 쳐들었으나 그녀는 그를 죽이지 않았다. 그 일은 어렵지 않았을 터였다. 뤼팽 자신은 축 늘어진 채 기운 없이 누워 있지 않았던가. 팔 한 번만 휘둘렀다면, 그 지긋지긋한 싸움에 종지부를 찍을 수 있었다. 하지만 그녀는 그를 죽이지 않았다. 그녀 역시 자신의 잔인성보다 더 강한 어떤 감정에, 그토록 자주 자신을 제압한 상대에 대한 찬탄과 애정이 뒤섞인 모호한 감정에 굴복하고 말았던 것이다.

그랬다, 그날 그녀는 자신을 죽일 수 있었음에도 죽이지 않았다. 그런데 이제 잔인한 운명의 반전으로 뤼팽 자신이 그녀를 죽이고 만 것이다.

〈내가 사람을 죽였어.〉

온몸을 부들부들 떨면서 그는 생각했다.

〈내 두 손이 살아 있는 존재를, 한 인간을 죽인 거야. 바로 돌로레스를……! 돌로레스…… 돌로레스…….〉

그는 그녀의 이름, 고통을 의미하는 그 이름을 거듭 중얼거렸다. 그는 그녀에게서 눈을 떼지 않았다. 이제 그녀는 누구에게도 해를 끼칠 수 없는, 움직이지 않는 서글픈 사물일 뿐이었다. 길가에 죽어 있는 작은 새나 낙엽 더미처럼 의식을 갖지 못한 가엾은 살덩이일 뿐이었다.

오! 어떻게 그가 일말의 동정심도 느끼지 않을 수 있겠는가? 살인자로서 그는 이제는 희생자에 지나지 않는 그녀를 마주하고 있지 않은가.

「돌로레스…… 돌로레스…… 돌로레스……」

그가 죽은 여자 곁에 앉아 추억을 떠올리면서 생각에 잠겨 이따금 입술을 움직여 돌로레스…… 돌로레스…… 하고 서글픈 음절을 중얼거리는 사이에 날이 밝았다.

이제 움직여야 할 시간이었다. 하지만 사고력이 모두 무너져 내려 그로서는 어떤 방향으로 움직여야 할지, 무슨 일부터 시작해야 할지 더 이상 알 수 없었다.

「우선 그녀의 두 눈을 감겨 주자」

그가 중얼거렸다.

표정이 사라지고 공허가 들어 찬 그녀의 두 눈, 아름다운 황금빛 두 눈에는 그토록 매력적이었던 그 우울한 부드러움이 아직도 깃들어 있었다. 잔인한 괴물의 눈이 어떻게 이럴 수 있단 말인가? 자신의 의지에도 불구하고, 또한 엄연한 사실을 대면하고 있음에도 불구하고 뤼팽은 자신의 생각 속에서 너무나도 다른 이미지였던 그 두 존재를 한 사람 안에 뒤섞을 수가 없었다.

그는 재빨리 그녀에게 몸을 기울이고는 보드랍고 긴 눈꺼풀을 쓸어 내린 다음 일그러진 초라한 얼굴을 베일로 덮었다.

그러자 돌로레스는 한결 멀어지고, 이번에는 자신 곁에 있는 것이 틀림없이 살인범의 복장인 검은 옷을 입은 그 사내라는 느낌이 들었다.

그는 용기를 내어 시체에 손을 내밀어 옷가지를 더듬었다.

안쪽 호주머니에 지갑 두 개가 들어 있었다. 그는 그중 하나를 꺼내 열었다.

우선 늙은 독일인 슈타인벡의 편지가 나왔다.

그는 내용을 읽어 내려갔다.

　내가 무시무시한 비밀을 털어놓지 못하고 죽을 경우에 대비해 이 편지를 쓴다. 내 친구 케셀바흐의 살인범은 바로 그의 아내다. 그녀의 본명은 돌로레스 드 말라이히, 알텐하임의 여동생이자 이질다의 언니다.
　L과 M이라는 머리글자는 그녀를 가리킨다. 사적인 자리에서 케셀바흐는 자기 아내를 고통과 죽음을 상징하는 돌로레스라는 이름이 아니라, 기쁨을 의미하는 레티시아라고 불렀다. L과 M이라는 머리글자(레티시아 드 말라이히)를 케셀바흐는 아내에게 주는 모든 물건에 새겨 넣었다. 예를 들어 팔라스 호텔에서 발견된 담뱃갑도 그중 하나로 그것의 주인은 케셀바흐 부인이다. 그녀에게는 여행할 때 담배를 피우는 습관이 있다.
　레티시아! 4년 동안, 그렇게 큰 선의와 믿음으로 자신을 사랑해 준 남편을 죽일 계획을 꾸미면서 거짓과 위선으로 보낸 4년 동안, 그녀는 실제로 기쁨을 맛보았을 것이다.
　그녀가 범인이라는 걸 깨달은 즉시 이 비밀을 밝혀야 했는지도 모른다. 하지만 내 오랜 친구 케셀바흐를 생각하자 차마 그럴 수가 없었다. 그녀는 아직도 그의 부인이 아닌가.
　또한 두렵기도 했다……. 경찰청에서 그녀의 정체를 깨달은 순간 나는 그녀의 눈빛 속에서 나를 죽이고 말겠다는 의지를 읽지 않았던가.
　이런 나약함으로 내 목숨을 구할 수 있을까?

〈그 역시, 그 역시 그녀가 죽였어……! 그렇고말고, 그는 너무

많은 것을 알고 있었어……! 그녀 이름의 머리글자…… 레티시아라는 이름…… 남들은 모르는 담배 피우는 습관…….〉

뤼팽이 생각했다.

그의 머릿속에 지난밤 그녀의 방에서 났던 담배 냄새가 떠올랐다.

그는 첫 번째 지갑 속을 뒤지는 일을 계속했다.

지갑 안에는 암호로 쓴 쪽지들도 들어 있었다. 은밀한 만남에서 공범들에게 전달한 쪽지를 돌려받은 것이 분명했다…….

또한 주소를 적은 종이 조각들도 나왔다. 의상실과 장신구점뿐 아니라 싸구려 술집, 그리고 평판이 좋지 않은 호텔 주소들도 있었다……. 또한 사람 이름도 적혀 있었다……. 괴상한 이름들이 20, 30개가량 적혀 있었다. 푸주한 엑토르, 병자 아르망 드 그르넬…….

그런데 사진 한 장이 뤼팽의 관심을 끌었다. 그는 사진을 응시했다. 다음 순간 그는 용수철에 튕겨지기라도 한 것처럼 지갑을 떨어뜨리며 방에서 뛰쳐나가 별채 밖 정원으로 내달렸다.

사진 속의 사내는 상테 교도소에 수감되어 있는 루이 드 말라이히였다.

그제야, 바로 그제야 뤼팽은 바로 다음날이 사형 집행일임을 생각해 냈던 것이다.

검은 옷을 입은 사내, 다시 말해서 살인범이 다름 아닌 돌로레스인 만큼 루이 드 말라이히는 정말 레옹 마시에라는 인물일 터였고, 그에게는 죄가 없었다.

죄가 없다니? 하지만 그의 집에서 발견된 증거들, 황제의 편지들, 그의 죄를 부인할 수 없게 만들었던 그 모든 것들, 그 모든 결정적인 증거들은 어떻게 된 것일까?

뤼팽은 머리에 불이 나는 것 같아 잠시 뛰기를 멈추었다.

「이런! 나 역시 미쳐 버릴 것 같아. 하지만 움직여야 해…….
내일이 처형일이야……. 내일이…… 내일 새벽이……」

그는 손목시계를 꺼냈다.

「10시군……. 파리까지 가는 데 몇 시간이나 걸릴까? 그래……
오후에는 파리에 있어야 해……. 그래, 오후에는 도착해야
해……. 오늘 저녁부터 형 집행을 막을 조치를 취하는 거야…….
하지만 어떤 조치를 취해야 할까……? 어떻게 그의 무죄를 증명
한단 말인가? 이런! 어쨌든……! 일단 파리에 도착하고 보자고.
난 뤼팽이 아닌가……? 어쨌든 가는 거야……」

그는 다시 달리기 시작했다. 그는 성안으로 들어가 고함을 질
렀다.

「피에르! 자네 피에르 르뒤크 봤나? 아! 여기 있었군……. 내
말 잘 듣게……」

그는 피에르 르뒤크를 한쪽으로 데려가 다급한 어조로 명령하
듯 말했다.

「내 말 잘 듣게, 돌로레스는 이제 여기 없다네……. 그렇다
네, 급히 여행을 떠났네……. 지난밤 내 차로 출발했다네…….
나도 가야 하네……. 입 다물게! 한마디도 하지 말게……. 한순간
이라도 허비하면 엎질러진 물이 될걸세. 자네는 하인들을 모두
내보내게. 설명 같은 건 하지 말게. 여기 돈이 있네. 반 시간 내
로 이 성을 비워야 하네. 그리고 내가 돌아올 때까지 아무도 들어
가서는 안 되네……! 자네도 말일세, 알겠지……. 자네는 이곳으
로 돌아와서는 안 되네……. 나중에 이유를 설명해 주겠네…….

중대한 이유가 있다네. 자, 열쇠를 받게……. 마을에서 나를 기다리게……」

그는 다시 달려 나갔다.

10분 후 그는 옥타브와 합류했다.

그는 자동차에 뛰어올랐다.

「파리로 가세」

그가 말했다.

그 여행은 말 그대로 죽음의 질주였다.

옥타브가 제대로 속력을 내지 않는다고 판단한 뤼팽은 직접 운전대를 잡았다. 그것은 아찔하고 무절제한 질주였다. 간선 도로에서, 마을 길에서, 사람들로 붐비는 도심 거리에서 차는 시속 100킬로미터의 속도로 달렸다. 차에 치일 뻔한 사람들이 화가 나 소리를 질렀지만, 차는 이미 멀어져…… 모습을 감춘 후였다.

「두목, 이러다가 끝장나겠어요」

옥타브는 안색이 납빛이 되어 더듬거렸다.

「자네는 그럴지도 모르지, 차도 그렇고. 하지만 나는 파리에 닿고 말 거네」

뤼팽이 대답했다.

그는 자동차가 자신을 태우고 가는 것이 아니라, 자신이 자동차를 끌고 가는 것 같은, 자기 자신의 힘과 의지로 공간을 뚫고 가는 것 같은 느낌이 들었다. 자신에게 힘이 끊임없이 솟아나고, 자신의 의지에 제한이 없는데, 그 무엇이 자신의 계획을 막을 수 있단 말인가?

〈난 해낼 거야. 왜냐하면 해내야 하니까〉

그는 거듭 중얼거렸다.

그는 자신이 제시간에 도착하지 못한다면 죽게 될 그 사내, 고집스러운 침묵과 무표정한 얼굴로 사람을 당황하게 했던 그 베일에 싸인 인물 루이 드 말라이히를 생각하고 있었다. 시끄러운 거리 한가운데서도, 가지들이 노호하는 파도 소리를 내는 가로수 아래서도, 온갖 생각들이 윙윙거리는 와중에서도 뤼팽은 하나의 가설을 세우기 위해 애쓰고 있었다. 돌로레스에 관한 끔찍한 진실을 알게 되고, 그 정신 나간 여자의 가증스러운 계획과 수단을 모두 짐작할 수 있게 된 지금, 믿기지 않지만 논리적이고 확실한 가설이 점차 분명히 모습을 드러내고 있다고 그는 생각했다.

〈그래 맞아, 말라이히에 대한 지독하기 짝이 없는 계략을 준비한 것도 그녀야. 그녀는 무엇을 원했던 걸까? 피에르 르뒤크로 하여금 자신을 사랑하도록 만든 다음 그와 결혼해 과거에 내쫓긴 공국의 통치자가 되고 싶었겠지. 그 목표는 손닿는 곳까지 다가와 있었지. 유일한 장애물은…… 나였어. 몇 주 전부터 지치지도 않고 그녀의 앞길을 가로막은 나였다고. 나는 그녀가 범죄를 저지를 때마다 모습을 나타냈지. 그녀는 내 통찰력을 두려워했어. 내가 도난당한 황제의 편지를 되찾고 범인을 밝혀 내기 전에는 포기하지 않으리라는 것을 그녀도 알고 있었던 거야……

그러니까 내게 범인이 필요했으므로, 루이 드 말라이히, 아니 레옹 마시에가 범인이 된 거지. 이 레옹 마시에란 사내는 누굴까? 그녀가 결혼 전에 알던 남자일까? 그녀가 사랑했던 사람일까? 그럴 수도 있지. 하지만 정확한 내용은 영원히 알 수 없겠지. 확실한 건 자신이 레옹 마시에처럼 검은 옷을 입고 금발 가발을 뒤집어쓰면 그 사내와 체구나 품새가 비슷해 보일 수 있다는 점에 그녀가 주목했다는 사실이야. 그래서 그녀는 그 고독한 사내의 괴상한 생활을 관찰했겠지. 밤에 돌아다니는 습관, 거리를 걷다가 자신을 미행하는 이들을 따돌리는 방식을 말이야. 그런 관찰에 근거해 그녀는 만약의 경우를 생각해 케셀바흐에게 호적에서 돌로레스라는 이름을 긁어 내고 루이라는 이름을 적어 넣게 한 거야. 레옹 마시에의 머리글자와 같게 만들기 위해서 말이야.

행동의 순간이 오자 그녀는 음모를 꾸미고 그것을 실행했어. 레옹 마시에가 들레즈망가에 살고 있었지? 그녀는 공범들에게 옆 거리에 거처를 마련하라고 지시했어. 나에게 호텔 지배인 도미니크의 주소를 알려 주어 악당 일곱의 뒤를 쫓게 한 것은 바로 그녀잖아. 일단 뒤를 쫓으면 내가 끝까지 가리라는 것, 다시 말해서 악당 일곱뿐 아니라 그들을 감시하고 이끌고 있는 우두머리까지, 검은 옷을 입은 사내까지, 레옹 마시에까지, 루이 드 말라이히까지 추적해 내리라는 것을 너무나도 잘 알고 있었던 거지.

실제로 나는 우선 악당 일곱을 찾아냈지. 어떤 일이 벌어졌을까? 비뉴가에서 싸움이 벌어진 그날 밤, 그녀는 내가 지든가 양쪽 다 타격을 입게 되길 바랐을 거야. 두 경우 모두 돌로레스는 나로부터 놓여 나는 셈이었지.

하지만 실제는 내가 악당 일곱을 사로잡고 말았지. 돌로레스는 비뉴가로 도망쳤어. 나는 그녀를 고물상의 창고에서 찾아냈지. 그녀는 나를 레옹 마시에에게로, 다시 말해서 루이 드 말라이히에게로 인도했어. 나는 그의 호주머니에서 〈그녀가 가져다 둔〉 황제의 편지를 찾아냈지. 그를 사법 당국에 넘긴 나는 양쪽 집의 창고 사이에 〈그녀가 만들어 둔〉 비밀 통로를 모두에게 알리고, 〈그녀 자신이 준비해 둔〉 온갖 증거들을 제시하고, 〈그녀 자신이 조작해 둔〉 일련의 자료들을 근거로 레옹 마시에가 실제로는 루이 드 말라이히로서 남의 신원을 도용했다고 주장했지.

그래서 루이 드 말라이히는 교수형을 당하게 된 거야.

돌로레스 드 말라이히는 의기양양했지. 범인이 잡혀 모든 혐의에서 놓여 나게 되었고, 남편도, 오빠도, 여동생도, 하녀 둘도, 슈타인벡도 죽은 터라 자신의 추잡한 과거와 범죄로부터 벗어났으며, 내가 자신의 공범들을 꽁꽁 묶어 모두 베베르의 손에 넘겨 주는 바람에 그들과 나도 떨쳐 버릴 수 있게 되었으니까 말이야. 그녀가 자기 대신 내세운 그 죄 없는 사내를 내가 교수대에 오르게 함으로써 마침내 나를 떨치고 승리한 돌로레스, 수백만 프랑의 재산과 피에르 르뒤크의 사랑을 손에 쥔 돌로레스는 대공비가 되는 거였어.〉

「이런! 그 사내는 죽어선 안 돼. 내 목숨을 걸고 말하는데, 그를 죽게 하지 않겠어」

뤼팽이 자신을 억제하지 못하고 소리쳤다.

「조심하세요, 두목. 이제 파리에 거의 다 왔어요……. 여긴 외곽 지대예요……. 파리 근교……」

「그래서 어쩌라는 건가?」

「차가 뒤집힐 것 같아요……. 게다가 길이 미끄러워서…… 차가 미끄러지면……」

「할 수 없다네」

「조심하세요……. 저기……」

「뭐 말인가?」

「모퉁이에 전차가……」

「전차가 멈추겠지!」

「속도를 줄이세요, 두목」

「천만에!」

「그러면 끝장이에요」

「지나갈 수 있을 거야」

「못 지나가요」

「지나간다니까」

「이런! 맙소사……」

요란한 굉음…… 아우성…… 전차를 들이받은 자동차는 방책으로 튕겨 나와 판자 10여 미터를 부순 다음 비탈 한구석에 곤두박질치고 말았다.

「기사 양반, 그 차 빈 차요?」

뤼팽이었다. 기진맥진한 채 비탈의 수풀 위에 앉아 그는 지나가는 택시를 소리쳐 불렀다.

몸을 일으킨 그는 옥타브 주위에 모여들고 있는 사람들과 부서진 자동차에 눈길을 준 다음 택시에 올랐다.

「보보 광장, 내무부 건물로 갑시다……. 팁으로 20프랑 주겠소……」

그런 다음 좌석 깊숙이 자리를 잡으며 다시 생각했다.

〈오! 안 돼, '그'가 죽어선 안 돼! 안 된다고, 안 되고말고, 양심상 그렇게 내버려 둘 순 없어! 그 여자의 노리개 노릇을 하고 풋내기처럼 함정에 걸려든 것으로 충분해……. 여기서 멈춰야 해! 더 이상 실수를 할 순 없어! 그 불행한 사내는 나 때문에……

나 때문에 사형을 선고받았어……. 내가 직접 그를 사형대에 세운 셈이야……. 하지만 그가 사형당해선 안 돼……! 그건 안 된다고! 만약 그가 처형당한다면, 내가 할 일은 내 머리를 쏴 버리는 것뿐이야!〉

파리로 들어가는 문에 가까워지고 있었다. 그는 몸을 앞으로 숙이며 외쳤다.

「20프랑 더 주겠소, 기사 양반. 멈추지 말고 달리시오」

세관 앞에 이르자 그가 소리쳤다.

「치안국 소속 경찰이오!」

택시는 세관을 통과했다.

「속도를 늦추지 마시오, 빌어먹을……! 더 빨리……! 좀 더 빨리! 저 할머니들을 칠까 봐 두렵소? 그럼 치어도 좋소. 내가 보상하겠소」

몇 분 후 그들은 보보 광장의 내무부 건물에 이르렀다.

뤼팽은 서둘러 안뜰을 가로질러 중앙 계단을 올라갔다. 대기실엔 사람들이 많았다. 그는 종이 위에 〈세르닌 공작〉이라고 쓴 다음 보좌관 하나를 구석으로 밀어붙이며 말했다.

「날세, 뤼팽. 날 알아보겠지? 이 자리는 멋진 은신처로 내가 자네에게 마련해 준 거 아닌가? 자네가 할 일은 날 즉각 들여보내 주는 걸세. 들어가서 내 이름을 전하게. 내가 자네에게 요구하는 건 그뿐일세. 총리께선 자네에게 고마워하실걸세, 틀림없네……. 나 역시 그렇고……. 어서 가게, 이 둔한 친구야! 발랑그래 총리께서 날 기다리고 계신단 말일세……」

10초 후 발랑그래가 직접 집무실 문간에 나타나 말했다.

「〈공작〉께 들어오시라고 하게」

뤼팽은 서둘러 안으로 들어가 재빨리 문을 닫고 단도직입적으로 말했다.

「그래요, 쓸데없는 말은 하지 않겠습니다. 당신은 나를 체포할 수 없습니다……. 그렇게 되면 당신은 실각하고 독일 황제의 명예를 실추시키게 될 테니까요……. 아니오…… 이건 그런 문제가 아닙니다. 용건은 이렇습니다. 말라이히는 죄가 없습니다. 저는 진짜 범인을 찾아냈습니다……. 돌로레스 케셀바흐입니다. 그녀는 죽었습니다. 그녀의 시체가 있습니다. 제겐 반박할 수 없는 증거들이 있습니다. 의심의 여지가 없습니다. 바로 그녀가……」

그는 말을 멈추었다. 발랑그래는 무슨 말인지 알아듣지 못하는 것 같았다.

「이것 보십시오, 총리 각하, 말라이히의 목숨을 구해야 합니다……. 생각해 보십시오……. 사법부의 실수란 말입니다……! 죄 없는 사람의 목이 떨어진단 말입니다……! 명령을 내리십시오……. 추가 조사 같은 것 말입니다……. 그럴 수 있지 않습니까……? 얼른, 시간이 없습니다」

발랑그래는 그를 주의 깊게 바라보다가 탁자로 다가가 신문을 집어 들었다. 그리고 그에게 내밀며 기사 하나를 손가락으로 가리켰다.

뤼팽은 기사 제목을 읽었다.

괴물 처형되다. 오늘 아침 루이 드 말라이히의 사형 집행이 시행되었다…….

그는 기사를 다 읽지 못했다. 진이 빠지고 녹초가 된 그는 절망의 신음을 내지르며 소파에 허물어지듯 주저앉았다.

얼마나 그런 상태로 있었던 것일까? 밖으로 나온 그는 아무것도 기억할 수 없었다. 기억 나는 건 긴 적막뿐이었다. 이윽고 자신에게 몸을 숙인 채 찬물을 뿌려 주고 있는 발랑그래의 모습이 눈에 들어왔다. 탁한 목소리로 속삭이는 총리의 말을 또렷하게 떠올릴 수 있었다.

「내 말 잘 듣게……. 그 얘기는 절대 해서는 안 되네, 알겠나? 그자가 죄가 없을 수는 있네, 무죄가 아니라는 말이 아닐세……. 다만 그런 사실을 밝혀서 무슨 소용이 있겠나? 소동을 일으키고 싶은가? 사법부의 실수는 심각한 결과를 낳을 수 있다네. 꼭 그럴 필요가 있겠나? 명예를 회복시키자는 건가? 무엇 때문에? 그는 자신의 본명으로 사형을 선고받은 것도 아니라네. 대중적 증오의 대상이 된 건 말라이히라는 이름일세……. 그건 바로 범인의 이름이고…… 그럼 된 것 아닌가?」

발랑그래는 뤼팽을 조금씩 문 쪽으로 밀어내며 말했다.

「자…… 돌아가게……. 시체를 치우게……. 흔적을 남기지 말게, 알겠나? 이 사건에 대한 그 어떤 흔적도 남아서는 안 되네……. 자네를 믿네, 알겠나?」

뤼팽은 성을 향해 출발했다. 그렇게 하라는 지시를 받았기 때문에 그는 자동 인형처럼 그곳으로 돌아가고 있었다. 이제 그에게는 의지 같은 것은 남아 있지 않았다.

그는 역에서 여러 시간을 기다렸다. 기계적으로 음식을 씹었고, 표를 끊었으며, 열차 칸에 올라가 앉았다.

그는 제대로 잠을 잘 수 없었다. 머리가 불덩이 같았고, 악몽을 꾸었으며, 일정한 간격을 두고 뒤숭숭한 느낌으로 잠에서 깼다. 그럴 때면 그는 마시에가 왜 자신을 변호하지 않았는지 이유를 생각해 내려 애썼다.

「그는 정신 이상자였어……. 분명해……. 반쯤 미쳤던 거야……. 그는 과거에 그녀를 알았을 거야……. 그녀가 그의 삶을 망쳐 버렸겠지……. 그녀가 그를 미치게 만들었겠지……. 그래서 삶이 곧 죽음이었겠지……. 그러니 무엇 때문에 자신을 변호하겠어?」

그런 설명은 그를 반밖에 만족시키지 못했다. 언젠가는 이 수수께끼를 풀어내 마시에가 돌로레스의 삶에서 정확히 어떤 역할을 했는지 밝혀 내겠다고 그는 스스로에게 약속했다. 지금으로서는 아무래도 상관없었다! 마시에의 정신이 이상했다는 한 가지 사실만은 확실한 것 같았다. 뤼팽은 고집스럽게 되풀이해서 중얼거렸다.

「그는 정신 이상자였어……. 그 마시에란 사내는 미친 게 분명해. 마시에 일가 전체가 정신 이상자였는지도 몰라……」

머리가 이상해지기라도 한 것처럼 그는 마시에라는 성을 붙여 여러 이름들을 중얼거렸다.

브루겐 역에 내려 맑은 아침 공기를 마시자, 그는 퍼뜩 정신이 들었다. 갑자기 사태가 새로운 면모로 다가왔다. 그가 소리쳤다.

「이런! 어쨌든 할 수 없지! 그가 항소만 했어도 목숨을 건졌을 거야……. 내 책임이 아니야……. 그가 자기 목숨을 버린 거라고……. 그는 이 사건의 단역이였을 뿐이야……. 그는 죽었어……. 안된 일이지……. 하지만 어쩌겠어!」

행동의 욕구가 또다시 그를 사로잡았다. 그 일이 자기 탓임을

살인범은 여자 263

알고 있는 만큼 그 타격으로 고통스러워했지만, 그의 시선은 미래를 향하고 있었다.

「이건 전투 중에 일어난 사고 같은 거야. 그만 생각하자고. 나는 아무 패도 잃지 않았어. 오히려 그 반대지! 돌로레스는 장애물이었어. 피에르 르뒤크가 그녀를 사랑하고 있었으니 말이야. 이제 돌로레스가 죽었으니, 피에르 르뒤크는 내 차지가 된 셈이지. 내가 정해 준 대로 그는 주느비에브와 결혼할 거야! 그리고 공국을 통치할 거야! 나는 주인이 되는 거야! 유럽, 유럽 전체가 내 것이 되는 거야!」

안정을 되찾자 갑자기 자신감에 찬 그는 열에 들떠 흥분해서 요란하게 몸을 움직이며 걸어갔다. 상상 속에서 그는 주장하고 명령하고 승리하는 대장의 검을 휘두르고 있었다.

「뤼팽, 너는 왕이 되는 거야! 네가 왕이 되는 거라고, 아르센 뤼팽」

브루겐 마을에 도착한 그는 수소문을 해 피에르 르뒤크가 전날 점심 식사를 했다는 여관을 찾아냈다.

「그럼 그 청년이 지난밤 여기서 묵지 않았단 말이오?」

「그렇습니다」

「그럼 점심 식사 후에 그는 어디로 갔소?」

「성 쪽으로 가더군요」

뤼팽은 적이 놀라 걸음을 옮겼다. 자신이 그 청년에게 하인들을 내보낸 다음 성의 문들을 잠그고 절대로 돌아가지 말라고 지시하지 않았던가.

다음 순간 뤼팽은 피에르가 자신의 말을 어겼다는 증거를 볼 수 있었다. 성의 철책 문이 열려 있었던 것이다.

그는 성안 여기저기를 돌아다니며 피에르 르뒤크를 불렀다. 하지만 대답이 없었다.

문득 그의 뇌리에 별채가 떠올랐다. 모르는 일 아닌가! 사랑하는 여인을 걱정하던 피에르 르뒤크가 직감에 이끌려 그쪽을 찾아보았을 수도 있었다. 거기 돌로레스의 시신이 있지 않은가!

몹시 불안해진 뤼팽은 달리기 시작했다.

얼핏 보기에 별채에는 아무도 없는 것 같았다.

「피에르! 피에르!」

그가 소리쳐 불렀다.

아무 소리도 들리지 않자, 뤼팽은 현관을 지나 자신이 쓰던 방으로 들어갔다.

그는 문간에서 못 박힌 듯 멈춰 섰다.

돌로레스의 시신 위에, 목을 매고 숨진 피에르 르뒤크의 몸뚱이가 매달려 있었던 것이다.

뤼팽은 감정을 억제한 채 머리부터 발끝까지 온몸을 긴장시켰다. 그는 절망의 몸부림에 자신을 내맡기고 싶지 않았다. 난폭한 욕설 한마디도 하고 싶지 않았다. 운명으로부터 여러 차례 잔인하게 강타당하고, 돌로레스의 범죄와 죽음을 알게 되고, 마시에가 처형되고, 그토록 지독한 격변과 재앙을 겪고 난 이제, 그는 자기 자신에 대한 통제력을 유지할 절대적인 필요성을 느꼈다. 그렇게 하지 않으면 미쳐 버릴지도 몰랐다…….

「이 어리석은 친구야…… 이 바보 천치 같은 친구야, 조금만 더 기다릴 순 없었나? 그랬다면 10년 내에 우리는 알자스로렌 지방을 되찾을 수 있었을 텐데」

뤼팽은 그렇게 말하며 피에르 르뒤크를 향해 주먹을 들어 올렸다.

기분을 달래기 위해 그는 무슨 말을 해야 할지, 어떤 행동을 취해야 할지 생각해 내려 애썼지만, 생각을 붙잡을 수가 없었다. 머릿속이 터질 것 같았다.

「오! 안 돼. 안 된다고. 이것만은 정말 아니야! 뤼팽 역시 미쳐 가는군! 오! 안 돼, 이 친구야! 원한다면 네 머릿속에 총알이라도 박아 넣어. 좋아, 결국 다른 해결책이 없는 것 같군. 뤼팽이 휠체어에 앉아 노망이 나다니, 그건 안 돼! 멋지게 늙자, 이 친구야, 멋지게 늙자고!」

그는 배우들이 미친 사람 흉내를 낼 때처럼 무릎을 높이 치켜들고 발소리를 내며 걸었다. 그가 큰 소리로 외쳤다.

「기운을 내, 이 친구야, 기운을 내라고. 신들이 널 지켜보고 있어. 고개 들어! 배에 힘을 줘! 쳇, 가슴을 펴! 네 주위의 모든 게 무너지는군……! 무엇이 널 쓰러뜨린 거지? 이건 재난이야. 더이상 아무것도 할 수 없어. 공국은 침몰하고 난 유럽을 잃었어. 우주가 증발한 건가……? 그렇다면 이젠 어떻게 하지? 웃어 넘겨! 뤼팽다워지지 않으면 넌 곤경에 빠지고 말 거야……, 자, 웃어! 더 크게……. 잘했어……. 정말 재미있군! 이보시오, 돌로레스, 담배 한 대 주시오!」

얼굴에 비웃음을 띤 채 그는 몸을 기울여 죽은 여자의 얼굴을 툭 쳤다. 그런 다음 한순간 비틀거리더니 의식을 잃고 쓰러지고 말았다.
 한 시간 후 그는 몸을 일으켰다. 발작은 멎어 있었다. 자기 통제력을 회복한 그는 신경을 누그러뜨리고 말없이 침착한 태도로 상황을 점검했다.
 돌이킬 수 없는 결정을 해야 할 순간이 왔음을 그는 느꼈다. 승리를 확신하는 순간, 뜻밖의 재난들이 차례로 밀어닥쳐 며칠 만에 자신의 삶을 완전히 절단 내 버렸다. 이제 무엇을 할 것인가? 다시 시작할 것인가? 다시 일으켜 세울 것인가? 그에게는 그럴 용기가 없었다. 그렇다면?
 오전 내내 그는 정원을 이리저리 배회했다. 그 서글픈 산책 동안 그가 처한 상황은 아주 세세한 부분까지 모습을 드러냈고, 죽음에 대한 생각이 결연히 치밀어 올랐다.
 하지만 자살을 하든, 계속 살아가든 간에 우선 끝내야 하는 일들이 있었다. 머리가 문득 차분해지자, 그는 자신이 해야 할 일들을 선명하게 파악할 수 있었다.
 교회의 시계탑에서 삼종 기도 시간을 알렸다. 정오였다.
「일을 시작해야지, 빈틈없이 해내야 해」
 별채로 간 그는 침착한 태도로 자기 방으로 들어가서는 걸상 위로 올라가 피에르 르뒤크의 시신이 매달려 있는 끈을 잘랐다.
「가엾은 친구, 자네는 마직 넥타이로 목을 매고 이렇게 끝날 운명이었던 거야. 안타깝군! 자네는 선천적으로 위대함과는 어울리지 않았지…… 그 사실을 미리 알았더라면 좋았을걸. 그랬다면 글자의 운(韻)이나 맞추는 시인에게 내 운(運)을 걸진 않았을 텐데」
 뤼팽은 청년의 호주머니를 뒤졌지만 아무것도 발견하지 못했다. 돌로레스에게 지갑 하나가 더 있었다는 것이 생각난 그는 여자의 호주머니에서 두 번째 지갑을 꺼냈다.
 그는 흠칫 놀라지 않을 수 없었다. 그 속에 낯익은 편지들이 들어 있었던 것이다. 그는 그 다양한 필적의 편지들을 즉각 알아볼 수 있었다.
 「황제의 편지군! 노(老)수상 비스마르크에게 보내는 편지야……! 이 편지들 모두를 내가 직접 레옹 마시에의 집에서 찾아내 발데마르 백작에게 주지 않았던가……. 어떻게 된 일일까……? 그녀가 그 멍청한 백작한테서 다시 훔쳐 온 걸까?」
 그는 불현듯 이마를 쳤다.
 「아니지, 멍청이는 바로 나야. 이건 진본 편지들이야! 돌로레스는 적당한 때가 되면 황제를 협박하기 위해 이것들을 가지고 있었어. 그러니까 내가 돌려 준 편지들은 가짜야. 그녀나 다른 공범이 필사해 내 손이 미치는 곳에 놓아둔 거야……. 그리고 나는 애송이처럼 함정에 빠진 거지! 이럴 수가, 여자들이 개입되면 도대체……」

 이제 지갑 속에 남은 것은 딱딱한 종이 한 장뿐이었다. 사진이었다. 뤼팽은 그것을 바라보았다. 자신의 사진이었다.
 「두 장의 사진…… 마시에와 나…… 그녀가 가장 사랑한 두 사람이겠지……. 그러니까 그녀는 날 사랑했어……. 기묘한 애정이군. 자신이 고용한 일곱 악당들을 혼자서 궤멸시킨 사내에게, 나 같은 모험가에게 감탄한 거야. 정말이지 기묘한 애정이야! 지난번 내 원대한 꿈에 대한 이야기를 들으며 그녀에게서 그런 감정이 솟구치는 걸 나도 느끼지 않았던가! 그 순간, 그녀는 정말로 피에르 르뒤크를 포기하고, 내 꿈에 자신의 꿈을 맞출 생각이었어. 손거울 사건이 없었다면, 그녀는 그렇게 했을 거야. 하지만 겁이 났겠지. 내가 진실에 다가서고 있었으니까. 자신이 살기 위해서는 나를 죽여야 했지. 그래서 그런 결정을 내린 거야」

생각에 잠긴 채 그는 여러 차례 되뇌었다.

〈하지만 그녀는 날 사랑했어……. 그래, 그녀는 날 사랑했어, 나를 사랑한 다른 여자들처럼……. 나는 그 여자들에게 불행을 안겨 주었어……. 오! 나를 사랑한 여자들은 모두 죽는군……. 그녀 역시 내 손에 목이 졸려 죽었어……. 이런 내가 살아서 뭐 하나?〉

나지막한 목소리로 그는 다시 입을 열었다.

「살아서 뭐 한단 말인가? 나를 사랑했던 그 여자들이 간 곳으로 나도 가는 편이 낫지 않을까……? 사랑 때문에 목숨을 잃은 소냐, 레이몽드, 클로틸드 데스탕주, 클라크 곁으로 말이야……」

그는 돌로레스와 피에르 르뒤크의 시신을 나란히 눕히고 같은 베일로 덮은 다음 탁자 앞에 앉아 뭔가를 쓰기 시작했다.

　　나는 모든 것에서 승리했지만, 이어 패배했다. 나는 목표를 달성했지만 이내 몰락했다. 운명의 힘은 나보다 강했다……. 내가 사랑하던 여자는 이제 이 세상에 없다. 나 역시 죽는다.

그는 〈아르센 뤼팽〉이라고 서명했다.

그는 편지를 봉한 다음 작은 병에 넣어 창을 통해 화단의 부드러운 흙 위에 던졌다.

그런 다음 오래된 신문 더미와 주방에서 찾아온 대팻밥과 밀짚을 바닥에 높이 쌓아 올렸다.

그 위에 그는 석유를 뿌렸다.

그리고 초 하나에 불을 붙여 대팻밥 한가운데 던졌다.

즉각 불꽃 하나가 타오르더니 이어 또 다른 불꽃들이 재빨리 탁탁 소리를 내면서 세차게 타올랐다.

「이제 가자. 이 별채는 나무로 지어졌으니 성냥개비처럼 잘 탈 거야. 마을에서 누군가 온다 해도, 철책 문을 따고 이곳 정원 끝까지 달려오는 시간이면……. 이미 모든 게 타 버리고 없겠지! 사람들은 완전히 타 버린 시신 두 구와 그 옆에 나뒹구는 병에 담긴 내 편지를 발견하게 되겠지……. 잘 가게, 뤼팽! 여러분, 나를 요란스런 절차 없이 묻어 주시오……. 서민용 영구차면 충분하다오……. 꽃도, 화환도 필요 없소……. 소박한 십자가 하나와 이런 비문이면 된다오.

모험가 아르센 뤼팽
여기 잠들다

성벽에 이른 그는 담장을 넘은 다음 뒤를 돌아보았다. 거센 불꽃들이 소용돌이치며 하늘로 올라가고 있었다…….

운명에 기가 꺾이고 절망을 가슴에 품은 채 그는 파리를 향해 걷기 시작했다.

30수(1수는 5상팀)밖에 안 되는 싼 밥값을 치르면서 지폐를 꺼내는 그를 보고 농부들은 놀라곤 했다.

어느 날 밤 숲 한가운데에서 노상강도 셋이 그를 덮쳤다. 그는 그 자리에서 그들을 몽둥이로 반쯤 죽도록 패 주었다…….

그는 한 여관에서 1주일을 보냈다. 어디로 가야 할지 알 수 없었다……. 무엇을 할 것인가? 무엇에 마음을 붙인단 말인가? 그는 사는 게 지겨웠다. 더 이상 살고 싶지 않았다……. 정말이지 더 이상 살고 싶지 않았다…….

「도련님이군요!」
가르슈 빌라의 작은 방 안에서 에른몽 부인은, 자신 앞에 나타난 사내를 바라보며 두 눈이 휘둥그레지고 얼굴이 납빛이 된 채 겁에 질려 부들부들 떨었다.
뤼팽이었다……! 뤼팽이 거기 서 있었던 것이다!
「도련님……! 도련님……! 하지만 신문에서는……」
그녀가 말했다.
뤼팽이 서글픈 미소를 지었다.
「그래요, 나는 죽은 사람이에요」
「그런데…… 그런데……」
그녀가 고지식하게 말했다.
「내가 죽은 사람이라면 여기서 무슨 볼 일이 있느냐는 거겠죠. 중요한 이유가 있어서 왔다는 걸 믿어 주세요, 유모」
「사람이 이렇게 달라질 수가!」
에른몽 부인이 딱하다는 듯 말했다.
「몇 가지 힘든 일들이 있었어요……. 하지만 이젠 끝났어요. 내 말 잘 들으세요, 주느비에브 있어요?」
늙은 여인은 갑자기 화를 내며 그에게 달려들었다.
「그 애를 가만히 내버려 두세요, 아시겠어요? 오! 이번만큼은 두고 볼 수 없어요. 그 애는 너무나도 창백한 안색으로 피곤에 지치고 불안에 떨면서 집으로 돌아왔어요. 이제야 겨우 혈색을 되찾았단 말이에요. 다시 한번 말하는데, 그 애를 내버려 두세요」
 그는 늙은 여인의 어깨 위에 무겁게 한 손을 얹었다.
「〈제발〉…… 무슨 말인지 아실 거예요……. 〈제발〉 그 애와 이야기를 하고 싶어요」
「그건 안 돼요」
「그 애에게 이야기를 해야 해요」
「안 된다니까요」
 그가 그녀를 떼밀었다. 늙은 여인은 자세를 바로잡고는 팔짱을 꼈다.
「그 애를 만나려면 차라리 나를 죽이고 가세요. 그 어린 것의 행복은 어디 다른 곳이 아니라 바로 여기 있어요……. 돈과 명예에 대한 쓸데없는 생각으로 도련님은 그 애를 불행하게 만들 거예요. 그렇게는 못해요. 도련님이 말하는 그 피에르 르뒤크라는 청년은 어떻게 됐죠? 벨당츠는 또 어떻게 됐고요? 대공비 주느비에브라니요! 도련님은 제정신이 아니에요. 그건 그 애에게 어울리는 삶이 아니에요. 요컨대 도련님은 자기 자신만 생각했어요. 도련님이 원한 건 자신의 권력, 자신의 재산이었어요. 도련님은 그 애의 생각 같은 건 안중에 없어요. 그 애가 그 대공이라는 건달을 사랑하고 있는지 안 하고 있는지 물어본 적 있나요? 없어요, 주느비에브에게 상처를 입히고 그 애의 미래를 불행하게 만들 위험을 무릅쓰고, 도련님은 자신의 목표만을 추구했을 뿐이에요. 그래서 난 허락할 수 없어요. 그 애에게 필요한 건 소박하고 정직한 삶이에요. 그리고 그건 도련님이 줄 수 없는 거예요. 도대체 여긴 왜 오셨나요?」
 그는 마음의 동요를 일으키는 듯했지만, 뜻을 굽히지 않고 커다란 슬픔이 내밴 나직한 음성으로 중얼거렸다.

「앞으로 그 애를 보지 않고 살 순 없어요. 앞으로 그 애와 이야기를 안 하고 살 순 없어요……」

「그 애는 도련님이 죽은 줄 알고 있어요」

「내가 참을 수 없는 게 바로 그 점이에요! 저는 그 애가 진실을 알았으면 좋겠어요. 그 애가 나를 이 세상에 없는 줄 알 거라고 생각하면 정말 고통스러워요. 그 애를 불러 주세요, 빅투아르 유모」

너무나도 애처롭고 쓸쓸한 그의 어조에 마음이 누그러진 듯 늙은 여인이 그에게 물었다.

「내 말 잘 들으세요……. 우선 좀 알고 싶어요. 그 애를 만날 수 있고 없고는 도련님이 그 애에게 무슨 말을 할 것인지에 달렸어요……. 솔직하게 말해 주세요, 도련님……. 도련님이 주느비에브에게 원하는 게 뭔가요?」

그가 진지하게 대답했다.

「이런 얘기를 하고 싶어요. 〈주느비에브, 난 네 어머니께 약속했단다. 네게 재산과 권력과 요정 같은 삶을 주겠다고. 내 목표가 달성되는 날, 나는 네게 가까운 곳에 자그마한 거처를 마련해 달라고 할 생각이었단다. 부와 행복을 갖고 나면 넌 내가 이런 인물이라는 걸, 아니 이런 인물이었다는 걸 잊어버릴 거라고 확신했지. 하지만 불행히도 운명의 힘이 나를 능가했어. 나는 네게 재산도, 권력도 안겨 주지 못했어. 난 네게 아무것도 줄 수 없단다. 오히려 네 도움을 필요로 하게 되었단다. 주느비에브, 날 도와주겠니?〉」

「어떻게 도와 달란 말인가요?」

살인범은 여자 273

늙은 여인이 걱정스럽게 물었다.

「계속 살아 갈 수 있도록 도와달라는 거예요……」

「오! 이 지경이 되다니, 가엾은 도련님……」

「네……. 그래요, 이 지경이 됐어요. 세 사람이 죽었어요. 내가 죽였어요. 내 손으로 말이에요. 그 기억의 짐이 너무 무거워요. 이제 나는 혼자예요. 내 인생에서 처음으로 도움이 필요해요. 난 주느비에브에게 그런 도움을 요청할 권리가 있어요. 그리고 나를 도와주는 건 그 애의 의무고요……. 아닌가요……?」

「모든 게 끝장이군요.」

늙은 여인은 창백한 안색으로 몸을 떨며 입을 다물었다. 그녀는 자신의 젖을 먹여 키운 존재, 온갖 궂은 일이 있었는 데도 여전히 〈내 아가〉로 남아 있는 그에게 다시금 애정이 솟구치는 것을 느꼈다. 그녀가 물었다.

「그 애를 어떻게 할 건가요?」

「우린 여행을 할 거예요……. 원한다면 유모도 함께요……」

「하지만 도련님이 잊고 있는 게 있어요……. 잊고 있는 게 있다고요……」

「그게 뭔데요?」

「도련님의 과거에요……」

「그 애는 그것 역시 잊어버릴 거예요. 그 애는 내가 더 이상 그런 인물이 아니고, 그럴 수도 없다는 걸 이해할 거예요.」

「그렇다면 도련님은 정말로 그 애가 도련님의 삶, 다시 말해서 뤼팽의 삶을 공유하기를 바라나요?」

「현재의 내가 아니라 미래의 내 삶을 공유하기를 원하는 거예요. 그 애를 행복하게 해 주고, 그 애가 자신이 원하는 사람과 결혼하게 해 주기 위해 노력하는 그런 인물의 삶 말이에요. 우리는 한적한 곳에 정착할 거예요. 함께 삶을 헤쳐 나갈 거예요. 내가 그럴 수 있다는 건 유모도 알 거예요……」

그녀는 그의 눈을 똑바로 쏘아보며 천천히 되풀이했다.

「도련님은 정말로 그 애가 뤼팽의 삶을 공유하기를 바라시나요?」

그는 잠깐, 아주 잠깐 망설이더니 또렷한 목소리로 대답했다.

「네, 그래요, 그러길 원해요. 그건 내 권리예요」

「도련님은 그 애가 헌신해 온 학생들의 곁을 떠나기를, 그 애가 사랑하고 그 애에게 꼭 필요한 이 일을 그만두기를 바라시나요?」

「그래요, 그걸 원해요. 그게 그 애의 의무예요」

늙은 여인은 창문을 열고는 그에게 말했다.

「그렇다면 그 애를 부르세요」

주느비에브는 정원의 긴 의자에 앉아 있었다. 소녀 넷이 그녀 주위를 둘러싸고 있었다. 다른 소녀들은 장난을 치며 뛰어다니고 있었다.

뤼팽은 그 애의 표정을 살폈다. 그는 웃음을 띤 동시에 진지한 그 애의 두 눈을 바라보았다. 한 손에 꽃을 든 채 주느비에브는 꽃잎을 한장 한장 떼어 내며 설명을 하고 있었고, 아이들은 그녀의 말을 호기심을 가지고 주의 깊게 듣고 있었다. 이윽고 그 애가 아이들에게 질문을 했다. 대답이 나올 때마다 그 애는 아이들에게 상으로 입맞춤을 해 주었다.

뤼팽은 한없는 고통과 감동에 차서 그런 모습을 오랫동안 바라보았다. 잊고 있던 감정의 씨앗이 발아하고 있었다. 그는 그 아름다운 젊은 처녀를 끌어안고, 그녀에게 입 맞추고 자신이 느끼는 경의와 애정을 말해 주고 싶었다. 그는 아스프르몽 마을에서 슬픔 때문에 죽은 그 애의 엄마를 떠올렸다…….

「그렇다면 그 애를 부르시라니까요」

빅투아르가 다시 말했다.

그는 소파에 주저앉으며 더듬거렸다.

「부를 수가 없어요…… 부를 수가 없다구요……. 내겐 그럴 권리가 없어요……. 그럴 순 없어요……. 내가 죽은 줄 아는 편이…… 나을 거예요……」

자기 안에서 솟구쳐 오르는 애정과 엄청난 절망감에 압도된 그는 흐느낌으로 몸을 들썩이며 울고 있었다. 너무 늦게 피어 개화한 바로 그날 지고 마는 꽃처럼.

늙은 여인은 바닥에 주저앉아 떨리는 목소리로 물었다.

「그 애는 도련님 딸이죠, 맞죠?」

「네, 내 딸이에요」

「오, 가엾은 도련님, 가엾은 도련님……!」

그녀가 울면서 중얼거렸다.

에필로그: 자살

「말에 오르세」
황제가 말했다.
사람들이 끌고 온 잘생긴 당나귀에 눈길을 주며 황제가 고쳐 말했다.
「말이 아니라 당나귀로군. 발데마르, 이 짐승이 온순한 게 틀림없나?」
「저만큼 온순하다고 대답하겠습니다, 폐하」
백작이 대답했다.
「그렇다면 안심이군」
황제가 웃으며 말했다.
그런 다음 그는 수행 장교들 쪽으로 몸을 돌렸다.
「귀관들도 말에 오르게」
이탈리아 카프리 섬, 마을의 중앙 광장에는 이탈리아 헌병들을 포함해 군중이 모여 있었고, 그 한가운데에는 황제로 하여금 이 멋진 섬을 돌아볼 수 있도록 하기 위해 동원된 그 지방산 당나귀들의 모습이 보였다.

「발데마르, 어디부터 방문하는 건가?」

황제가 대열 선두로 나서며 물었다.

「로마 황제 티베리우스(42B.C.-A.D.37. 로마의 황제. 견실한 통치에 힘썼으나, 음모·암살에 대한 의심에서 카프리 섬에서 많은 시간을 은거했다. 그의 유적이 섬에 남아 있다. ─옮긴이)의 별장부터 시작합니다, 폐하」

대열은 마을 입구의 문을 지나 포장이 제대로 되지 않은 길로 접어들었다. 섬의 동쪽 갑을 향해 점점 높아지는 길이었다.

황제는 기분이 좋지 않은 듯 몸집이 너무 커서 당나귀를 타고서도 양쪽 발이 땅에 스치는 발데마르 백작을 빈정거렸다. 백작을 태운 당나귀는 압사 직전이었다.

약 15분 후, 그들은 우선 〈티베리우스의 절벽〉이라고 불리는 300미터 높이의 깎아지른 듯한 암벽에 도착했다. 폭군 티베리우스가 희생자들을 바다에 던져 버리던 곳이었다.

황제는 당나귀에서 내려서 난간으로 다가가 저 아래 깊은 물에 눈길을 주었다. 그런 다음 그는 티베리우스의 별장 유적까지 걸어가 건물 안의 방들과 무너진 복도를 거닐었다.

그는 한순간 걸음을 멈추었다.

소렌토 곶과 카프리 섬 전체가 내려다보이는 장관이 펼쳐져 있었던 것이다. 바다의 선명한 푸른빛이 그곳 만(灣)의 멋진 굴곡을 또렷하게 드러내고 있었고, 신선한 바다 냄새가 레몬 나무 향기에 뒤섞이고 있었다.

「폐하, 꼭대기에 있는 은자의 소성당에서 보는 경치는 더 아름답습니다」

발데마르가 말했다.

「가 보세」

하지만 문제의 은자 자신이 가파른 오솔길을 따라 걸어 내려오고 있었다. 등이 굽고 동작이 느린 노인이었다. 노인은 일반 여행객들이 소감을 기록하는 방명록을 들고 있었다.

노인은 돌 의자 위에 방명록을 펼쳐 놓았다.

「뭐라고 쓰면 되오?」

황제가 물었다.

「성함과 방문 날짜를 쓰시면 됩니다, 폐하……. 그 다음에는 내키는 대로 쓰십시오」

황제는 은자가 내민 펜을 받아 들고 몸을 숙였다.

「조심하십시오, 폐하, 조심하십시오!」

공포에 찬 외침이 터져 나왔다……. 암자 쪽에서 엄청난 굉음이 들려왔다……. 황제는 뒤를 돌아보았다. 거대한 바위 덩어리 하나가 질풍처럼 자신을 향해 굴러 내려오고 있는 것이 아닌가.

다음 순간 은자의 두 팔이 황제의 허리를 얼싸안았다. 황제는 10미터 정도 떨어진 곳으로 나동그라졌다.

바위 덩어리는 조금 전까지 황제가 서 있던 돌 의자를 강타해 산산조각 내 버렸다.

은자가 아니었다면 황제는 목숨을 잃었을 터였다.

황제는 은자에게 손을 내밀며 짤막하게 치하했다.

「고맙소」

장교들이 황제 주위로 몰려들었다.

「아무 일도 아니네, 귀관들……. 놀라긴 했지만 별일 없었네……. 사실 좀 놀라긴 했다네……. 어쨌든 이 용감한 사람이 도와주지 않았다면……」

그러면서 황제는 은자에게 다가갔다.

「이름이 무엇이오, 친구?」

은자는 두건을 쓰고 있었다. 그는 두건을 살짝 걷은 다음, 황제에게만 들릴 정도의 아주 나지막한 어조로 대답했다.

「폐하께서 악수를 청해 주신 것에 무한한 행복을 느끼는 사람이지요, 폐하」

황제는 흠칫 놀라며 뒤로 물러섰다.

하지만 그는 즉시 자제력을 회복했다.

「귀관들, 저 소성당까지 올라들 가게. 또 다른 바위 덩어리가 떨어질 수도 있으니, 마을 당국에 알리는 게 좋을 것 같네. 나도 곧 가겠네. 이 용감한 사람에게 사례한 다음 말이네」

황제는 은자와 함께 걸음을 옮겼다. 이윽고 단둘이 되자 황제가 입을 열었다.

「자네가! 무슨 일로 여기에?」

「드릴 말씀이 있어섭니다, 폐하. 알현을 청했다면…… 들어 주셨을까요? 직접 움직이는 편이 낫겠다 싶었지요. 폐하께서 방명록에 서명하실 때 말씀드릴 생각이었는데…… 그런 어이없는 사고가……」

「용건이 뭔가?」

황제가 물었다.

「발데마르가 제게서 받아 폐하께 드린 편지들 말입니다, 폐하. 그 편지들은 가짜입니다」

황제는 크게 불만스러운 기색을 드러냈다.
「가짜라고? 틀림없나?」
「틀림없습니다, 폐하」
「하지만 그 말라이히라는 자」
「범인은 말라이히가 아니었습니다」
「그럼 누구란 말인가?」
「지금 드리는 말씀을 비밀로 해 주시기 바랍니다. 진짜 범인은 케셀바흐 부인이었습니다」
「바로 그 케셀바흐의 아내 말인가?」
「그렇습니다, 폐하. 그녀는 죽었습니다. 폐하가 갖고 계신 편지는 바로 그녀가 직접 필사했거나 다른 사람에게 필사시킨 것입니다」
「그렇다면 진짜는 어디 있나? 이건 무척 중요한 문제네! 어떻게 해서든 그 편지들을 되찾아야 한다고! 그 편지들은 내겐 몹시 중요한 것들이네……」
황제가 외쳤다.
「여기 있습니다, 폐하」
황제는 한순간 어리둥절한 것 같았다. 그는 뤼팽과 편지를 번갈아 본 다음 다시 뤼팽에게 눈길을 주었다. 그러더니 뤼팽이 내민 꾸러미를 확인하지도 않고 호주머니에 넣었다.
뤼팽에게 또 한 번 놀란 것이 분명했다. 이렇게 강력한 무기를 이런 식으로 아무 조건 없이 선뜻 내주다니 이 사내는 어떻게 이럴 수 있단 말인가? 잠자코 편지들을 갖고 있다가 마음대로 이용할 수도 있었잖은가! 그랬다, 그는 약속을 했고, 자신이 한 약속을 지킨 것이다.

황제는 그 사내가 지금까지 해낸 온갖 놀라운 일들을 떠올렸다. 그가 말했다.

「신문 보도에 의하면 자네는 죽었다던데……」

「그렇습니다, 폐하. 실제로 죽었습니다. 우리나라 사법 당국은 제게서 벗어나게 되어 기쁜 나머지 제 시신이라고 추정되는 불탄 유골을 매장했지요」

「그렇다면 자네는 자유의 몸이군?」

「언제나 그랬던 것처럼 말입니다」

「더 이상 아무것에도 구애받지 않나?」

「아무것에도 구애받지 않습니다」

「그렇다면 말일세……」

황제는 주저하다가 이윽고 또렷한 어조로 말했다.

「그렇다면, 내 휘하로 들어오게. 내 개인 경찰의 지휘권을 주겠네. 절대적인 우두머리가 되는 걸세. 자네는 최고 권력을 갖게 되네. 독일 경찰까지 자네 아래에 있게 되는 걸세」

「싫습니다, 폐하」

「이유가 뭔가」

「저는 프랑스 인입니다」

침묵이 흘렀다. 그 대답이 황제를 거북하게 한 것 같았다. 황제가 말했다.

「하지만 아무것에도 구애받지 않는다고 하지 않았나……」

「그 끈만은 잘라 낼 수가 없습니다, 폐하」

그런 다음 그는 웃으면서 이렇게 덧붙였다.

「인간으로서는 저는 죽었습니다만, 프랑스 인으로서는 살아 있습니다. 폐하께서 이걸 이해하실 수 없다니 놀랍습니다」

황제는 좌우로 몇 걸음 왔다갔다 했다. 이윽고 그가 다시 말했다.

「하지만 나로서는 사례를 하고 싶네. 벨당츠 대공을 위한 협상이 무산되었다는 이야기는 들었다네」

「그렇습니다, 폐하. 피에르 르뒤크는 사기꾼이었습니다. 그는 죽었습니다」

「내가 자네를 위해 뭘 해 줬으면 좋겠나? 자네는 내게 이 편지들을 돌려주었네……. 또 내 목숨을 구해 주었네……. 내가 자네를 위해 뭘 해 주기를 바라나?」

「아무것도 해 주시지 않으셔도 됩니다, 폐하」

「자네는 내가 빚진 채로 남아 있기를 바라는군?」

「그렇습니다, 폐하」

황제는 자신 앞에 대등하게 서 있는 그 기묘한 사내에게 마지막으로 시선을 주었다. 그런 다음 살짝 고개를 숙여 보인 다음 말없이 자리를 떴다.

「이런! 황제 폐하, 당신 좀 놀랐을걸」

뤼팽이 황제의 뒷모습을 눈으로 쫓으며 중얼거렸다.

그런 다음 초연한 태도로 말을 이었다.

「그 정도 보상으로는 당연히 부족하지. 나로서는 알자스로렌 지방을 되찾고 싶으니 말이야……. 하지만 어쨌든……」

그는 말을 중간에 끊고 발을 굴렀다.

「제기랄, 뤼팽! 지겹고 음산한 네 삶의 마지막 순간까지도 넌 여전히 이 모양이군! 빌어먹을, 좀 진중해지라고! 지금 진지해지지 못한다면 영원히 그럴 수 없단 말이야!」

그는 소성당으로 통하는 오솔길을 올라 바위 덩어리가 떨어져 나왔던 지점 앞에서 걸음을 멈추었다.

그는 웃음을 터뜨렸다.

「작전은 멋지게 성공했어. 황제의 장교들은 아무것도 알아차리지 못했어. 그 바위 덩어리가 내 작품이라는 걸 그들이 어떻게 알아챌 수 있겠어? 마지막 순간 나는 결정적으로 곡괭이를 휘둘러 바위에 균열을 내놓았지! 그 바위가 내가 예상한 길을 따라 굴러 내려왔고, 그래서 내가 황제의 목숨을 구할 수 있었다는 걸 말이야」

그는 한숨을 내쉬었다.

「오! 뤼팽, 넌 정말 왜 이렇게 복잡하게 사는지! 황제가 너에게 악수를 청하게 하려고 이 모든 일을 계획하다니! 실속 없이 고생만 했군……. 〈황제의 손도 손가락은 다섯 개뿐〉이라고 빅토르 위고는 말하지 않았던가」

그는 소성당 안으로 들어가 특수 열쇠로 작은 제의실의 쪽문을 열었다.

짚단 위에는 한 사내가 사지를 묶이고 입에는 재갈이 물려진 채 누워 있었다.

「오, 은자 양반, 별로 오래 걸리지 않았을 거요, 그렇잖소? 기껏해야 24시간 정도 될까……. 하지만 내가 한 일은 당신을 위한 것이었소! 당신이 지금 막 황제의 목숨을 구했다고 생각해 보시오……. 그렇다오, 친구. 당신은 황제의 목숨을 구해 준 사람이오. 좋은 일이 생길 거요. 사람들이 대성당을 짓고 당신 상을 세울 거요……. 그러다가 결국 사람들에게 욕을 먹게 될 테지만……. 이렇게 지내는 이들에게 그런 행운은 큰 해가 될 뿐이라오……! 특히 자만심으로 머리가 돌아 버린 당신에겐 더욱 그럴 거요. 자, 은자 양반, 당신 옷을 받으시오」

몹시 놀란 데다가 배고픔으로 거의 빈사 상태에 이른 은자는 비틀거리며 몸을 일으켰다.

뤼팽은 재빨리 자기 옷으로 갈아입고 그에게 말했다.

「안녕히 계시오, 노인장. 소동을 일으켜서 미안하오. 그리고 날 위해 빌어 주시오. 내겐 당신의 기도가 필요할 것 같소. 영원이 내 앞에 문을 활짝 열어 놓고 있으니 말이오. 그럼!」

그는 소성당 문간에서 잠시 걸음을 멈추었다. 아무리 결심이 굳다 해도 소름끼치는 대단원 앞에서 누구나 망설이게 되는 그런 엄숙한 순간이었다. 하지만 그의 결심은 돌이킬 수 없는 것이었다. 더 이상 생각하지 않고 그는 앞으로 돌진해 비탈길을 지나 〈티베리우스의 절벽〉 앞 노대를 가로질러 난간에 한쪽 다리를 걸쳤다.

「뤼팽, 네게 허세를 부릴 시간으로 3분을 주지. 허세는 부려서 무엇 하느냐? 넌 그렇게 묻겠지. 아무도 없으니 말이야……. 하지만 너 자신이 있지 않은가? 스스로를 위해 마지막 연극을 할 수 없나? 와우, 볼 만한 구경거리겠는걸……. 아르센 뤼팽의 80장짜리 영웅극이지……. 죽음의 장 막이 오르는군……. 뤼팽이 몸소 주인공 역을 하는 거야…… 잘한다, 뤼팽……! 내 가슴에 손을 얹어 보십시오, 신사 숙녀 여러분…… 1분에 70회를 뛰고 있습니다……. 입가에는 미소를 띠고 있죠! 잘한다! 뤼팽! 이런! 괴짜답게 자네는 배짱을 잃지 않고 있군! 이런! 좋아, 뛰어내려, 이 멋진 친구야……. 준비됐나? 이건 최고의 모험일세, 이 괴짜 친구야. 후회는 없나? 맙소사, 후회가 있을 턱이 있나! 내 인생은 정말 근사하지 않았나. 아! 돌로레스! 당신이 내 인생에 개입하지 않았다면 얼마나 좋았을까, 끔찍한 괴물 같으니라고! 그리고 당신, 말라이히, 어째서 입을 다물고 있었던 거요……? 그리고 자네, 피에르 르뒤크……. 내가 여기 있네……! 나로 인해 죽은 세 사람아, 이제 나도 당신들에게로 간다……. 오! 나의 주느비에브, 나의 사랑하는 주느비에브……. 아! 이런. 하지만 이제 끝 아닌가, 이 엉터리 배우야……? 그래! 그렇고말고! 내가 간다……」

그는 또 한 다리까지 난간 너머로 내려놓은 다음, 어둡고 고요한 깊은 바다를 바라보고 나서 고개를 들었다.

「안녕, 축복받은 불멸의 자연이여! 〈모리투루스 테 살루타트 (죽음을 앞둔 자가 그대에게 인사하네)〉! 안녕, 모든 아름다운 것들이여! 안녕, 찬란한 만물이여! 안녕, 삶이여!」

그는 허공에, 하늘에, 태양에 입맞춤을 보냈다……. 그런 다음 팔짱을 낀 채 몸을 날렸다.

알제리의 시디벨아베스에 있는 외인부대 병영. 일과 보고실에 딸린 천장이 낮은 방 안에서 특무 상사 하나가 담배를 피우며 일지를 읽고 있었다.

그의 옆, 뜰에 면한 열린 창문 근처에서 키가 몹시 큰 하사관 둘이 다른 사람은 알아들을 수 없는 독일어 구절이 섞인 거친 프랑스 어로 이야기를 하고 있었다.

문이 열렸다. 누군가 들어왔다. 중키에 여윈 몸집, 품위 있는 차림의 사내였다.
 특무 상사는 불청객에 대한 불편한 심기를 드러내며 자리에서 일어나 투덜거렸다.
「이런! 참, 당직 연락병은 도대체 뭐하고 있는 거지……? 그런데 선생, 용건이 뭐요?」
「복무하고 싶소」
 간결하고 강압적인 한마디였다.
 하사관 둘이 히죽 웃었다. 낯선 사내가 그들을 흘겨보았다.
「간단히 말해서 외인부대에 입대하고 싶다는 거요?」
 특무 상사가 물었다.
「그렇소, 입대하고 싶소. 하지만 한 가지 조건이 있소」
「조건이라니, 이런! 그게 뭐요?」
「여기서 놀고 먹지 않아야 한다는 거요. 모로코로 출발하는 부대가 있다고 들었소. 그 부대에 배치받고 싶소」
 하사관 중 하나가 다시 킬킬거리더니, 이렇게 말하는 소리가 들려왔다.
「모로코 놈들 괴로운 한때를 보내게 되겠군. 저분이 참전을 하신다니……」
「입 다무시오! 난 조롱거리가 되는 걸 좋아하지 않소」
 사내가 소리쳤다.
 그의 어조는 건조하고 권위적이었다.
 거대한 체구의 하사관이 거친 태도로 대꾸했다.
「이봐! 애송이 친구, 말 좀 공손하게 하지……. 그렇지 않으면……」
「그렇지 않으면?」

「내가 누군지 알게 될 거야……」
낯선 사내는 하사관에게 다가가 그의 허리를 붙잡아 창틀 위에서 한 바퀴 돌린 다음 뜰을 향해 창밖으로 던져 버렸다.
그런 다음 다른 하사관에게 말했다.
「이젠 자네 차례야. 어서 꺼져」
하사관은 줄행랑을 놓았다.
사내는 즉각 특무 상사에게 돌아와 말했다.
「상사, 부탁인데 소령에게 가서 알리시오. 스페인 귀족이지만 심정적으로는 프랑스 인인 돈 루이스 페레나라는 사람이 외인 부대에 입대하고 싶어한다고 말이오. 어서 가시오, 상사」
특무 상사는 어리둥절한 채 움직이지 않았다.
「어서 가시오, 상사. 지금 즉시 움직이시오. 난 시간이 없소」
특무 상사는 자리에서 일어나, 이 놀라운 인물을 얼빠진 눈길로 바라본 다음, 너무나도 공손한 태도로 방을 나갔다.
뤼팽은 담배 한 대를 꺼내 불을 붙인 다음 특무 상사가 앉아 있던 자리에 앉으며 중얼거렸다.
「바다가 날 원하지 않았든, 마지막 순간에 내가 바다를 원하지 않았든 간에 이렇게 되었으니, 내게 모로코 놈들의 총알이 더 관대한지 어떤지 알아보자고. 게다가 어쨌든 그 편이 더 멋있잖아……. 적과 싸우는 거야, 뤼팽, 프랑스를 위해서 말이야……!」

『813』의 역사적 배경: 19세기 유럽의 정치 상황

　독일은 39개의 국가들이 주권을 지닌 채 느슨한 연방 체제에 소속되어 있었다. 이들은 관세동맹으로 하나의 경제 단위로 통합되어 경제 발전에 중요한 기반을 확보했으나 국민의 일체감 형성에 필요한 다양한 집단 간의 유대는 형성되지 않은 채였다. 1840년대 후반 유럽 대륙을 휩쓴 경제적 불안은 대중적 불만을 혁명으로 확산시켜 독일 전역에서도 소요가 일어났으나 보수파 군대에 의해 진압되었다. 그리하여 자유주의 이념을 토대로 한 통일의 꿈은 사라지고 보수적 국가 이념에 의한 독일 통일이 추진되었다.
　1861년 빌헬름 1세가 즉위하자 왕의 보수적 성향에 맞선 자유주의자들의 진보당 결성으로 왕과 의회가 충돌했다. 이때 등용된 비스마르크는 국제 사회에 대한 날카로운 통찰력을 갖추고 독일 통일을 위해 노력했다. 그리하여 프로이센을 중심으로 결속된 북독일 연방이 출현함으로써 유럽의 전통적 국제 질서는 큰 변화를 겪게 되었다.
　이러한 변화에 가장 민감한 반응을 보인 것이 프랑스였다. 프랑스는 통일된 강대한 독일이 프랑스에 큰 위협이 되리라는 것을 감지한다. 비스마르크는 다른 독일 국가들이 북독일 연방에 평화롭게 편입

되기를 바랐으나 남부 독일 국가들은 프로이센을 불신하고 있었다. 이러던 즈음 호엔출레른 왕가의 레오폴트 왕자가 스페인 왕위에 오를 것이 확실해지자 파리에서는 이에 반대하는 여론이 들끓었다. 왕가는 왕위를 포기했으나 프랑스 정부는 이에 대한 프로이센 국왕의 보장을 요구했고, 비스마르크는 이 일을 프랑스와 프로이센 간의 전쟁으로 이끌었다. 남부 독일 국가들은 나폴레옹의 예상과는 달리 프로이센 편에 가담해 형제애를 다짐으로써 전쟁은 프랑스의 패배로 끝났다. 프랑크푸르트 조약에 의해 프랑스는 알자스로렌 지방을 독일에 양도하고 막대한 배상금을 지불해야 했다.

빌헬름 1세의 아들인 프리드리히 3세는 황태자 시절부터 영국 빅토리아 여왕의 맏딸인 왕비 빅토리아의 영향으로 자유주의 사상에 기울어 부제 및 비스마르크와 대립하는 한편 독일 내 자유주의자들의 지지를 받았다.

1888년 그는 재위 99일 만에 후두암으로 사망하고 그의 아들 빌헬름 2세가 즉위한다. 통칭 〈카이저〉로 불리는 빌헬름 2세는 독재에 가까웠던 비스마르크의 권한에 제재를 가하기 시작해 마침내 그를 파면하고 정치의 실권을 장악하기 위해 애쓴다. 비스마르크가 유럽 대륙에서 독일의 지위를 강화시킬 보장 정책에 중점을 두었다면, 빌헬름 2세는 해외 시장의 획득과 아프리카 진출, 해군 건설 등에 중점을 두는 한편, 터키와 모로코에 관심을 가지고 바그다드 철도 부설권을 획득하였으며, 프랑스의 모로코 진출을 막으려는 모로코 사건을 2회나 야기시켰다. 이러한 정책을 수행함에 있어 그는 독선적이고 단견적인 행동을 취함으로써 독일을 국제 무대에서 고립시키고 제1차 세계 대전의 포석을 놓기에 이른다.

(옮긴이 김남주)

옮긴이 | 김남주

1960년 서울에서 태어나 이화여대 불문과를 졸업하고 주로 프랑스 현대 문학과 인문학 책들을 번역해 왔다. 로맹 가리의 『새들은 페루에 가서 죽다』, 엑토르 비앙시오티의 『낮이 밤에게 하는 이야기』, 『아주 느린 사랑의 발걸음』, 아멜리 노통의 『오후 네시』, 『사랑의 파괴』, 안 그로스피롱의 『이제 사랑할 시간만 남았다』, 장-루이 푸르니에의 『나의 아빠 닥터 푸르니에』, 도미니크 보나의 『세 예술가의 연인』, 레몽 장의 『세잔, 졸라를 만나다』, 로버트 래드포드의 『달리』 등을 우리말로 옮겼다.

아르센 뤼팽 전집 5
813 下

1판 1쇄 펴냄 2002년 12월 12일
1판 9쇄 펴냄 2014년 9월 22일

지은이 | 모리스 르블랑
옮긴이 | 김남주
발행인 | 김세희
펴낸곳 | 황금가지

출판등록 | 2009. 10. 8 (제2009-000273호)
주소 | 135-887 서울 강남구 신사동 506 강남출판문화센터 5층
전화 | 영업부 515-2000 편집부 3446-8774 팩시밀리 515-2007
홈페이지 | www.goldenbough.co.kr

© 황금가지, 2002. Printed in Seoul, Korea

ISBN 978-89-8273-422-8 04860 (5권)
ISBN 978-89-8273-417-5 (set)

㈜민음인은 민음사 출판 그룹의 자회사입니다.
황금가지는 ㈜민음인의 픽션 전문 출간 브랜드입니다.